公元787年，唐封疆大吏马总集诸子精华，编著成《意林》一书

意林： 始于公元787年，距今1200余年

意林®轻文库

青春最美，梦想出发

中国式好看轻小说优鲜品牌

意林轻文库　绘梦古风系列　072

千凰令

步步成谋

QIAN HUANG LING JIU
BUBU CHENG MOU

元宝儿 作品

（九）

长江出版社
CHANGJIANGPRESS

图书在版编目（CIP）数据

千凰令.九,步步成谋/ 元宝儿著.
— 武汉：长江出版社, 2020.6
ISBN 978-7-5492-6990-7

Ⅰ.①千… Ⅱ.①元… Ⅲ.①长篇小说—中国—当代

Ⅳ.①I247.5

中国版本图书馆CIP数据核字(2020)第099744号

千凰令（九）步步成谋
QIANHUANG LING (JIU) BUBU CHENG MOU　元宝儿◎著

出　　版	长江出版社	
	（武汉市解放大道1863号）	
选题策划	安　雅　张　星	
市场发行	长江出版社发行部	
网　　址	http://www.cjpress.com.cn	
责任编辑	李　恒	
特约编辑	魏　娜	
封面绘图	木路吉	
封面设计	胡静梅	
装帧设计	刘　静	
印　　刷	河北鹏润印刷有限公司	
版　　次	2020年6月第1版	
印　　次	2020年6月第1次印刷	
开　　本	700mm×1000mm　　1/16	
印　　张	11.5	
字　　数	205千字	
书　　号	ISBN 978-7-5492-6990-7	
定　　价	28.80元	

目录

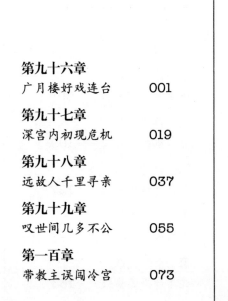

目 录

第九十六章

广月楼好戏连台

千凰令
（九）
步步成谋
QIAN HUANG LING JIU
BUBU CHENG MOU

作为京城最大的戏园子，广月楼每天的客人多如过江之鲫。提着长嘴茶壶的小伙计，脸上挂着恭维讨好的笑容，忙碌不停地穿梭于宾客之中。

戏台上，英姿飒爽的女将军手持青铜打造的龙纹斧钺与敌军对决，女将军天生神力、所向披靡，所到之处兵倒一片，几乎无一人生还。

戏台下，看客们拍手称快，连连叫好，轩辕灵儿也在其列。

与轩辕灵儿并列而坐的是一位身材纤细、容貌清秀的年轻"公子"，看到戏台上的女将军挥舞着巨大的斧钺将前仆后继的敌人打得溃败逃窜，年轻公子边拍手边说："这个戏子好生俊俏。"

轩辕灵儿也被年轻公子的热情所感染，对着戏台大声说道："妇好，好样的，你就是我心目中的大英雄。"

年轻公子不解地问："妇好？"

正在叫好的轩辕灵儿看向身边的年轻公子："看了这么久的戏，你不会连主角的名讳都不清楚吧？"

年轻公子恍然大悟："莫非'妇好'二字便是那女将军的名讳？"

轩辕灵儿好笑又好气道："《妇好传》是广月楼第一花旦白少清的成名之作，小千，你来到京城也有些时日了，居然连这么有名的一出戏都没听过！"

被唤作小千的"年轻公子"不是别人，正是女扮男装从皇宫中溜出来玩的当今皇后洛千凰。

面对轩辕灵儿的调侃，洛千凰忍不住小声抱怨："你又不是不了解我目前的处境，从吉祥岛回来之后，宫里宫外大事小事接连不断，每天忙前忙后，别说出宫听戏，就连回娘家探亲对我来说都成了奢望。"

轩辕灵儿瞪圆双眼，按捺不住地拔高声音："皇兄已经专制到了这种地步？"

洛千凰一把捂住轩辕灵儿的嘴巴，低声警告："你想让广月楼所有的客人都知道咱俩的真实身份？"

轩辕灵儿忙不迭地捂住嘴巴，朝四周张望一番后，见自己的言行并没有引起其他客人的注意，才压低声音说道："皇兄这样蛮不讲理，你可以去皇伯父和皇伯母那里告他一状。"

洛千凰忍俊不禁："朝阳哥哥也不容易，离宫数月，案头上堆着成山的折子等他批阅。我帮不上忙也就算了，怎能去父皇母后那里告他黑状？"

轩辕灵儿嘟了嘟嘴巴，小声咕哝："也不知皇兄上辈子积了多少德，这辈子才娶到你这样善解人意的好妻子。"

这时，扮演女将军的花旦挥舞着龙纹斧钺在台上连翻六七个跟斗，一系列动作如行云流水，英武不凡。

台下叫好声再次席卷广月楼，洛千凰和轩辕灵儿的注意力也被台上戏子精湛的功夫吸引过去。

洛千凰不胜唏嘘："他女装扮相如此惊艳，想必恢复男儿身后更加潇洒肆意、风流倜傥。"

轩辕灵儿见洛千凰看得津津有味，兴致勃勃地说道："小千，你果然有眼光。扮演女将军妇好的这个戏子名叫白少清，是广月楼力捧的四大花旦之一，男装的样貌比女装还让人惊为天人，是京城数得着的俊俏小生。与其他几个花旦相比，他擅长演绎的角色都是英姿飒爽的传奇女性。比如花木兰、穆桂英、梁红玉，我最喜欢的便是这出《妇好传》。妇好是商王武丁的妻子之一，与历史上那些传统女性不同的是，妇好是一位非常出色的女性军事统帅，她一生东征西讨，打败周围二十多个独立小国，她的本事毫不逊色于那些男性将领。放眼整个京城，只有白少清演得出来这个角色的盖世风采。"

洛千凰听得啧啧称奇："听你之言，我忽然觉得这个妇好，与母后的经历颇有几分相似之处。"

轩辕灵儿双眼一亮："小千，咱俩真是默契十足，第一次听说妇好的传奇经历时，我也觉得她与皇伯母特别像。不过在婚姻方面，妇好并没有皇伯母幸运。她夫君武丁，一生娶了六十多位妻子，妇好只是其中之一。岂可媲美皇伯父对皇伯母的痴情专一。他们才是真正的神仙眷侣。"

洛千凰颇为认同地点点头："父皇母后之间的感情，的确令世人羡慕不已。"

再次看向戏台，洛千凰有些感慨。

千凰令
（九）
步步成谋
QIAN HUANG LING JIU
BUBU CHENG MOU

在此之前，她并不知道历史上曾有过妇好这样一位传奇人物。戏台上的妇好，容貌绝美、英姿飒爽，手执一柄龙纹斧钺，挥砍之间伤敌无数。

这样一位具有传奇色彩的厉害女性，却要与其他六十几个女人共同分享一个丈夫，不知该说她幸还是不幸。

见洛千凰神色恍惚，陷入沉思，轩辕灵儿伸出食指在她面前晃了晃："小千，在想什么？"

洛千凰也没瞒她，认真说道："我在想，既然妇好这样厉害，为何依附男人而活？与那么多女子共享夫君，她不会觉得不甘吗？"

轩辕灵儿忍不住笑了："原来你在纠结这个，自古男为尊，女为卑，女子能力再强大，在男子面前终是要矮上一头。妇好虽然是不可多见的传奇女性，但还是要遵守世俗规则，更何况她的丈夫是权倾天下的帝王。从古至今，你见哪个帝王的女人，敢顶着世俗压力与命运抗争？像皇伯母这种不将地位权势放在眼中，只求一生一世一双人的奇女子，也许只活在传说之中。"

洛千凰不解地看着她："灵儿，若有朝一日连城喜欢上了别的姑娘，你是否愿意遵守世俗规则，任其将三妻四妾抬进府门？"

轩辕灵儿一时愣住，没想到这个问题会落在她的头上。

思忖良久，她讷讷说道："我爹娘不会允许这种事情发生的。"

洛千凰淡淡一笑："你爹娘再如何强大，也不能庇佑你一辈子。"

轩辕灵儿愤愤不平："若真有那一日，我便休了贺连城，另择夫婿。"

许是她讲话的声音有些大，周围好几个看客频频朝轩辕灵儿这边投来疑惑的目光。

轩辕灵儿有些羞窘，抱住洛千凰的手臂小声抱怨："小千，好端端的，你怎么与我讨论这种奇怪的话题？"

洛千凰也觉得这个话题过于沉重，灵儿与连城正处于婚姻甜蜜期，未来对他们来说还很漫长。

听着戏台处不断传来咿咿呀呀的唱腔，洛千凰解释："大概是妇好的人生经历让我心生感慨，总觉得像她这样不平凡的女子，没必要与那么多女子共侍一夫。"

轩辕灵儿笑道："像妇好这种拥有大格局的女子，婚姻和爱情这两样俗物只占据了她人生中的一小部分。仔细翻看她的生平你就会知道，她拥有自己的封地和财产，与她的丈夫分居两地。说是夫妻，他们其实更像君臣，或是合作伙伴。"

洛千凰点点头，有所感悟地说道："这个故事告诉我们，女性只有学会独立，不依附他人，才有立足之本。"

轩辕灵儿正要应声，一批官兵忽然肆无忌惮地闯进广月楼。

官兵的出现，将沉浸在精彩戏剧中的看客们吓得手足无措，台上的戏子也因为官兵的到来，不得不停止正在进行的节目。

这些官兵如入无人之境，眨眼之间便将广月楼围得水泄不通。

带头的首领对着身后的下属下达命令："所有的戏子，全部给我抓捕归案。"

命令下达之后，看客们炸了锅，戏台上也乱成一团。前一刻还在戏台上耀武扬威的女将军，被夺去兵刃，扭住臂膀，这粗暴又野蛮的抓人方式，被爱打抱不平的轩辕灵儿尽收眼底。

她按捺不住心中的不满，霍然起身，大声喝道："都给我住手！"

在没人敢吭声的情况下，轩辕灵儿的这声怒吼，显得突兀又惊人。

官兵首领如利刃一般的目光不客气地移向轩辕灵儿："何人如此大胆，敢干涉朝廷办案？"

轩辕灵儿被官兵首领嚣张的态度气笑了，豪气地拍拍胸脯，用大拇指指了指自己的鼻头："是本郡……本公子！你想怎么样？"

她本想自称本郡主，忽想起今日出门时的装扮，才意识到此时是男装打扮。

洛千凰担心灵儿闯祸，拉住她的手臂低声劝道："灵儿，事情没搞清楚之前，最好不要贸然出头。"

轩辕灵儿并不听劝，大声嚷嚷："你们这些官兵好生无礼，像土匪一样闯进广月楼，闹得人心惶惶、不得安宁。我倒想问一问，这些唱戏的究竟犯了朝廷哪条律例，让你们大动干戈，说抓人就抓人？"

官兵首领怒目相向："朝廷抓人，为什么抓人，几时需要向你一个平头百姓多加解释？"

"你居然说我是平头百姓？"

轩辕灵儿瞬间炸毛，气得就要扑过去与之理论，被洛千凰一把揪了回来："灵儿，你是不是忘了咱俩的身份，真将事情惹大，我偷偷出宫这件事可就瞒不住了。"

在洛千凰的提醒下，轩辕灵儿总算找回了一丝理智。

当她看到惊世绝艳的白少清被官兵像拖拽一条死狗一样拖下戏台时，又忍不住心生怜悯："那些官兵不问是非黑白将他抓捕，背后指不定藏着什么阴谋。身为广月楼的当家名旦，我相信白少清是无辜的……"

正说话间，几名官兵气势汹汹地走过来，一左一右扭住轩辕灵儿的手臂便要将她拖走。

洛千凰被官兵们的动作吓了一跳，忙上前阻止："住手，你们这是做什么？"

官兵首领冷笑着说道："我怀疑他是那些戏子的同谋，一同抓捕回去，接受审问。"

洛千凰惊怒交加："你们搞错了，她怎么可能会是同谋？放手，快放手。"

双臂被扭住的轩辕灵儿气得直跳脚："你们这些浑蛋好大的胆子，敢伤我一根头发，我会让你们付出惨痛的代价。"

官兵首领冷笑更甚："公然阻止朝廷办案，该付出惨痛代价的那个人是你才对。"

说完，他冲下属命令："带走！"

眼看着事情朝最糟糕的方向发展时，一道清亮的声音在门口处响起。

"周将军，放开她！"

众人，包括官兵首领本能地朝门口处望去，就见一个身材颀长、五官俊美的年轻公子，身穿象征着权势和地位的官袍，一步步从门口处走来。

当轩辕灵儿渐渐看清来人的长相，神色一慌，本能地躲到官兵身后。

洛千凰也想像轩辕灵儿一样找个地方躲起来，可她目标太大，且根本无处可藏，只能眼睁睁看着俊美公子一步步向自己这边走过来。

被唤作周将军的官兵首领看到此人，连忙上前拱手行礼："贺大人。"

来者正是贺连城，轩辕灵儿的夫君。

洛千凰觉得今天真是出门不利，好不容易溜出皇宫，在灵儿的带领下来到久负盛名的广月楼看戏，结果只看了半场，便无缘无故闹出这么多突发状况，还被贺连城逮个正着。

贺连城的目光扫向轩辕灵儿，轩辕灵儿以袖遮面，试图用笨拙的方法来逃避现实。

他又看向洛千凰，洛千凰无声地冲他摇摇头，眼神中尽是请求，暗示他千万不要揭穿自己的身份。

贺连城冲周将军微微点头，对他说道："她们是我的朋友，与本案无关。"

周将军瞬间会意，对手下吩咐："还不速速放人！"

官兵得令，齐齐松手。

轩辕灵儿揉着被捏痛的手臂，没好气地看向周将军："不分青红皂白便胡乱抓人，你这个将军做得很不称职。"

有贺连城在身边罩着，周将军不敢妄言，他恭敬地向贺连城拱手："人已抓到，属下先行一步。"

看着白少清一行人就要被带出广月楼，轩辕灵儿揪住贺连城的衣袖："你就眼睁睁看着他把人抓走？"

贺连城反问："不然你想怎么样？"

轩辕灵儿急急说道："他只是一个唱戏的。"

贺连城脸色阴沉："一个唱戏的，值得你这么拼命维护？"

轩辕灵儿指着他："你……"

洛千凰隐隐察觉出不对劲，低声询问："连城，那白少清是不是有什么问题？"

贺连城点头："朝廷最近全力抓捕一批他国暗探，经多方考证，埋伏在广月楼的白少清很有可能便是其中之一。"

闻言，洛千凰和轩辕灵儿同时倒抽了一口凉气，无法将戏台上那个英姿飒爽的女将军，与暗探这个诡异的身份联系起来。

贺连城并没有给洛千凰太多思考的时间，单刀直入地问道："皇后出宫，皇上应该不知情吧？"

见洛千凰不解地看向自己，贺连城忍不住提醒："下朝之后，皇上推拒了几位大臣去御书房商议国事的请求，谎称近日龙体抱恙，处理完手边几件重要的公务，便决定提早回寝宫休息。"

洛千凰反应过来时脸色大变，对仍处于懵懂状态中的轩辕灵儿说道："灵儿，我还有事，先走一步。"

洛千凰施展轻功，躲过层层守卫的视线，一路畅通无阻地溜回了龙御宫。

算算时间，未时一刻，这个时候，朝阳哥哥应该还在御书房，处理那些堆放在案头的奏折。

还好贺连城出现得及时，将朝阳哥哥很有可能会提早回宫的消息告知于她，不然若被抓个正着，可有她的苦头吃了。

就在洛千凰暗自庆幸时，忽然意识到，偌大的龙御宫，相比往常安静得出奇。

平日里负责洒扫的宫女太监不见人影，就连一向爱在龙御宫睡觉的教主，也消失得无影无踪。

洛千凰虽然学识不高，却也知道"物之反常者为妖"这句话的含义。

一丝警惕油然而生，她不禁放慢脚步，偷偷摸摸溜进龙御宫，小心翼翼地推开寝宫大门，顺着门缝，赫然看到书案前坐着一个高大的男人。

男人手执书本，正聚精会神地看着书中的内容。

看清男人的样貌，洛千凰不禁心头一颤。平时忙得只有在吃饭睡觉时才得见一面的朝阳哥哥，居然提前回宫了！

短暂的惊慌之后，她不着痕迹地将房门掩好，放轻脚步准备开溜，忽听门内传来一道低沉的声音："洛洛，朕已经看到你了，你还想往哪里躲？"

洛千凰脚步一顿，迅速在心底盘算着继续开溜可能会遭遇的下场。

即便她轻功再好，一旦被朝阳哥哥盯住，成功逃跑的概率只占两到三成。就算她暂时躲过这一劫，也免不了要被朝阳哥哥秋后算账。

如果现在进门，挨一顿训斥是免不了的。不过训斥之后，应该不会再有后顾之忧。

来来回回权衡了利弊，洛千凰硬着头皮推开房门，冲冷冷看着自己的轩辕尔桀露出一个甜美的笑容，假装诧异地问道："朝阳哥哥，为何今日回得这样早？"

轩辕尔桀放下书本，上上下下打量着洛千凰的男子装扮，眉头微微皱了起来："你怎么穿成这个样子？"

咦？这个语气，难道朝阳哥哥不知道自己偷偷出过宫门？

这个猜测令洛千凰无比开怀，心情不错地抬起手臂，在轩辕尔桀面前转了一圈，胡编道："听说民间很多姑娘家为了不招惹是非，出行在外，喜欢作男装打扮。我也赶了一次流行，让宫中的裁缝按照我的身量定制了一套合身的男装。怎么样，帅不帅气？"

轩辕尔桀无动于衷地看着洛千凰装傻充愣，忽然考问："宫规第三条是什么？"

洛千凰入宫之后的第一堂课，就是在教习嬷嬷的督促下背诵宫规。

宫规一共五百八十条，纷杂烦琐的规矩不计其数。

按照祖训，凡嫁入宫门者，无论皇后还是妃子，必须将五百八十条宫规全部背出，才有资格在皇宫占得一席之地。

洛千凰在文字方面十分愚钝，别说背诵五百八十条宫规，就算让她照着宫规一字不错地朗读出来都难如登天。

这五百八十条宫规，害得她初入宫时的那段时间着实吃了不少苦头。

虽然直到现在她仍然无法将完整的宫规背出，学规矩的那些日子里，却将宫规的前十条记得滚瓜烂熟。

当轩辕尔桀毫无预兆地问起宫规第三条时，洛千凰条件反射地念出答案："凡后宫女子，未经恩准，不许私自出宫，违反者当受杖责二十……"

背到这里，洛千凰猛然意识到了什么，神色不安地看向轩辕尔桀，委屈地唤道："朝阳哥哥。"

轩辕尔桀似笑非笑地看着洛千凰："你不想对朕解释些什么？"

洛千凰忙不迭地摆出认错的姿态，双手合十连连告饶："朝阳哥哥我错了！"

轩辕尔桀好整以暇地坐在案前，五根手指有节奏地轻轻敲击着光滑的桌面："说说吧，错在哪里？"

洛千凰做低伏小，恭顺道："哪里都错了！"

轩辕尔桀并不动容，沉声命令："朕要听细则。说得出来，朕不罚你，说不出来，朕要重罚！"

洛千凰怎么可能在这方面吃亏，连忙竹筒倒豆子般开始数落自己的不是，她伸出五根葱白的手指，认认真真说道："这第一错，错在不该偷溜出宫；第二错，错在不该女扮男装；第三错，错在不该说谎骗人；第四错……第四错……"

举着四根手指沉吟半晌，洛千凰无辜地眨了眨双眼："朝阳哥哥，就这些了。"

轩辕尔桀戏谑一笑："就这些？"

洛千凰忙不迭地点头："就这些。"

轩辕尔桀眸色发深，略带警告："洛洛，你没跟朕讲实话。"

洛千凰赶紧表衷心："朝阳哥哥，我句句属实啊。"

"既然句句属实，为何你去广月楼一事没有知会朕？"

不给洛千凰反应的机会，轩辕尔桀漫不经心地问："广月楼的戏子好看吗？"

回想起戏台上那个英姿飒爽的女将军，洛千凰本能地点点头："好看！"

轩辕尔桀双眼微眯，语气中泄露出一丝危险："有多好看？"

洛千凰以为他在同自己讨论那出精彩的戏剧，兴致勃勃地说出自己的看法："那白少清五官精致、容貌绝伦，将那位巾帼不让须眉的女将军演绎得威风凛凛、出神入化。可惜啊……"

想到白少清最后的下场，洛千凰不禁长长地叹了一口气："那么一个精致的妙人儿，却成了朝廷的阶下囚。"

说到这里，洛千凰茫然地看向轩辕尔桀："咦？朝阳哥哥，你怎么知道我去了广月楼？"

轩辕尔桀冷声反问："这是重点吗？"

洛千凰表情呆呆地疑惑道："这不是重点吗？"

轩辕尔桀被她气笑了："你偷出皇宫，去广月楼看男戏子，还明目张胆地表现出一副无辜的样子？"

洛千凰再如何迟钝，此时也已恍然大悟。

她厚着脸皮扑坐到轩辕尔桀的怀中，双手搂住他的脖子，笑嘻嘻地问："朝阳哥哥，你不会吃那个男戏子的醋吧？"

轩辕尔桀没想到洛千凰敢在这种情况下和自己撒娇，一脸嫌弃地欲将她从怀中拎下去，洛千凰却死死抱着他的脖子不肯松手。

轩辕尔桀故意沉下俊脸："洛洛，你未经允许，私自出宫这笔账，朕还没找你算呢。"

洛千凰故意耍无赖："这笔账不是已经算过了吗？你亲口承诺，只要我列得出犯下的过错，你便不罚我。一、二、三条条清晰、句句属实，这事儿咱们就翻篇儿了。至于广月楼的那个男戏子，再如何好看，哪有资格与朝阳哥哥相提并论。天底下最英武、最俊美、最厉害的男子，除了朝阳哥哥，根本没有第二人选……"

轩辕尔桀震惊了："洛洛，你这黏人撒娇满嘴蜜糖的本事都是跟谁学的？"

"这哪里是什么蜜糖？明明就是情真意切的肺腑之言。"

洛千凰在他膝头寻了一个舒服的坐姿，一脸谄媚地说道："早知你今日回来这么早，我又何必偷溜出宫去广月楼看戏？从吉祥岛回来之后，你整日为公务忙碌，见你一面都是难得，这样的大好时光，我委实不该随意浪费。"

为了让轩辕尔桀相信自己一片诚心，洛千凰像只乖巧的小猫一样用脸颊在他胸口蹭了蹭，声音也变得十分绵软："你推掉手边的所有公务，一定是专程回宫陪我的。朝阳哥哥，你真好，好到我不知该如何回报于你。"

轩辕尔桀哼笑一声："洛洛，几句肉麻的情话，不足以抵消你犯下的错误。私自出宫这笔账，今天必须算清楚。"

洛千凰一改刚刚的温柔小意，坐直了身子，嘟着嘴巴瞪向轩辕尔桀："往日我偷溜出宫，也不见你多说什么，为何这次揪着不放？"

"这次不一样！"

轩辕尔桀神色一肃："广月楼暗探聚集，环境复杂。万一你身份被识破，会遇到怎样的危险将无法估量。洛洛，朕不能一直纵着你任性妄为，所以这次触犯宫规，你必须为此受到惩罚。只有领过罚，同样的错误，今后才不会犯第二次。"

洛千凰捂着屁股，眨着水汪汪的眼睛可怜兮兮地问："难道朝阳哥哥真要打我二十板子？"

轩辕尔桀假意纠结："宫中的板子又重又沉，二十板子下去，你这瘦弱的身子骨的确承受不来。"

洛千凰用力点头，一把抱住轩辕尔桀："就知道朝阳哥哥心疼我……"

轩辕尔桀不为所动，冷酷地宣布："皮肉之苦可免，犯的错误却不能不罚。五百八十条宫规，给朕抄写十遍，必须是工整的簪花小楷，三天后呈交上来。"

无视洛千凰瞬间垮掉的小脸，轩辕尔桀颇有成就感地捏了捏她的下巴："看你今后还敢不敢胡作非为！"

洛千凰欲哭无泪："朝阳哥哥，你明知道我最不耐烦写毛笔字。如果你一定要罚，还是打我板子吧……"

轩辕尔桀剜了她一眼，嗔怒道："你想挨板子，也要看朕舍不舍得打。你若再讨价还价，罚抄翻倍。"

"可我明天还要去逍遥王府探望爹娘。"

"那便等你从娘家回来之后再接着领罚。"

"朝阳哥哥……"

"你再撒娇耍无赖，罚抄三倍。"

洛千凰轻轻晃动着一只银铃铛，每当铃铛响起，仰躺在床上的小婴儿便发出咯咯的笑声。

小婴儿五官精致、皮肤白嫩，一双黑葡萄似的大眼睛里闪烁着灵动的光芒。

他挥舞四肢，朝洛千凰咿咿呀呀叫个不停，摆出一副求亲亲、求抱抱的娇憨姿态。

洛千凰心尖一颤，将软软嫩嫩的小婴儿抱进怀中，在他肉嘟嘟的脸蛋上亲了又亲。因为小孩子的皮肤非常软嫩，洛千凰按捺不住心中的喜爱，又是揉捏，又是把玩。

换作正常一点的小孩子，在洛千凰的"肆虐"之下肯定要扯着喉咙哇哇大哭。

可眼前这位俨然是与众不同的，洛千凰捏得越起劲，小婴儿便笑得越大声。

墨红鸾推门而入时，就看到这一大一小抱在一起玩得不亦乐乎。

见一双儿女相处得这样温馨融洽，墨红鸾忍俊不禁地开口劝道："小千，快别这样抱着他。这小子最近不知学了什么坏习惯，特别喜欢在别人抱他的时候拉屎撒尿，你爹已经被他坑了好几次，可别再把你的衣裳弄脏了。"

洛千凰抱着白白嫩嫩的弟弟不肯撒手，边亲吻他的脸颊边笑着说："没事的娘，我难得回府一次，小丞非但不认生，反而还这样黏着我，就算被他尿了衣裳也是值得的。"

洛千凰对这个刚出生没多久的弟弟是真心的疼爱和喜欢，小家伙天生爱笑，很少哭闹，几乎集齐了父母身上所有的优点，生下来便是一个漂亮娃娃。

有这样一个招人疼爱的娃儿整日陪在父母身边，弥补了她无法在父母膝前承欢尽孝的遗憾。

抱着弟弟逗弄了好一会儿，直到小家伙困得睁不开双眼，洛千凰才依依不舍地将快要睡着的弟弟放回婴儿床。

母女二人聚在一起说了许多体己话，虽然早就知道宝贝女儿在夫家过得并不憋屈，每次回娘家时，墨红鸾仍喜欢锲而不舍地追问女儿的情况，生怕她在婆家受到冷遇。

洛千凰向来报喜不报忧，搂着墨红鸾的手臂宽慰："娘，您且放心，我在宫里过得逍遥快活，朝阳哥哥对我宠爱有加，父皇母后待我也是如同女儿一般。人人都说一入宫门深似海，在我看来，轩辕皇家的大门，并没有外人以为的那么残酷，反而还充满许多人情味。"

至于被自家夫君罚抄宫规这种丢人现眼的事情，洛千凰当然不可能在母亲面前透露半字。见女儿提起宫中生活时轻松惬意，墨红鸾总算稍稍安心，没再揪着这个话题继续追问。

吃午膳时，骆逍遥匆匆回到王府，当着洛千凰的面宣布了一个不太好的消息，半个月后，他要带着妻儿离开京城，回到封地。

原本沉浸在与家人团聚的喜悦中的洛千凰，被这个突如其来的消息惊得不知所措。

"在京城这边住得好好的，为什么要回封地？"

骆逍遥看出女儿眼中的不舍，忙不迭解释："洛洛，你别着急，我和你娘还有你弟弟只是暂时离开，过一段时间还会再回来的。"

洛千凰反对道："小丞出生没几日，他还这么小，实在不适合长途跋涉。爹，什么大不了的事情，需要您回封地亲自解决？您派别人回去不行吗？"

墨红鸾替骆逍遥解释："小千，你误会了。封地那边很太平，并没有发生任何变故。只因朝廷有规定，非正宗皇族血统且手中握有兵权的异姓王，不可以在京城久留超过两年以上。再过半个月，便是你爹留在京城的最后期限，皇上不说什么，不代表朝中大臣对此没有意见。为了避免惹人非议，我和你爹决定，暂时回封地住个一年半载，时间差不多了，再以探亲为由重返京城与你团聚。"

洛千凰无法接受这番说辞，嘴巴嘟得高高的："我怎么不知道朝廷还有这么奇怪的规矩？异姓王怎么了？手握兵权又怎么了？没偷没抢，也没招惹任何是非，凭什么就不能在京城永久定居？"

想到父母不日之后便要离自己远去，洛千凰一把抱住墨红鸾的手臂，像个受到天大委屈的孩子般，将脸颊埋进母亲的胸口："娘，我不让你们走。咱们分离数年，好不容易才一家人团聚，你们忍心抛下女儿远走他乡？"

骆逍遥和墨红鸾当然很是不舍，比起刚出生不久的儿子，夫妻二人更疼爱的是这个与他们失散多年的女儿。

想到未来一段岁月里与女儿分隔两地，骆逍遥哪里还有半点杀伐果断的霸气。

看着女儿一脸委屈地依偎在母亲怀中，他忽然提议："洛洛，你干脆跟爹娘一起去封地吧。你爹的封地位于奉阳，那边山清水秀，四季如春，比你义兄端木辰居住的吉祥岛还要安逸。"

墨红鸾没好气地打断骆逍遥："真是越说越离谱，小千如今贵为皇后，怎么可能如你所愿，说离开就离开。别说她的皇帝夫君不会允许，即便是普通人家的男子，谁能接受自己的妻子随娘家父母远走他乡？"

骆逍遥振振有词地说出自己的观点："御书房堆放的那些折子足够皇上忙碌小半

年，女儿随咱们去奉阳住几个月，等皇上手边的公务忙得差不多，再派人将女儿接回京城不就可以了。"

洛千凰觉得这个提议甚是不错，傻傻地点点头："爹说得极有道理。"

墨红鸾被这父女二人的逻辑气笑了，捏了捏女儿的脸颊，笑骂："你爹说得再有道理，也得你的皇帝夫君肯放人才行。别说离宫三个月，就是在娘家住上三天，你看你夫君愿不愿意？"

以洛千凰对轩辕尔桀的了解，答案自然是否定的。

"好啦！"墨红鸾语重心长地劝道，"我和你爹只是暂时离开一段时间，你安心留在京城好好经营自己的婚姻。皇上待你再好，他到底是统御江山的一国之君。你不仅是他的妻子，还是黑阙皇朝的一国之母，必须肩负起身上的责任和义务，才不负上天赋予你的重任。"

洛千凰听得懵懵懂懂。

身为护女狂魔，骆逍遥哪舍得让女儿承担这么重的压力，连忙出言阻止："音音，你别总是给女儿施加压力。一国之母又怎样？人活一世，最重要的就是开心快乐。如果被冠上皇后的头衔便要女儿吃苦受罪，这皇后的身份咱们不要也罢。哪天女儿在宫里过得不快活了，一纸休书休了皇上，我骆逍遥绝无二话，直接将女儿接回府里自己养活。"

墨红鸾被气笑了："天底下哪有你这种爹爹，想着花招给女儿灌输各种不良观念。别说小千现在过得很幸福，即便小千过得不幸福，你见过哪个后宫女子，敢公然休掉自己的皇帝夫君？"

骆逍遥一脸霸气："别人不敢，不代表我宝贝女儿也不敢。洛洛，你且记得，凡事有爹给你撑腰，想做什么尽管去做，不用在意别人的想法。"

墨红鸾忍无可忍："逍遥，你够了啊，女儿都快被你教坏了。"

看着父母为了自己的幸福争执来争执去，洛千凰忽然觉得这样的气氛十分温馨美好。

虽然不久之后父母便要离开京城，想到只是短暂分离，洛千凰渐渐放下心中的不舍，与家人享用了一顿丰盛的午膳。

直到天色快要擦黑，苏湛才奉皇上之命，带着一批训练有素的侍卫来逍遥王府接皇后回宫。

第二日，与父母相聚的喜悦，便被洛千凰忘到了九霄云外。

原因很直接，轩辕尔桀上早朝之前，在仍在床榻上酣睡的洛千凰耳边轻声说道："三天后，朕会亲自检查你的功课。做得不好，惩罚将无限期延长。"

睡梦中的洛千凰猛然惊醒，睁开眼时，她的恶魔夫君已经离开了龙御宫。想到前日偷溜出宫被当场抓包，洛千凰又是沮丧，又是无奈。

在月蓉、月眉两个贴身婢女的服侍下吃过早膳，她苦哈哈地来到书房，极不情愿地坐在案前提起毛笔。

耗费了小半个时辰的工夫，才堪堪将"宫规"两个大字抄写完整。

在旁边伺候笔墨的月眉忍不住摇头："娘娘，您这字体恐怕不符合皇上的要求，皇上要的是簪花小楷，可您写的却是隶书的字体。"

洛千凰将手中的毛笔递向月眉："你帮我抄。"

月眉吓得连连摆手："这可使不得，万一被皇上发现娘娘作弊，奴婢恐怕小命不保。"

洛千凰大受打击，只能收回笔，将自认为还算满意的纸张揉搓成一团丢到一边，硬着头皮重新书写。

凤九卿进门时，便看到地上堆着一堆皱皱巴巴的小纸团。洛千凰白皙的脸颊上沾了好几块墨渍，脸色难看，神情哀怨。

月蓉和月眉见凤九卿大驾光临，纷纷上前屈膝行礼："奴婢给太后请安。"

正在跟五百八十条宫规做斗争的洛千凰看到凤九卿，眉头一展，忙不迭丢掉手中的毛笔，高兴地问道："母后，您怎么来了？"

凤九卿冲月蓉、月眉挥挥手，示意她们暂时退下。她缓步走到桌案前，看到纸张上歪歪扭扭的字迹，忍不住笑出声："小千，在练字啊？"

洛千凰一脸窘色，吞吞吐吐地解释："母后快别取笑我了，您明知我平日最不擅长书法字画，怎么可能会闲到来书房练字。还不是那日偷溜出宫，和灵儿去广月楼听戏，结果被朝阳哥哥当场抓包。他斥责我触犯宫规，理应受罚，便让我抄写十份宫规，三日后要亲自检查。"

看着自己折腾了一上午的成果，洛千凰此时的心情很是颓丧。照这个速度和质量，她几乎可以想象三天之后等待她的必然是惩罚继续。

凤九卿被洛千凰的一脸苦相逗得忍俊不禁，拿起桌案上的半成品，她鼓励似的点点头："虽然与正规的小楷相比有些偏差，照比你以前的字体，已然是大有进步。到底是聪明的孩子，只练了半日便有这样的呈现，其他人可是做不到的。"

突然受到夸奖，洛千凰目露惊喜："我的字真的有进步？"

凤九卿笑着点头："进步很大，继续努力。"

洛千凰一扫之前的沮丧，脸上总算露出一丝笑容："母后聪明绝顶、学富五车，琴棋书画样样精通。能得您一句夸赞，我便是再抄百份千份也是值得。"

前一刻还对自己难看的字迹深恶痛绝，被凤九卿一夸奖，洛千凰突然觉得她写的字也没有那么难看了。

捧着半成品欣赏了一会儿，她好奇地问："母后，您当初入宫那会儿，可曾像我一样，也被要求学习这烦琐的宫规？"

凤九卿扫了宫规一眼，不在意地说："都是老祖宗定下的条例，按照规矩，还是要象征性地学一下的。"

"那您当初花了多长时间将这五百八十条规矩背下来的？"

凤九卿认真回想了一下："大概一个时辰。"

洛千凰面露惊讶："一个时辰？"

凤九卿微微一笑，忍不住缅怀过去："当年因为一些特殊原因，初入宫时，我的身份不是皇后，而是宫女。宫中其他妃子见不得你父皇对我处处照拂，便趁你父皇不在的时候，搬出宫规刁难于我。她们大概没想到我有过目不忘的本事，五百八十条宫规，仅用不到一个时辰便一字不差地背了出来。"

洛千凰听得啧啧称奇，没想到被父皇捧在手心里的母后，当年还有这样的经历。

她神色复杂地看向凤九卿："母后，您在我心中的形象如同神祇，我实在无法想象，像您这样的神仙人物，居然也要被这些烦琐的宫规所限制。这哪里是什么宫规，明明就是男人为了束缚女人而制定出来的不平等条例。定规矩的老祖宗对女人也太不友善了，您看，宫规中明确指出，说错话要罚，行错礼要罚，走路姿势不对要罚，吃饭的时候多说一句话也要罚。人无完人，怎么可能一点错误都不犯？如果进宫的女子一定要被这些条条框框所约束，我倒觉得，平民老百姓比皇后妃子这些个后宫女人快乐多了。"

凤九卿连连点头："的确是这个道理。"

洛千凰闻言一喜："母后，您也认同我的想法？"

凤九卿不屑地看着那被后宫女子奉为宝典的宫规，说道："据史料记载，先祖爷妃嫔无数。他的第一任妻子被册立为皇后之后，为了保住自己国母的地位，给同期竞争者立下了无数条规矩。经过历代改写和演变，便有了这五百八十条宫规。"

洛千凰问道："也就是说，这些规矩，都是历代的皇后所定？"

凤九卿点头："可以这样理解。"

洛千凰生出一个大胆的想法："我现在的身份也是皇后，可不可以按照我的想法重新制定一套新的规矩？"

"你想制定什么规矩？"

轩辕尔桀的声音从门外传来，看到凤九卿，他恭敬地给母亲行了一礼，复又看向洛千凰，言语中流露出些许斥责之意："连字都写不好的人，哪来的自信去改写宫规？"

他真是被洛洛这个小磨人精气到了，本想趁午休之时检查她的功课，却在门外听到这样一番惊人的言论。

洛千凰溜到凤九卿身后寻求庇佑，小声咕哝："规矩是死的，人是活的，你怎么知道我改写不出新的宫规？母后，您说是不是？"

凤九卿笑着点头："我支持小千。"

轩辕尔桀微微蹙眉："母后，您不该这样纵着她。"

凤九卿不以为然："既然小千有创新的想法，你为什么不给她一个尝试的机会？"

轩辕尔桀嫌弃地看着洛千凰书写出来的凌乱字迹，将那几张被凤九卿认为有进步的纸张丢至一边，对洛千凰说道："朕倒想听听，你有什么创新的想法？"

洛千凰没想到他会问得这样直接，憋了半晌，振振有词道："我觉得公平的宫规，不仅要对女子有所约束，对男子也要起到震慑作用。所以应该加上一条，若哪天你负了我，甘愿接受任何惩罚。"

轩辕尔桀铿锵有力地说道："朕不会负你。"

洛千凰气势汹汹地反驳："世事难预料。"

轩辕尔桀不悦地皱眉："你不信朕？"

洛千凰指着宫规："我最不满意的便是宫规中的第十八条，妻以夫为天，夫娶他人，妻不可嗔怒，不可哀怨，不可嫉妒，不可妄为。凭什么啊？人与人之间的地位可以有高低悬殊，在感情面前我却要求一个平等。你敢让我将这条加进去，我便信你。你若极力反对，便意味着你根本不敢对我们的未来负责。"

凤九卿笑出声："小千这番话，说出了世间许多女子的真实想法。尔桀，虽然你是我的儿子，我却觉得小千的要求并不过分，如果你此生不会负她，为何不敢让她将这条新规加进去？"

轩辕尔桀无奈："母后，宫规是老祖宗定下来的，岂能随便更改？"

"为什么不能？"

凤九卿执意跟儿子唱反调："老祖宗定下的规矩，未必十全十美。小千在这段婚姻中愿意为你坚守五百八十条宫规，你为什么不能为了小千破例一回？"

洛千凰连连点头："就是呢！"

在母亲和爱妻的连环攻击下，轩辕尔桀不得不做出退让，他无可奈何地对洛千凰说道："加吧加吧，朕允了你这一条。"

洛千凰露出得逞的笑容，连忙提起笔，在宫规的最后一页，歪歪扭扭地将自己好不容易争取来的新规书写上去。

看着她那一手惨不忍睹的字迹，轩辕尔桀蹙眉一脸的无奈，转而望向凤九卿："母后今日怎么得空？"

闹了这好半晌，凤九卿这才想起正事，对洛千凰说道："小千，你爹娘即将离京这件事，想必你已经知道了。"

沉浸在兴奋中的洛千凰听到此言，神色瞬间落寞下去，她哀怨地点点头："昨日回府，我爹娘已经将他们要回封地的事情告诉我了。"

凤九卿拍拍她的肩，宽慰道："只是暂时回去，小住一段时日，他们便会回来。"

洛千凰可怜兮兮地看向凤九卿，软声问道："就不能不回封地吗？"

凤九卿长叹了一口气："异姓王不可在京城久居是先祖爷立下的规定，即便你父皇在位时，也无法更改这个铁律。我今日来此，便想问问你，要不要给你爹娘办一场送别宴？虽然只是回封地小住，这一走一回，至少也要半年光景。你现在是后宫主母，由你亲手操持这场宴席，也算给你爹娘送一份临别大礼。"

洛千凰用力点头："我会办好这件事的。"

第九十七章

深宫内初现危机

千凰令

（九）

步步成谋

QIAN HUANG LING JIU
BUBU CHENG MOU

020

黑阙皇朝自古以来便有一个不成文的惯例，三品以上大臣家的女眷，每月月尾，都要进宫给皇后请安。

说是请安，实际上就是朝中有品级的大臣借请安为名，安排府中的妻女进宫与皇族联络感情。

自家夫君或是父亲、兄长们在朝廷为了仕途和利益努力打拼，作为后宅女子，自然也要想尽办法，在京城贵妇圈占得一席之地。

洛千凰很不情愿与这些装腔作势、矫揉造作的后宅女子们打交道，可作为一国之母，有些责任和义务她必须做出妥善应对。

每到月末，景阳宫便成了后宫中最热闹的一座宫殿。

身着宫装的宫女们端着沏好的茶水和瓜果忙碌不停地穿梭于景阳宫各个角落。

偌大的景阳宫内，衣饰华丽的夫人小姐们无不将自己打扮得耀眼夺目、光彩照人。与这些女眷相比，贵为皇后的洛千凰，向来不喜欢在衣着首饰上面花太多心思。

她身材纤细、样貌清秀，虽算不得是什么绝色美女，与生俱来的清贵与雅致，非但不会让她在众多美人面前失去颜色，反而还在无形中流露出几分亲和力。

按照宫规，进宫请安的夫人小姐们必须给皇后行问安礼。

洛千凰虽然不耐烦应酬这样的场合，该说的场面话，她还是要应景地说上一番。

"各位夫人小姐快快免礼，大家都坐吧。"

在皇后的恩准之下，行过礼的夫人小姐们纷纷落座。

轩辕灵儿无视旁人异样的目光，厚着脸皮在洛千凰身边坐下来，用只有她们两个人才听得到的声音问道："小千，咱俩去广月楼听戏这件事，皇兄后来知道了吗？"

宫里宫外，人人都知道灵儿郡主与皇后娘娘私交甚笃。所以对她主动与皇后攀交情一事，早已见怪不怪、习以为常。

放眼整个景阳宫，也只有在轩辕灵儿面前才愿意展示自己真性情的洛千凰，自然不会拒绝好友兼小姑子的主动亲近。

不过，灵儿问出口的这个话题，不偏不倚，正好触上了她的霉头。

想到那十篇不知何年何月才能抄完的宫规，洛千凰清秀可人的五官瞬间皱成了一团。

她小声抱怨："灵儿，你今日是专程进宫来取笑我的吧？"

轩辕灵儿大喊冤枉："我是那么不讲义气的人吗？"

她小心翼翼地朝四周环顾一番，见没人注意到自己这边，轩辕灵儿压低了声音："听连城说，在你的争取之下，皇兄同意你对宫规的条例进行了更改。"

说到这里，轩辕灵儿佩服地冲洛千凰竖起一根大拇指："小千，真是好样的，你做了连皇伯母都没做到的事情。"

洛千凰一脸苦相："我怎么可能有本事去改宫规，多出来的那一条，是我死缠烂打，在朝阳哥哥极不情愿的妥协之下硬加上去的。为此，我可是付出了不小的代价。我答应他，十篇宫规，必须抄到他满意为止。你知道他那个人要求有多高吗，照目前的情况来看，这十篇宫规，恐怕一辈子也抄不完。"

轩辕灵儿笑容不减："即便如此，你也很厉害了。要知道，五百八十条宫规，一代一代流传至今，连我行我素的皇伯母都拿它毫无办法，你却在入宫不到一年的时间里颠覆历史，为后宫女子做出表率。小千，我真是佩服你。"

洛千凰却不这样认为："母后不是拿它毫无办法，而是不屑于将那些宫规放在眼中。她腹藏乾坤、足智多谋，无论是在朝廷还是在后宫里，她都能游刃有余，又岂会将区区几条宫规当回事。"

轩辕灵儿想了想，颇为认同地点点头："你这么一说，我觉得确是如此。可即便是这样，你的所作所为也堪称惊世骇俗了。"

就在洛千凰和轩辕灵儿脑袋碰着脑袋说悄悄话时，一名身穿鹅黄色宫装的妙龄少女踩着翩翩莲步从席间走到大殿正中，直挺挺地在洛千凰面前跪了下来。

"臣女陈美瑜，有要事求皇后娘娘为我主持公道。"

少女突如其来的举动，令原本热闹的景阳宫顿时变得鸦雀无声。

洛千凰向殿上望去，打量片刻，才认出这个自称陈美瑜的少女究竟是谁。她是吏部尚书陈明举府中的嫡次女，她还有一个同母所出的嫡姐名叫陈瑾瑜，两姐妹容貌出众、才艺双全，当年并称京城双花，名气并不比云四海的两个女儿云锦瑟和云锦绣差多少。

云氏一族陨落之后，京城冒出不少新的世家门阀，吏部尚书陈明举便是其中一位，而陈明举能够成为朝廷新贵，还要多亏他那如花似玉的嫡长女陈瑾瑜。

陈瑾瑜知书达理、秀外慧中，是无数青年才俊梦寐以求的贤妻人选。凭陈瑾瑜自身的优越条件，嫁入高门不是奢望。

没想到她眼光清奇、出人意表，无视那些上门提亲的青年才俊，独独看上了一位年过四旬的中年鳏夫。

说起这位鳏夫也不是默默无闻的寻常之辈，此人名叫刘博成，出身将门，曾经跟随荣祯帝东征西讨，为朝廷立下无数功劳。

刘博成二十岁时，曾在父母的安排下娶过一任妻子。无奈其妻身体孱弱，嫁给刘博成的第二年便香消玉殒，离开了人世。妻子离开的第二年，刘博成的父母也相继在病痛的折磨下先后去世。

刘博成将失亲之痛化为护国之志，多年来驻守边关，阻挠外敌，久而久之，便耽误了自己的终身大事，直到四十几岁，仍是孤家寡人，独善其身。

去年中秋，刘博成奉命回京参加中秋宴会，竟与小他二十几岁的陈瑾瑜牵扯出一段忘年之恋。

陈瑾瑜敬仰刘博成出众的人品，刘博成也倾慕陈瑾瑜的钟灵毓秀。为了让陈瑾瑜嫁给自己，刘博成主动求到皇上面前，在征得了陈家父女的同意之后，这段姻缘便水到渠成。

刘博成监国有功，彼时已经被封为护国将军。陈瑾瑜与刘博成成亲之后，便追随夫君远赴边关。

陈明举得此乘龙快婿，仕途大顺，没过多久，便从吏部左侍郎，被提升为吏部尚书。

曾几何时，刘、陈两家结为姻亲，在京城也成就过一段传奇佳话。陈美瑜的突然出现，勾起了洛千凰对往事的追忆。

陈美瑜是一个不可多见的美人坯子，用绝代无双来形容她也并不为过。唯一可惜的是，她的过度纤细和瘦削，使她整个人看上去仿若一个病西施，美则美矣，却有种一碰即碎的脆弱感。

洛千凰对这种病歪歪的柔弱少女最是没辙，生怕她多跪一刻，便会亏了身子，连忙抬手说道："陈二小姐快快请起，有什么难处直说便是。"

陈美瑜一动不动地继续跪着，姿态悲痛而决绝："臣女请皇后下懿旨，解除臣女与柳逢生将军的婚约。"

此言一出，众人皆惊，包括对此事一知半解的洛千凰。

隐约记得，早在几个月前，以美貌闻名于京城的陈家二小姐，在其父的安排之下，与出身将门的柳家七公子柳逢生定了亲。

洛千凰对柳家的情况了解不多，只知道柳家世代簪缨，在黑阙皇朝颇具地位。

按理说，柳家与陈家算得上是门当户对，她不太能理解，陈美瑜为何要在今天这个场合，跪求她做主，为其解除这段婚约？

洛千凰不解地问："陈二小姐可是有什么难处？"

陈美瑜直挺挺地跪在殿中，一脸哀怨地说道："虽然子女的婚事当由父母做主，但臣女自幼信奉婚姻自由，不愿将自己的一辈子随随便便托付给一个素不相识的陌生人。三个月前，臣女的父亲未征得臣女同意，擅自与柳家交换庚帖，为臣女订下这门婚事。臣女多次反抗无效，只能跪求皇后颁下懿旨，为臣女解燃眉之急。"

"这……"

陈美瑜突然当众闹这么一出，倒让洛千凰为难起来。虽然她知道以自己现在的身份，可以随意为朝中任何一位大臣家的子女指婚，但坏人姻缘等同于犯下罪孽，这种吃力不讨好的事情，她实在不想随意招惹。

似是看出洛千凰眼中的抗拒，陈美瑜重重地在地上磕了一记响头："求皇后娘娘为臣女做主。"

洛千凰忍不住问出心中的疑问："陈二小姐如此抗拒这段婚约，莫不是那柳家公子有什么不良嗜好？"

陈美瑜振振有词地回道："柳公子是好是坏、是美是丑，与我皆无半点关系。家姐当年拒绝八方才俊上门求亲，只为等候命中真正的有缘人。臣女与家姐一样，若寻不到那位命定之人，宁愿独守空闺、寂寥一世。"

洛千凰正为难之时，与洛千凰比邻而坐的轩辕灵儿嗤笑一声："陈二小姐，只怕你这番言论，虚假的部分占了九成以上吧。"

陈美瑜倔强地看向轩辕灵儿，义愤填膺地反问："我所愿所求，不过是一段真挚的感情，郡主又何必嘲笑于我？"

轩辕灵儿满脸无辜："陈美瑜，做人做事要有良心，你们陈家与柳家定亲已经超过三个月，如果你真的不满意这门亲事，为何不在定亲之初大力反对？选在这种场合跪求皇后为你解除婚约，真正的原因，莫不是你嫌弃柳逢生战场赴伤，担心他会落下残疾，所以才搬出寻找真爱这么荒唐的借口，诓骗皇后来做坏人。"

轩辕灵儿一席话，惊得在场宾客一片哗然，陈美瑜也一改之前的从容淡定，神色微微露出惊慌。

洛千凰看向轩辕灵儿，不解地问："柳将军怎么了？"

轩辕灵儿并未隐瞒："在座的诸位可能还不知道，柳逢生数日之前奉旨剿匪，执行任务的过程中被匪徒所伤。虽然他本人还未归京，关于他身受重伤、很可能会落下残疾的消息在几日前已经传回京城。据军医所述，柳逢生伤到了腿部韧带，就算日后恢复，走路的姿态也会受到严重影响。"

说到这里，轩辕灵儿看向陈美瑜："与柳家刚定亲那会儿，你们陈家可谓风光无两。若无意外，明年三月，便是你嫁进柳家之时。如今出了这样的事情，你不甘心嫁给一个跛子，便胆大包天地将主意打到了皇后的头上。"

陈美瑜连连摇头："不，我没有！"

轩辕灵儿冷笑更甚："你贪慕虚荣，不想嫁给跛子相公，便想利用皇后的单纯，帮你解决这个麻烦。你可曾想过，柳家世代英烈，对朝廷忠心耿耿。一旦皇后受你蒙骗，下懿旨解除这门婚事，世人将会如何非议皇后。陈美瑜啊陈美瑜，真看不出来，你孱弱可欺的外表之下，却包藏祸心，连当朝皇后都敢算计，还有什么事是你不敢做的？"

在轩辕灵儿一声接一声的斥责之下，陈美瑜瘫坐在地，惶惶不知所措。

"唉！所以说啊，这世间最难测的，便是人心。"

用晚膳时，洛千凰忍不住向轩辕尔桀讲起发生在景阳宫的那起事件。

"要不是灵儿替我挡下暗箭，我恐怕真要着了陈美瑜的道，被她拿来当枪使。一旦我因为同情她而下懿旨替柳、陈两家解除婚约，到时候我的罪过可就大了。"

轩辕尔桀将剥好的虾肉放在酱料中，随即动作熟练地塞到洛千凰喋喋不休的嘴巴里。

正在夸夸而谈的洛千凰被突如其来的虾肉塞了满嘴，嚼了几口之后才发现自己吃的居然是海鲜。

她摆出一副要吐的动作，被轩辕尔桀出言制止："别吐，吃掉。"

洛千凰皱着眉头将新鲜的虾肉咽进喉咙，没好气地抱怨："你明知道我不爱吃海鲜。"

轩辕尔桀态度强势："你素来不喜荤食，长此以往，对身体不利。这些都是进贡的鲜虾，偶尔吃一点，可以适当地补充营养。"

说话的工夫，轩辕尔桀将第二只剥好的虾肉塞进洛千凰的嘴巴里，像哄孩子一样劝说道："乖，再吃几只。"

洛千凰不情不愿地将被强塞进嘴里的虾肉吃掉，见轩辕尔桀还要再帮她剥虾，连连摆手："不吃了，我吃饱了。"

轩辕尔桀没再勉强，将已经剥好的虾肉丢进自己的嘴里，边吃边问："后来呢？那陈二小姐就这么被灵儿给骂退了？"

提及此事，洛千凰又来了兴致："当然不可能这么简单，那陈美瑜段位很高，岂会被灵儿一番话糊弄过去。她当着众人的面哭诉她对柳、陈两家婚事的不满，一口咬定这桩婚事是她爹未征得她同意的情况下私自订下的。她要效仿她姐姐，亲自挑选未来的夫婿。还说，如果这辈子嫁不到有缘人，宁可终身不嫁，也绝不将就。总之她哭哭闹闹，只有一个目的，便是解除婚事，坚决不进柳家的大门。"

轩辕尔桀见她讲得绘声绘色、眉飞色舞，饶有兴味地点点头，摆出一副洗耳恭听的姿态，鼓励她继续说下去。

洛千凰见状兴致勃勃继续道："我看那陈美瑜是铁了心要我给出一个结果，于是，我派人去柳府将柳逢生的祖母柳老夫人请进景阳宫，将事情的前因后果一一告知，让柳老夫人自己来决定这桩婚事的去留。真不愧是将门女杰，别看柳老夫人一把年纪，在众人面前却腰杆挺直、声如洪钟，得知陈美瑜跳着脚非要寻找命中真爱，柳老夫人不但当着众宾客的面解除了两家的婚事，还将陈美瑜的庚帖还了回去。临走前，柳老夫人告诉陈美瑜，从一开始，柳家就不看好这桩婚事，是陈美瑜她爹陈明举上赶着非要攀上这门亲，柳家看在刘博成刘将军的面子上，才勉强应下陈家的请求。被陈美瑜这么一闹腾，柳家正好可以摆脱掉这个束缚。朝阳哥哥，你都不知道，陈美瑜当时的脸色有多难看。灵儿说，经此一事，京城的那些青年才俊，怕是不敢对陈家二小姐再有任何幻想。如今想想，这出戏简直比广月楼唱的那些还要精彩。"

轩辕尔桀宠溺地将一杯凉好的茶水递到她的面前，柔声道："喝口茶，润润喉。"

洛千凰接过茶水咕咚咕咚连喝几口，才发现自己今晚讲话讲得有些多。

她放下茶杯，不好意思地问："朝阳哥哥，你会不会觉得我太八卦了啊？你整日为国事烦忧，我却讲这些杂七杂八的事情来浪费你的时间。有这个工夫，你都能批几本折子了。"

轩辕尔桀忍不住笑了："国事永远也没有忙完的一天，朕是人，不是神，劳累的时候，也需要放松心情，找些轻松好玩的事情来调解。你讲的这些八卦很是有趣，朕很爱听，你愿意说，便给朕多讲一讲。"

洛千凰很实在地回道："已经讲完了。"

她想了想，继续说道："其实陈美瑜挺漂亮的，比她姐姐还要漂亮。只可惜她心气太高，认不清眼前的局势，好好的一副牌，硬是被她打得稀烂。有资格进出景阳宫的那些夫人小姐，哪个不是颇有来头？陈美瑜在众人面前闹得那样难看，日后再想嫁进高门，恐怕难如登天了。"

轩辕尔桀颇为认同地点点头："在一部分人眼中，女子的名声的确比生命还要重要。"

他看向洛千凰，问道："如果你是陈美瑜，面临即将嫁给一个残疾夫君的婚约，会如何选择？"

"残疾怎么了？"

洛千凰觉得这根本不是问题："只要对方人品端正，又何须过于在意穷富美丑那些外在条件？何况柳逢生是为了维护朝廷安宁才落下的残疾，他生于名门望族，却愿意为了天下苍生牺牲小我，比起那些只知道吃喝玩乐的纨绔子弟可要强出百倍。陈美瑜就是傻，放着这么好的香饽饽不要，真不知道她是怎么想的。"

轩辕尔桀不由得诧异："你分析事情的角度，真是清奇得令朕刮目相看。"

"清奇吗？哪里清奇？"

洛千凰并不觉得自己的想法有多惊世骇俗："陈明举能够在官场上沉浮数十年屹立不倒，足以证明他眼光独到，做事老辣。他在风头正盛时，给容貌倾城的二女儿寻到柳家这门婚事，必是做足了准备才有此决定。可惜陈美瑜理解不到她爹对她的良苦用心，偏要跟她爹唱反调。回府之后，也不知道要闹成什么样子。"

轩辕尔桀认真说道："洛洛，一直以来，朕真是错怪你了。你其实一点都不笨，简直算得上聪慧过人。"

洛千凰突然被夸，瞬间有些飘飘然，她挺起胸脯，一脸自傲："我本来就不笨。"

轩辕尔桀拍拍她的头："既然洛洛这么聪明，你欠朕的那十篇宫规，几时上交？"

正陷入得意中的洛千凰垮下脸，支支吾吾给自己找起借口："这不是后宫事忙，抽不开空嘛。我还要操持我爹娘的送别宴，短时间内，肯定脱不开身抄写宫规。"

见轩辕尔桀似笑非笑地看着自己，洛千凰心里一阵发虚，忙举手发誓："等爹娘离京，我一定上交功课，绝不拖欠。"

每月的初一、十五，都是法华寺香火最旺的日子。

法华寺高僧苦无大师，会在这两个重要的日子开设法会，为虔诚的香客们诵经讲法，宣扬佛道。

苦无大师修为不凡、德高望重，每到初一、十五，便会有大批香客来法华寺听他讲经。

早在很多年前，凤九卿便与苦无大师结下忘年之交。时间允许的情况下，她会扮成平民百姓的模样，来到法华寺与苦无大师切磋佛法。

离宫之前，凤九卿派人去龙御宫给洛千凰送去口信，问她要不要随自己一同去法华寺上香祈福。

接到口信时，洛千凰正伏在案头与令她头痛的宫规做斗争。

那日在轩辕尔桀面前抗争无效，只能答应他在闲暇之余继续抄写宫规上交功课。五百八十条宫规，按照正常速度抄写十份，两三天的时间绰绰有余。

奈何她的皇帝夫君对字体要求甚高，书写得不够干净漂亮，是要被退回来重写的。

洛千凰被折腾得苦不堪言，正寻思着找什么借口躲过这道坎，便接到凤九卿派人送来的口信，问自己愿不愿意随她去法华寺烧香拜佛。

洛千凰的答案当然是肯定的，每天像囚犯一样被困在皇宫大门不出二门不迈，这日子过得简直不能更糟糕。

好不容易争取到一个出宫的机会，她几乎立刻奔出了龙御宫，兴高采烈地坐进赶往法华寺的马车。就算事后被朝阳哥哥责问，自有母后为她撑腰做主。

来到法华寺时，苦无大师的讲经大会已经接近尾声。法会结束之后，凤九卿很正式地将洛千凰引见给苦无大师。

得知洛千凰的身份是当朝国母，苦无大师便要行礼，被凤九卿出面制止。

看着禅房外络绎不绝的香客，凤九卿说道："我与小千便衣出宫，就是不想在这样的场合中引人注意。大师是个明白人，应该知道世俗之礼于我而言并不重要。"

苦无大师笑着点头："施主说得极是。"

他似有若无地扫了一眼洛千凰的面相，眉头不由得微微一皱。

凤九卿敏锐地发现苦无大师眼中的深意，问道："大师有什么话不妨直言相告。"

洛千凰也察觉到苦无大师看自己的眼神有些不太对劲，她对佛法经文那些堪比天书的文字一窍不通。之所以随凤九卿来法华寺，纯粹是想借这个机会出宫游玩。

在此之前，她曾听母亲提过法华寺有一位得道高僧名号苦无，没想到有朝一日，竟会以这样的方式与这位传说中的人物相见。

见凤九卿和洛千凰面色凝重，苦无大师浅浅一笑："贫僧观摩这位小施主的面相，看得出小施主是有福之人。只是年少时会遭遇一些磨难，平安渡过这些劫数，小施主日后必会洪福齐天，安享一世。"

凤九卿忍不住问道："大师口中所说的劫数，可有化解之法？"

苦无大师摇摇头："天将降大任于斯人也，必先苦其心志、劳其筋骨、饿其体肤。施主历经半世，深谙佛法，应该知道有些规则一旦被打破，非但解决不了眼前的麻烦，反而还会让原本简单的事情越来越复杂。只有经历过、体会过，才不枉此生。"

凤九卿闻言神情颇为复杂，与苦无大师又交谈几句，便带着懵懵懂懂的洛千凰离开了禅房。

出来之后，洛千凰按捺不住心中的好奇，小声问道："母后，那位大师的意思是不是说，我可能会在近期遇到劫难？"

凤九卿轻轻拍了拍洛千凰的肩膀，冲她露出一个安抚的笑容："该经历的，你都已经经历过了。往后余生，等待你的只有享不尽的福气。"

她挽着洛千凰的手臂向大雄宝殿处走去，边走边说："苦无大师句句金言，你只听到前半句，为何不揣摩后半句。他说你是有福之人，渡过年少时的劫难，你的人生必定大富大贵、风光无限。事实也是如此，你幼时与父母分离，一个人跌跌撞撞在江州城长大，吃的那些苦，受的那些罪，如今回想起来，可不就是一桩桩、一件件的磨难嘛。事过境迁，一切都已经过去了。"

为了避免洛千凰胡思乱想，凤九卿将她拉进大雄宝殿，故意将话题转向别处：

"再过几日，你父母便要启程离京。法华寺香火极旺，临别之前，不妨为你爹娘和弟弟祈福，保佑他们顺顺利利抵达封地。"

经凤九卿一番提醒，洛千凰忙不迭地在蒲团上跪好，双手合十，默默在心中为父母祈祷，希望他们快去快回，不要让自己在京城这边等太久。

嘀嘀咕咕叨念了一会儿，洛千凰无比虔诚地给塑了金身的佛祖重重磕了三个响头。

凤九卿在一边看得直心疼，连忙将洛千凰从蒲团上扶起，揉了揉她略显红肿的额头："你这傻孩子，磕得这样用力，也不怕磕破了头。"

洛千凰顺势起身，露出一个憨直的笑容："只有磕得响亮一些，佛祖他老人家才能听到我的心声。"

凤九卿笑道："只要你心意尽到，佛祖一定会满足你的心愿。"

洛千凰仰头看着面露慈祥笑容的金身佛祖，忍不住问道："母后，您说佛祖真的存在吗？"

凤九卿淡淡说道："信则有，不信则无。人生在世，总要为自己树立一个信仰，这样在孤独无助的时候，才不至于陷入崩溃和绝望。你娘没嫁给你爹之前，是人人景仰的皇家圣女。你们母女二人独处时，她从未给你讲过这些？"

洛千凰老老实实地摇摇头："我娘极少与我探讨这些，每次回府，问得最多的，便是我在宫中过得是否开心快乐。"

凤九卿叹息一声："可怜天下父母心。她在亲情上对你有太多亏欠，自然会想尽办法弥补心中的遗憾。"

洛千凰面露失落："我不需要她弥补什么，只希望她和我爹可以留在京城，想见他们的时候，出宫便可以去逍遥王府看望他们。我以为这样的生活可以长长久久地过下去，哪承想再过几日，便要与他们道别。"

凤九卿好言劝道："暂时的分别，是为了今后更好的重逢。"

洛千凰展颜一笑："放心吧，母后，我不是伤春悲秋之人，该面对的，我一定会勇敢面对。更何况我爹娘只是暂时离京，说不定年底之前，他们就会赶回京城跟咱们共度新年。"

凤九卿非常欣赏洛千凰这种拿得起、放得下的性情。明明外表看上去是那么娇弱纤细的一个女孩子，担当和魄力却一点也不输给在外闯荡的那些豪气男儿。

拜完了佛祖，两人有说有笑地踏出大雄宝殿。

正准备启程回宫，不远处传来一阵骚动。

今天初一，法华寺香客云集，人山人海的寺院里，忽然出现异样，原本有秩序的人群顿时乱作一团。

来寺院上香的绝大多数是女子，只见这些人像是受到了什么惊吓，尖叫着在寺院之中四处逃窜。

凤九卿察觉到事情有变，连忙将洛千凰推回大雄宝殿："小千，你在这里躲一躲，我去那边探探情况。"

洛千凰被寺院中混乱的气氛吓得不轻，一把拉住凤九卿的手臂，忧心忡忡地摇摇头："母后，咱们今日出宫没带侍卫，贸然出去，恐怕会遇到危险。就算您武功绝顶，也免不了受到人群的冲撞，眼下大雄宝殿不是久留之地，您看……"

洛千凰指向骚乱的人群："大批香客已经朝这边拥过来，如果咱们被困在里面，万一寺内失火，咱们恐怕在劫难逃。"

在洛千凰的提醒之下，凤九卿意识到了事情的严重性。法华寺说小不小，说大也不大。若换作平时，就算有骚乱出现，也不至于无处可躲。

可今天是月初，起早赶来烧香的香客多到难以计数，眼看大批香客像发了疯般往大雄宝殿这边拥来，凤九卿一把拉住洛千凰的手，想要施展轻功，带她从房顶脱身。

意外发生在眨眼之间，无数支羽箭从天而降，许多奔逃中的香客不幸中箭，有的负伤倒地，有的当场毙命。

经此一乱，寺院内的局面变得更加凶险。越来越多的香客为了活命，不顾一切地冲进大雄宝殿。

凤九卿和洛千凰好几次差点被发疯的人群撞倒在地，想要施展轻功离开这里已经难如登天。

凤九卿紧紧拉住洛千凰的手，生怕她被人群冲散。法华寺突然出现这样的变故，到底是何原因造成的暂不明朗。

她忍不住怀疑，是不是自己和小千微服出宫的消息不胫而走，从而引来亡命之徒追杀。可是，最近朝廷一片太平，并未见有仇家出现，偌大的法华寺，怎么会引来这么多视人命如草芥的弓箭手？

就在凤九卿一边警惕四周危险，一边暗自揣摩背后真凶的身份时，洛千凰忽然推了她一把，失声喊道："母后小心！"

凤九卿被推得向后踉跄几步，千钧一发之时，一支利箭朝洛千凰的面门直直射去。凤九卿暗叫不好，想要推开洛千凰已经来不及了。

眼看那支没长眼睛的箭就要夺走洛千凰的性命，她急中生智，从发间抽出一根发簪，朝羽箭的方向丢过去。

发簪和羽箭发生碰撞，虽然被打偏，但那支夺命箭还是按照原路朝洛千凰飞过去。锋利的箭尖擦过洛千凰的手臂，划破衣袖，带出一道深深的血渍。

洛千凰疼得闷哼一声，险些摔倒，好在被凤九卿拦腰抱住。纵身一跃踩着几个人的肩膀迅速跳上房顶，以最快的速度离开了这块是非之地。

洛千凰受伤了，手臂被箭头划出一道血痕。消息传到轩辕尔桀面前时，他正在御书房与朝中几位大臣商讨国事。

得知妻子在上香途中被一伙来历不明的弓箭手所伤，他立即放下手中的公务，匆匆忙忙赶回龙御宫。

踏进宫门时，就看到凤九卿正跟御医在商讨什么，见皇上来了，御医连忙下跪行礼。

轩辕尔桀冲御医做了一个起身的手势，迫不及待地向凤九卿问道："母后，究竟是怎么回事？洛洛呢？"

凤九卿对御医说道："你先退下吧。"

她转而看向轩辕尔桀，简单解释："御医刚为她处理完伤口，她的衣袖破了，我吩咐她的贴身婢女带她去里屋换一套新的衣裳。别担心，伤口不深，只是擦伤表皮，敷几次药便会痊愈。小千会受伤，都是因为我。要不是她在紧要关头推我一把，负伤的人便是我了。"

轩辕尔桀微微皱眉："法华寺是佛门重地，怎么会有大批弓箭手埋伏在那里？母后可知那些人是何来历？"

凤九卿面色极为凝重："你父皇已经派人去调查了，不过目前的情况还不明朗。"

思忖片刻，凤九卿忽然问道："听说不久之前，朝廷抓捕了一批暗桩，其中有一个叫白少清的，是广月楼名旦之一。此人拥趸无数，人脉极广。我现在怀疑，法华寺这起刺杀事件，会不会与白少清被抓有关？"

千凰令
（九）
步步成谋
QIAN HUANG LING JIU
BUBU CHENG MOU

032

沉思半晌，轩辕尔桀否定了这个猜测："白少清虽是广月楼名旦，到底是戏子出身，拥护他的多是一些草包纨绔。他被抓的消息扩散之后，曾经力捧过他的客人为免惹祸上身纷纷避嫌。就算有那么一两个脑子不清楚的，也绝对不敢在法华寺这种地方兴风作浪。听暗卫汇报，那批弓箭手手段残忍、杀人如麻，若他们真想替白少清讨公道，何不打劫天牢，将白少清救走？"

回想法华寺发生的那起混乱事件，凤九卿仍旧心有余悸。

她对轩辕尔桀吩咐："小千虽然伤势不重，难免在那样的场合中受到惊吓。你命人好好照顾她，我还有事，先走一步。"

送走母后，轩辕尔桀迫不及待地踏进内殿探望洛千凰。

推门而入时，洛千凰正不顾婢女阻拦，将御医包在手臂上的纱布一层一层撕了下去。

月眉急得手足无措，连连劝道："娘娘，这可使不得，万一伤口感染可如何是好？"

洛千凰无视月眉的焦急，一把扔掉染血的纱布，振振有词地说道："我都不怕，你怕什么？别在这里大惊小怪，该做什么，我自有分寸。"

一条横亘在手臂上的伤口赫然闯入轩辕尔桀的视线，虽然只是一道擦伤，伤口却足有两寸那么长。

殷红的鲜血顺着伤口汩汩流出，看得轩辕尔桀触目惊心。他大步走进屋内，厉声斥道："洛洛，包好的伤口，你为什么要解开？"

轩辕尔桀转而怒视月眉："你是怎么伺候皇后的，竟由着她性子胡来？"

月眉吓得跪倒在地，慌忙磕头告饶："奴婢该死！奴婢该死！"

洛千凰一把扶起月眉："什么该死不该死的，先退下吧，这里没你的事了。"

月眉不敢在此久留，急急忙忙退了出去。

洛千凰起身安抚轩辕尔桀："朝阳哥哥，先别急着发脾气，我只是被箭头擦了一下，伤口不深，休养两三日便可痊愈。之所以解掉御医给我绑的纱布，是因为御医给我涂的止血药没有我自己配制的止血药效果好。"

说话的工夫，洛千凰翻出自己的医药箱，动作利落地从里面找出止血药，白色的粉状物体轻轻撒在伤口上面，不一会儿，鲜血便被止住了。

洛千凰晃着手臂，在轩辕尔桀面前显摆一番，得意道："看吧，止血的速度是不是很快？"

轩辕尔桀仍有些着急："纱布呢，朕帮你包扎起来。"

"不用！"

洛千凰又在伤口上撒些药粉："伤口被纱布缠上之后恢复太慢，这样晾着，几个时辰后便会慢慢结痂。"

小心翼翼地看向门外，洛千凰低声问："母后和御医都走了？"

"走了！"

洛千凰长长松了一口气："走了就好，免得母后为此责怪御医失职。御医也是一片好心，只不过他们处理伤口的方式过于迂腐，照那个速度恢复，怎么也要十天半个月。"

轩辕尔桀又气又恼地在她脸颊上掐了一把："你说你笨不笨，出宫上个香，也能把自己折腾出一身伤。"

洛千凰被掐吃痛，忍不住为自己叫屈："这怎么能怪我？谁能想到，那些不法之徒敢在佛门重地大开杀戒。我和母后拜完佛祖，正打算回宫，那些人就像疯了一样闯进寺院。多亏母后机智，提前带我离开是非之地……"

说到这里，洛千凰忽然问道："朝阳哥哥，你这个时间回宫看我，莫非法华寺的案子已经有了定论，查出来是谁在幕后指使吗？"

轩辕尔桀摇了摇头："暂无结果。"

洛千凰接着又问："死伤人数可有统计？"

"截至目前，三死二十八伤，京府尹那边还在继续统计，准确数字至少要等到明天午时才能出来。父皇已经下令派人彻查此事，所有的城门全部封锁，如无意外，近期之内会有结果。"

他安抚地揉了揉洛千凰略显凌乱的发丝，担忧地问："是不是被吓到了？"

洛千凰摇了摇头，而后又点了点头："直到现在还很害怕，当时若非母后救我，我差点就回不来了。"

说着，将已经止了血的手臂抬到轩辕尔桀面前，可怜兮兮地说："朝阳哥哥，受了这么重的伤，短时间内，我的手恐怕不能提笔写字了。"

轩辕尔桀忍不住笑骂："为了逃避惩罚，你还真是无所不用其极。你素来对寺院庙宇这样的地方没有兴趣，朕倒是想要问问你，为何突然去法华寺上香？朕不是说过，宫规没抄完，不准随便出宫吗？"

洛千凰振振有词地为自己辩解："再过几日，我爹娘便要启程离京。听说法华寺香火极旺，我是想在爹娘离开之前为他们祈福，希望他们一路顺风，快去快回。我发誓，绝对没有逃避惩罚的念头。"

轩辕尔桀重哼一声："你的那些小伎俩，已经明明白白写在了脸上。真以为朕是好糊弄的，随便扯几句谎，朕便信了你的话？"

洛千凰被训得十分委屈，小声咕哝："我没有说谎……"

轩辕尔桀打断她的话，继续训道："也不用你的脑子想一想，广月楼一事之后，朕为何要重重罚你。朝廷最近查出一批安插在京城的暗探，这些暗探来自不同的国家，伪装成普通老百姓的样子隐藏在各个行业之中，想要连根拔出，绝非一朝一夕可以做到。朕之所以不准你随便出宫，就是怕你在外面遇险。你偏不听，非要变着法地跟朕唱反调。如果你乖乖服从朕的命令，会在上香途中被人射伤吗？"

洛千凰忍不住呛声："如果我不去法华寺，受伤的人便是母后。"

轩辕尔桀被她气笑了，惩罚性地在她鼻头上捏了一把："如果不是你拖母后后腿，事件发生之时，凭母后的能力，离开法华寺轻而易举，何至于要受你连累，被困在法华寺寸步难行？"

洛千凰被骂到词穷："我只是想出宫散散心，哪想到会发生这种恶性事件？"

"所以朕骂你，你还委屈了是吧？"

洛千凰确实委屈："朝廷的形势这样严峻，你应该直接告诉我。以责罚为由阻止我出宫，只会让我心生逆反。我爹娘马上就要与我分别，你却连我回府探亲的自由都要剥夺。"

轩辕尔桀微微皱眉："你这是在责怪于朕？"

洛千凰别过视线不想说话，却被轩辕尔桀捏住下巴，强迫她看着他。

"洛洛，你扪心自问，朕在婚后待你如何？"

洛千凰看出他眼中的愠怒，忙不迭地解释："我没说你待我不好，只希望有些事情，朝阳哥哥可以对我坦诚相告。"

轩辕尔桀提高声音："像京城被安插暗探细作这种事，你要朕如何对你坦诚相告？告诉你后，不但会给你带来心理负担，说不定还会打草惊蛇，走漏消息。洛洛，朕每天为了朝中要务忙前忙后，就是想为你打造一个太平盛世，让你安然无忧地活在朕的羽翼之下。黑阙皇朝地广人多，灾难和不幸随时发生，如果朕事事都要向你诉苦，你与朝中那些大臣又有什么区别？朕娶的是妻子，而不是臣子。臣子是用来帮天子分忧解难的，而妻子是用来疼惜宠爱的。"

突如其来的一番情话，听得洛千凰又羞又窘，忍不住认错："是我思虑不周，误会你了。我答应你，如无要事，不会再擅自出宫。如果一定要出宫，我会提前向你报备，你批准的情况下我再出去。"

见她变得这样乖巧，轩辕尔桀倒有些不忍心："该说抱歉的是朕才对，成亲之前明明亲口承诺，不会拿宫规压制于你，如今却食言了，给你带来这么大的心理负担。等朕忙完这阵子，亲自带你出宫散心，到时候无论你想去哪儿玩，朕都随你。"

有了这份保证，洛千凰的心情总算多云转晴。

两人腻在一起说了许多体己话，洛千凰忽然问道："是不是那些安插在京城的细作被清理干净，朝廷便可以安枕无忧？"

轩辕尔桀笑着解释："自古以来，细作暗探无处不在，想要彻底清理干净几乎是不可能的。这些人经过特殊挑选，虽其貌不扬，却善于伪装，很是难缠。不过，他国在我们这里安插细作，我们也会做此安排，只有这样，国与国之间才能互通有无，时时了解对方的情况。一旦发生异变，我们也能在第一时间采取措施及时防范。"

在此之前，洛千凰对"细作"这两个字了解不多，只知道这些人隐姓埋名，在普通老百姓的群体中暗中蛰伏、蓄势待发。

听轩辕尔桀这么一解释，才隐隐意识到，隐藏在人群中的那些细作，很有可能在未来的某一天给朝廷带来意想不到的危害。

见她眉头紧锁，心事重重，轩辕尔桀知道这个话题过于沉重。

"洛洛，你受伤这件事，要不要朕派人去逍遥王府给你父母报个信？"

洛千凰连忙摆手："不要不要，爹娘要是知道我受伤了，肯定要为我担惊受怕。他们马上就要离京，别因为我的事情多生事端。"

"你爹耳目极多，这件事恐怕瞒不了多久。"

"不会的！"

洛千凰很有自信地说道："我与母后低调出宫，除了身边伺候的人了解内情，其他人并不知道我和母后离开过皇宫。母后说，她已经下令封锁消息，短时间内，应该传不到我爹娘那里。等他们知道的时候，我的伤已经恢复得差不多了。"

看着洛千凰一心一意为父母着想，轩辕尔桀忍不住感慨，难怪母后多年来一直心存遗憾，没能给父皇生下女儿。与粗心大意的儿子相比，乖巧听话的小姑娘才是爹娘贴心的小棉袄。

此时此刻，他万分期盼，洛洛给他生的第一个孩子，最好是一个粉嫩可爱的女儿。

　　轩辕尔桀并没有在龙御宫待上太久，朝中大大小小的琐事不计其数，简单在宫中用过午膳，便在小福子的通传下被朝中几位重臣请走。

　　离宫之前，他看到用过午膳的洛千凰躺在榻上昏昏欲睡。

　　轩辕尔桀不忍吵她，郑重吩咐月眉和月蓉，一定要好好伺候皇后，伤口未结痂之前，不准她四处走动，也不准她碰水洗澡，免得感染伤口，伤风化脓。

　　直到他匆匆离开龙御宫，月眉才不无感慨地对月蓉说道："瞧见没有，皇上对咱们娘娘，可真不是一般的疼宠。那些眼巴巴盼着能进宫同娘娘分一杯羹的官家小姐们，这辈子估计是没机会了。"

第九十八章

故人千里寻亲

千凰令
（九）
步步成谋
QIAN HUANG LING JIU
BUBU CHENG MOU

038

　　轩辕尔桀这一忙，又忙到了明月高挂。踏着夜色回到寝宫，推门而入时，房间内烛火通明。

　　往常这个时辰已经入睡的洛千凰，一改旧例，竟像模像样地坐在桌前提笔写字。

　　轩辕尔桀怀疑自己是不是眼睛花了，他这个妻子样样都好，唯独对琴棋书画、女红刺绣这些风雅之事毫无兴趣。

　　"洛洛，这么晚了，怎么还没休息？"

　　伏在案头正聚精会神写毛笔字的洛千凰被突如其来的声音吓了一跳，手腕一抖，好好一个大字就这么歪掉了。

　　洛千凰的神情略显沮丧，忍不住抱怨："朝阳哥哥，都怪你，回来也不打声招呼，害得我字都写坏了。"

　　她恶人先告状的行为，倒把轩辕尔桀逗笑了，他缓步走到桌案前，扫视了一眼纸张上的字迹，一字一句地读出声音："心中有佛佛自生，心中无佛妄修佛。"

　　慢慢读完，轩辕尔桀诧异地看向洛千凰："这两句话是你想出来的？"

　　洛千凰谦虚一笑："我怎么可能会有这样的文采，今日随母后去法华寺，向佛祖祈福时我问母后，佛祖是否真的存在，母后当时便回了我这两句话。虽然我不是很了解话中的深意，却觉得母后说得颇有道理。我怕日后忘掉，便找纸笔记了下来，权当练字。"

　　轩辕尔桀对妻子难看的字迹实在不敢过多恭维，练了这么久的字，还是没有丝毫长进，可惜了案头那些价值连城的文房墨宝。

　　洛千凰看出他眼中的无奈，小心翼翼地问："朝阳哥哥，你是不是觉得我的字写得特别丑？"

　　轩辕尔桀怎么可能会说实话，将话题转到别处："你不是说手臂受伤，提不起笔了？"

"白天睡得太多，这会儿没什么困意，我便寻思着找些事情来做。"

轩辕尔桀鼓励地说道："深悟佛法，不但可以修身养性，也能教世人放下嗔痴喜怒，以平常心来看待世间所发生的不公之事。至于世间是否有佛祖存在，每个人心中自有定论。心中有佛，所见皆佛；心中存魔，观人皆魔。"

洛千凰似懂非懂地点点头："听上去，你和母后说得都极有道理。"

忽然想到什么，洛千凰亲昵地搂住轩辕尔桀的手臂，兴致勃勃地说道："我讲一件有趣的事情给你听，还记不记得我之前提过的那位陈家二小姐？"

轩辕尔桀被洛千凰拉到桌边坐了下来，反应了好一会儿，才想起妻子口中的陈二小姐姓甚名谁："你是说那个陈美瑜？"

"没错，就是她。"

洛千凰饶有兴味地同他分享八卦："午觉醒来，我去殿外转了一圈，不经意听到几个宫女聚在一起说闲话，被说的正是陈大人家的那位二小姐。她在景阳宫拼死也要与柳家解除婚约这个举动，气得她爹大发雷霆。陈大人听说此事之后，在盛怒之下对陈二小姐动了家法，还亲自领着陈二小姐去柳家道歉，求柳老夫人收回成命，并要重新奉上庚帖。结果被柳老夫人以柳家门户太低，配不上金尊玉贵的陈小姐为由严词拒绝。陈大人求诉无果，只能带着陈二小姐离开柳家。没想到陈家父女前脚刚走没多久，就传出柳家与内阁大学士朱文顺家的三小姐定亲的消息。那朱三小姐我见过，虽然容貌不像陈二小姐那般倾国倾城，言谈举止方面却比陈二小姐大气多了。"

轩辕尔桀不禁调侃："堂堂皇后，你竟然去听宫女的墙角。"

洛千凰并不以为耻："连宫女都知道陈家与柳家闹得不可开交，可想而知，陈小姐今后的日子恐怕不太平了。我想不通的是，朱大人明知道柳逢生可能会不良于行，为什么要在这个节骨眼，将府中那位温婉端庄的朱三小姐许给柳家？"

轩辕尔桀难得有心情跟妻子闲聊八卦，极有耐心地为她分析："朱文顺和陈明举都是聪明人，早早便预料到柳家七公子柳逢生日后在朝堂上必有一番大作为。此番剿匪回京，朝廷势必会嘉奖一批有功的将士，柳逢生功不可没，即便残了，也不影响他日后的地位。黑阙皇朝向来重武不重文，能够与武门攀亲，是多少文官梦寐以求的事情。陈美瑜错过一段好姻缘，日后有她哭的时候。"

洛千凰心有余悸地拍了拍自己饱受惊吓的小心脏："幸亏那日在景阳宫，我没有被陈美瑜的眼泪所蒙骗。如果在不分青红皂白的情况下贸然解除陈、柳两家的婚约，届时，不但得罪了柳家，恐怕陈大人也会对我恨之入骨，那才真是费力不讨好，两面不是人。"

"日后再有人拿这种事情求到你面前，直接拒绝便是，不用去看她们的脸色。"

"谈何容易啊！"洛千凰一脸委屈，"有资格踏入景阳宫的那些夫人小姐，哪个不是背景雄厚、出身不凡。就算我贵为皇后，也不能轻易得罪这些女眷。"

轩辕尔桀笑着安慰："今后再遇到这种事，你只管往朕身上推，就说朕不准你多管闲事，她们谁有意见，直接找朕来提。朕倒要看看，哪个胆大包天的命妇，敢为难朕的女人。"

洛千凰亲昵地抱住轩辕尔桀的手臂，露出一个甜美的笑容："这是你说的，日后可不能反悔。"

轩辕尔桀很喜欢她时不时的主动亲近。大婚之后，两人在一起经历了大大小小无数磨难。每经历一段波折，彼此间的感情便增进一分，每每回想起过去，唏嘘的同时，也会有忆苦思甜的满足。

看着依偎在自己臂弯处的妻子，轩辕尔桀忽然想起今天下午在案头上翻到的折子。

"洛洛，你义兄端木辰，派人送了一封书信进京，白若璃怀孕了，预产期在明年年初。"

"真的吗？"

这个天大的喜讯令洛千凰高兴得直拍双手："太好了，阿璃怀孕，明年的这个时候，我就可以看到我的小侄子了。阿璃容貌倾城，完美得几乎无可挑剔，她生出来的孩子，肯定十分惹人疼爱。"

轩辕尔桀见她高兴得双眼放光，忍不住问："洛洛，你几时也给朕生个孩子？"

洛千凰被他问得面露羞怯："生不生孩子，是要看缘分的。"

忽然想到什么，洛千凰试探地问："是不是朝中的大臣拿子嗣一事叨扰你了？母后同我说过，当年她刚嫁给父皇那会儿，因为迟迟没有生子，朝中不少大臣以皇家不可无嗣为由逼迫父皇册立妃嫔。眼下后宫只住着我这个皇后，万一那些大臣故技重施……"

话未说完，就被轩辕尔桀打断："别胡思乱想，朕与你都还年轻，有没有孩子，不急在这一时。之所以会提起这个话题，是因为端木辰写给朕的那封信，言辞间尽是炫耀和显摆，朕实在看不过去，便想同他比上一比。"

洛千凰忍不住笑出声："多大的人了，怎么还像小孩子一样比来比去？"

轩辕尔桀并没有在这个话题上浪费太多时间，轻轻拍了拍她的肩膀，柔声说道："天色已晚，早些睡吧。"

两夫妻正准备入室休息，小福子的声音忽然在殿外传了进来："皇上，贺大人有要事进宫求见。"

轩辕尔桀和洛千凰闻言皆是一惊。

轩辕尔桀对着门外问道："贺连城？"

小福子隔门回道："是！"

洛千凰满脸不解："这个时辰，宫门已经落钥了，连城怎么赶在这个时候进宫求见？"

轩辕尔桀解释："连城手中有朕御赐的令牌，如若发生紧急情况，他可以凭令牌自由出入皇宫大门。他不是没有分寸之人，这个时候进宫，定是有要事与朕相商。"

洛千凰警觉地说道："会不会与法华寺有关？朝阳哥哥，我跟你一起过去吧。"

轩辕尔桀出言制止："你手臂带伤，不宜过多劳累。早些休息，朕去去就回。"

说罢，他对候在门外的婢女吩咐："早些伺候皇后休息，别让皇后继续熬夜。"

整整一夜相安无事。

直到第二天辰时左右，洛千凰才从睡梦中悠悠转醒，醒来后发现身边的位置已经空无一人。

候在外面的月蓉听到寝殿内传来动静，忙不迭进门伺候主子更衣洗漱。

因为昨夜睡得晚，起床后的洛千凰脸色倦怠、精神萎靡。坐在梳妆台前由着月蓉梳头发时，她接连打了好几个呵欠。

月蓉小心翼翼地将一支金步摇插在洛千凰的发间，笑着打趣："娘娘往日作息正常，昨晚却熬到丑时才睡，也难怪今日比平时晚起了一个时辰。小厨房那边已经备好了早膳，要不要奴婢现在就通知厨房那边将早膳送过来？"

洛千凰神色倦怠地摆了摆手："没胃口，晚些再吃。"

看着自己在铜镜中略显疲惫的容颜，她向月蓉问道："我昨夜丑时才睡？"

月蓉一边为她整理妆容，一边回道："可不是嘛！贺大人昨晚有要事进宫求见皇上，娘娘担心有变故发生，忧心忡忡地在寝宫等皇上回来。这一等，便等到了下半夜。皇上回宫时已经是丑时一刻，娘娘那时已经困得睁不开眼，是皇上抱着娘娘回屋休息，还训斥娘娘不该等到那么晚才睡。"

洛千凰回想了一下，昨晚的记忆已经变得十分模糊。

从月蓉的话中，她抓到一个重点："也就是说，皇上昨晚与贺大人夜谈到丑时才回的宫？"

月蓉应声称是。

洛千凰微微皱眉："他上朝的时间是卯时二刻，除去更衣洗漱，休息的时间岂不是只有短短不到三个时辰？"

想到轩辕尔桀整日为国事所忧，洛千凰又是无奈，又是心疼，不由得小声抱怨："如果他的身份不是皇帝就好了。"

外人只看到她外表的风光，又有几人明白她内心的孤独。两人明明身处于同一座宫殿，碰面的机会却少之又少。往往是她睡了，他还未归。她醒来时，他已经离去。

月蓉劝道："天底下不知多少人羡慕娘娘的好运气，不但身居高位，而且独得恩宠，就算皇上因为公务繁忙无法与娘娘朝夕相处，在奴婢看来，这也是好事，而非坏事。您想啊，一旦皇上被繁重的公务束住脚步，便没有多余的工夫去理会那些让他纳妃的臣子。如果娘娘肚子争气，多为皇上生下几位嫡出的皇子皇女，就算今后有变故发生，您在后宫的地位，也无人可以撼动半分。"

月蓉的这番话，听得洛千凰心头一惊："什么样的变故，需要我用自己的孩子来保住地位？难道你觉得，有朝一日，皇上会负了我？"

月蓉忙不迭地跪倒在地："皇上对娘娘情深义重，此生此世都不会在感情上负了娘娘。刚刚是奴婢失言，还望娘娘恕罪。"

洛千凰扶起月蓉，认真地问："你和月眉是我娘精挑细选送到我身边的婢女，我娘信任你们，我也信任我娘。所以我相信，你做的每一件事，说的每一句话，都是设身处地在为我着想。虽然大婚之初，皇上效仿其父当年的所作所为对外宣布，此生只娶我一人为妻。可是在外人眼中，包括你们这些近前服侍的婢女，都觉得皇上的这句誓言其实是不可靠的对吧？"

月蓉刚刚起身，听到这番话又重重跪了下去，砰砰砰连磕好几个头："奴婢绝没有这样的想法。"

洛千凰再次扶起月蓉："这里没有旁人，你不必说漂亮话讨我开心。有些事情，不是我看不透，而是不想看透。人与人之间的感情是否经得住考验，只有在面临困境的时候才见分晓。至少到目前为止，皇上对我的心意，值得我托付终身。若有朝一日情况有变，是去是留，到时自有定断。"

月蓉急急说道："娘娘怎会生出这种想法？以皇上对娘娘的宠爱程度，别说不可能会生变，即便日后真要面临一些磨难，娘娘背后还有逍遥王府，以及凤太后为您撑腰做主。宫中上上下下谁看不出来，凤太后待您如同亲生女儿。皇上若做了对不起娘娘的事情，也要问问凤太后准不准许。奴婢之所以会有先前那番不当的言论，只是想提醒娘娘防患于未然。而且娘娘嫁进皇宫也有些时日，是时候考虑一下子嗣问题。只有为皇上开枝散叶，才能稳住您的地位。"

不知为何，洛千凰对这个话题十分反感："我的婚姻幸不幸福，难道要寄托在自己的子嗣身上？如果我这辈子都无法怀孕，是不是要成为下堂妇，面临被夫君逐出宫门的下场？"

月蓉被问得怔在原地，无法想象，如果自家娘娘不能给皇家开枝散叶，日后会落得何种局面。

殿门被人从外面推开，轩辕灵儿风风火火闯了进来，后面跟着不知该拦还是不该拦的月眉。

一进门，轩辕灵儿便大声嚷道："皇兄如果敢因为你生不出孩子逐你出宫，我第一个跳出来跟他断绝关系。"

洛千凰吃了一惊，忙起身问道："灵儿，你怎么来了？"

月眉赶紧解释："郡主来了有些时候，她下令不准奴婢通传，奴婢也不知该如何是好。"

轩辕灵儿冲着月蓉哼了一声："如果不是本郡主在外面听到这样的言论，还不知道皇后身边竟养着你这种不识好歹的奴才。你刚刚那番诛心之言若是被皇兄听了去，看他不当场结果了你的小命！"

月蓉吓得花容失色，扑通跪倒在地，磕头认错。

洛千凰不想将事情闹大，对月蓉、月眉下令："你们先退下吧，这里不需要你们伺候。"

直到月蓉在月眉的搀扶下退出寝宫，洛千凰才看向轩辕灵儿："你误会月蓉了，虽然她话说得直白了一些，却处处站在我的立场为我着想。"

轩辕灵儿不敢苟同："如果她真为你着想，便不该危言耸听，私揣圣意。我与皇兄一起长大，对他的人品再了解不过，他与那些花名在外的纨绔子弟完全不同，虽然生在帝王家，可皇兄在感情上和皇伯父一样痴情专一。就算有朝一日贺连城变心负我，皇兄也不会做对不起你的事让你伤心。"

洛千凰忍不住笑了出来，挽着轩辕灵儿的手臂调侃："快别说了，这番话要是传到连城耳朵里，看他跟不跟你急。"

"他敢！"

"对对对，他不敢！"

洛千凰哄着轩辕灵儿说道："真看不出来，你平日与你皇兄相处，不是吵架就是斗嘴，不了解内情的人还以为你们兄妹的感情有多糟糕。关键时刻，你倒是无所不用其极地维护起你皇兄的形象来。"

拉着轩辕灵儿在桌边坐下，洛千凰问道："你今日来此，莫不是又想拉我出宫去玩？"

轩辕灵儿忍不住抱怨："出什么宫啊，上次带你去广月楼听戏一事被皇兄发现，他派人召我进宫训了我一顿。还警告我，再敢背着他带你出宫，就下令治我的罪，还是欺君之罪。"

洛千凰笑道："你刚刚还义愤填膺地替你皇兄抱打不平，这会儿怎么又数落起他的不是来。"

轩辕灵儿摆摆手："别提他了，我今天来，是有正事。小千，我记得你收藏了许多名贵的药材，有几味药，我正好要用到，府中没有，便想着向你讨要一些。本来这些药材我们七王府也是有收藏的，可我爹月前与我娘出了京，归期不定，药房的钥匙被他一并带走了，只能进宫求助于你。"

洛千凰大方地说道："不过是几味药材而已，派人来取就好，你何必亲自走这一趟。我稍后就让月眉带你去我的私人药房，看好哪味药材，你直接拿走便是。"

说到这里，洛千凰忽然意识到什么："灵儿，你成亲之后，便不再跟草药打交道。好端端的，你怎么又起了炼药的念头？"

轩辕灵儿神神秘秘地朝门口处张望一阵，压低声音对洛千凰说道："昨天下午，连城救了一位姑娘回府。这姑娘伤得很重，被救回来时昏迷不醒，我给她用了不少猛药，才堪堪将她抢救过来。虽然府里备着常用药，可她连中数箭，普通的刀伤药恐怕起不到效果，所以才进宫向你求助。"

洛千凰吃了一惊："箭伤？莫非与法华寺那起伤人事件有关？"

轩辕灵儿也面露诧异："你知道法华寺出事了？"

"法华寺出事时，我跟母后就在现场。"

轩辕灵儿闻言很是惊诧，担忧地问道："你没受伤吧？"

洛千凰掀开衣袖，露出一道结痂的伤口："在逃跑的过程中被箭头擦了一下，已经上过药，过几日便会痊愈。"

轩辕灵儿拉住她的手臂来来回回观摩许久，才不放心地问道："皇伯母呢？她怎么样？"

"无碍！对了灵儿，你刚刚说连城昨日救了一位姑娘，那位姑娘的来历很不一般吗？哦，我想起来了……"

洛千凰忽然说道："昨天夜里，连城好像有什么重要的事情进宫来找你皇兄，莫不是与这位被救的姑娘有关？"

轩辕灵儿点头："被你猜中了！"

她凑到洛千凰的耳边小声说："连城怀疑，那姑娘可能是皇伯母的外甥女，也就是皇兄的姨亲表妹。"

这次轮到洛千凰惊讶了。

"姨亲表妹？母后在这世上的亲人，除了远居太华山的外公，还有旁人吗？"

轩辕灵儿笑着解释："你不知道也不意外，皇伯母未嫁之前，虽然也是京城里的官家小姐，但皇伯母的娘家人丁凋零，从我记事起，很少见到与皇伯母有关的亲人在京城出没。几年前，我偶然听我爹娘叙家常时提过，皇伯母有一位异母姐姐，名叫凤美瑶。很多年前，她这个姐姐因为不满家族为她安排的婚事，与府中的一个侍卫远走他乡，彻底和京城这边断了联系。"

洛千凰听得一知半解："这与连城救回来的姑娘有什么关系？"

"本来没什么关系，不过这姑娘的头上插着一支凤头簪，从簪子的做工和样式来推断，已经上了些年头。最重要的是，这支簪子的簪柄处刻着一行字：父莫千之作。"

洛千凰恍然大悟："我记得外公名唤凤莫千。"

"对，所以连城怀疑，那位受伤的姑娘，很有可能就是皇伯母流落在外的亲人。也不知那些人为何要置她于死地，手段极其残忍，几乎是箭箭毙命……"

洛千凰抓到一个很重要的信息："灵儿，你是说闯进法华寺的那些弓箭手，有目的地想要置那位姑娘于死地？"

这个问题倒是将轩辕灵儿问住了，她抓了抓头发，不太确定地说："具体细节我知道得也不是很清楚，只记得连城说过，那些弓箭手不顾一切地闯进法华寺，为的就是对陆姑娘下死手。哦，我说的陆姑娘，就是被连城救回来的那位伤者，她全名叫作陆清颜。从她伤处取下来的箭头刻有曹家的标志，初步怀疑，那些弓箭手可能与奉安曹家有关。"

洛千凰不懂就问："奉安曹家很有来头吗？"

轩辕灵儿颇有耐心地为她解释："曾几何时，曹家在黑阙可谓呼风唤雨、只手遮天。还记不记得你新婚当晚意外在凤鸾宫发现的那笔巨额宝藏？宝藏的主人曹太后便是曹家的首脑人物，她出身将门，广交人脉，被册封为国母之后，无数次利用手中的权势为曹家牟取私利。我刚刚所说的奉安曹家，家主名叫曹北辰，他是曹太后的嫡亲侄子，此人足智多谋、英勇善战，当年颇得曹太后器重。"

洛千凰扳着手指头算了算人物关系，不由得提出心中的疑问："这曹家在那个时候，应该算得上是父皇母后的对头吧。关于此事，我爹多多少少与我提过一些，虽然我了解得不是很详细，却依稀记得，我爹提起曹家时，对他们的评价不是太好。"

轩辕灵儿继续说道："曹家势大，嫡系旁系确实仗着曹太后的威势做了不少坑害百姓的糟心事，不过曹北辰却是个明白人。当年太子轩辕君昊试图利用曹北辰手中的三十万兵权打压还没坐上皇位的皇伯父，本以为这一战会生灵涂炭、百姓遭殃。结果曹北辰根本不受轩辕君昊所蛊惑，以不想制造杀孽为由直接退兵。所以皇伯父登基为帝时，非但没有对曹家赶尽杀绝，反而嘉奖曹北辰护国有功，封他为异姓王，还赐下一块封地给他。曹北辰最初得到的封地本是奉阳，奈何曹北辰之妻体弱多病，适应不了奉阳的气候，曹北辰便斗胆写信给皇伯父，另求一块封地，便是奉安。多年来，朝廷与曹家一直相处和睦，此次法华寺出现大批弓箭手制造骚乱，是否与曹家有关，目前尚在调查之中。"

直到轩辕灵儿拿着挑好的草药离开良久，洛千凰仍旧没有从灵儿带来的消息中回过神。

晌午时分，轩辕尔桀难得抽出一点时间回宫陪洛千凰用午膳，吃饭的过程中，洛千凰说到灵儿进宫求药一事，顺便问起那位被贺连城救下的陆姑娘。

"朝阳哥哥，那位陆姑娘，难道真的是你的姨亲表妹？"

正在喝茶的轩辕尔桀听闻此言，不甚在意地说道："是与不是，目前难以定论。"

"可灵儿说，陆姑娘戴在发间的那支凤头簪，是外公当年亲手所制，母后的妆奁里，也有一支一模一样的凤头簪，是母后年少时，外公送给母后的礼物。像这种祖传之物，外人应该不会随意佩戴吧。"

轩辕尔桀不以为然道："仅凭一支发簪还不足以确认她的身份，毕竟母后地位特殊，有人为了利益贸然认亲也不是全无可能。没有确凿证据的情况下，一切皆是未知。那位陆姑娘伤势严重，被救之后，只清醒片刻，一切真相，要等她神志恢复之后再详加细问。洛洛，你怎么对此事如此感兴趣？"

洛千凰笑着解释："毕竟这位陆姑娘有可能是母后的亲戚，一旦她的身份被确认，便和灵儿一样，成了你的妹妹。你兄弟姐妹本来就少，多一个表妹，就等于多一位亲人，我这当嫂嫂的，也希望亲族之间多多来往走动。"

轩辕尔桀对此却没什么兴趣："一切皆看缘分吧。"

"朝阳哥哥，你好像对此事并不是特别在意。"

轩辕尔桀不置可否："从小到大，朕与那位素未谋面的姨母并无任何交集，听父皇说，母后与她姐姐之间的感情也不是很深厚。与其说是姐妹，其实就是拥有同一个姓氏的陌生人。因为母后很小的时候就被玄乐道长带到太华山学艺，回京之后没多久，她那个姐姐便与一名侍卫远走高飞。外公不想家丑外扬，便对外宣布，长女身患重疾，已香消玉殒。直到母后风光大嫁，朕那位名义上的姨母也不曾露过面。二十几年来素无瓜葛，突然冒出一个与凤家有关的亲戚，很难不让人怀疑其背后隐藏的真正动机。"

洛千凰忍不住问："如果最后证明，那位陆姑娘真的是你的表妹呢？"

轩辕尔桀直言说道："若真是朕的表妹，母后自会有她的安排，这不是朕需要操心的事情。"

洛千凰笑了笑："我还以为朝阳哥哥会一视同仁，待她像待灵儿一样呢。"

"她与灵儿怎能相提并论？灵儿是朕唯一的妹妹，也是朕要用心呵护一辈子的亲人。"

见洛千凰笑眼弯弯，轩辕尔桀好奇地问："你笑什么？"

洛千凰回应道："你和灵儿不愧是亲兄妹，都是刀子嘴，豆腐心。见面的时候可以为了鸡毛蒜皮的小事吵得天翻地覆，大局当前，却拼命维护彼此的利益，舍不得让对方吃一点亏。这样的亲情，真是让我好生羡慕。"

轩辕尔桀拍拍她的手："有什么好羡慕的，难道你忘了，不久前，你爹娘给你生了一个嫡亲的弟弟。朕与灵儿感情再好，到底是堂兄妹，怎比得上你和小丞，是血亲的姐弟。"

想到自己那个刚出生没多久的弟弟，洛千凰的心情莫名好了不少："是啊，我也是有弟弟的人了。"

两夫妻趁午膳闲聊了不少家常。

午时刚过，轩辕尔桀本想留在宫中小憩片刻，奈何朝廷事忙，刚在软榻上休息了不到半刻钟，小福子便在门外禀报，又有几位大臣在殿外求见。

洛千凰没好气地抱怨："每天从早忙到晚，这糟心的日子什么时候才是个头。"

离开前，轩辕尔桀好言安抚："你之前不是说想回咱们初识的江州城走一走嘛，等朕忙完了案头的政务，会多抽一些时间，陪你去江州城好好逛一逛。"

洛千凰双眼一亮："此话当真？"

轩辕尔桀笑着说道："朕几时骗过你，自然是真的。"

洛千凰连忙将他推到门口："你快去忙、快去忙，最好在爹娘离京之前忙完公务，到时候咱们与他们一道出发，路上还能多个照应。"

被推出门外的轩辕尔桀有些哭笑不得："洛洛，你也太现实了吧，刚刚还说朕昨晚睡得太少，担心朕的身体吃不消。怎么才一眨眼的工夫，就巴不得朕累死在御书房。"

洛千凰急不可待地将他推到门外："别说这种不吉利的话，什么死不死的，你身体康健、长命百岁。我让月眉吩咐厨房准备几道你爱吃的饭菜，早去早回，我等你一起吃晚饭。"

轩辕尔桀心情不错地应道："好，你乖乖留在宫中等朕回来。"

两人依依不舍地道别，洛千凰叫来月眉，按照轩辕尔桀的口味让厨房去做准备。

想到不久后可以重游江州城，洛千凰的心情变得无比开怀，那里是她成长的地方，留有太多美好的记忆，如果能重回故里，她一定要在江州城好好畅游一番。

轩辕尔桀离开不到半个时辰，凤九卿便亲自来到龙御宫，带给洛千凰一个不太好的消息。

闻言，洛千凰大吃了一惊："灵儿受伤了？"

凤九卿担心她多想，连忙解释："别怕，她只是受了轻伤，没有生命危险。都怪她太心急，为了医治陆姑娘，亲自去药房炼药。大概是火候没有掌握好，药炉爆炸，伤到了灵儿。已经请过御医，说是小伤，无碍。"

洛千凰不知该如何形容自己的心情，灵儿在炼药方面天赋极佳，有朝一日竟会被药炉炸伤，传扬出去，恐怕会笑掉旁人的大牙。

得知她只是受了轻伤，洛千凰稍稍放心，她看向凤九卿："母后亲自走这一趟，是不是想与我一起去贺府探望灵儿？"

凤九卿神色复杂地摇摇头："我的确要带你去贺府走一趟，不过不是为了灵儿，而是为了陆姑娘。"

洛千凰恍然大悟："母后担心灵儿受伤，没人去救陆姑娘？"

凤九卿点了点头："陆姑娘伤势严重，御医们束手无策，唯一能救她的灵儿，也在炼药时伤到了自己。放眼京城，唯一能与灵儿医术比肩的只有你。小千，关于陆姑娘身世一事，你想必已经有所耳闻。不管她是不是我遗落在外的亲人，等她清醒之后，自见分晓。"

洛千凰不敢怠慢，忙不迭地取过药箱："母后，我明白。事不宜迟，咱们现在就去贺府。"

乘坐马车的情况下，皇宫与贺府之间只有不到两刻钟的路程。

凤九卿和洛千凰赶到贺府时，贺连城带着手臂上缠着纱布的轩辕灵儿一同出门迎接。

夫妻双双给凤九卿行礼，凤九卿连忙抬手制止，关切地看向轩辕灵儿："伤得严重吗？"

贺连城替妻子回道："承蒙太后记挂，只是小伤，没有大碍。"

轩辕灵儿一脸菜色地小声咕哝："让皇伯母看笑话了。"

她抬头去看拼命忍笑的洛千凰，嘟着嘴巴抱怨："我都这样了，小千，你就别取笑我了。"

洛千凰敛住笑意，不解地问："你在炼药方面向来小心谨慎，这次怎么会出这样的纰漏。"

轩辕灵儿窘迫地抱怨："药房的药炉闲置太久，熬药的时候我没注意到那只药炉出现了裂缝，被明火一烧，突然爆炸，我躲闪不及，就变成了这个样子。"

凤九卿很是怜惜："被你爹娘知道宝贝女儿受了伤，指不定要心疼成什么样子。"

她拍了拍轩辕灵儿的手臂："是皇伯母连累你了，贵为堂堂郡主，却要为素不相识的陌生人这样劳心劳力。等此间事了，皇伯母一定不会亏待你。"

轩辕灵儿抱住凤九卿的手臂撒娇："皇伯母这话说得可有些见外，如果受伤的那位陆姑娘真是皇伯母的外甥女，按辈分来算，我还得唤她一声表姐。既然大家都是实在亲戚，又何必在意这些细节。"

晃了晃包着纱布的手臂，轩辕灵儿一脸的不在意："况且我受的只是轻伤而已，恢复几日便可痊愈。"

凤九卿欣然一笑："灵儿果然长大了。"

几个人在贺府门口寒暄了一阵，凤九卿才向贺连城问道："陆姑娘现在伤势如何？"

贺连城恭敬地回道："虽然用了不少昂贵的药材，但她由于伤势过重，清醒的时候少之又少，多数时候仍在昏迷，情况不太乐观。"

洛千凰见凤九卿面露忧色，忙开口提议："母后，咱们进屋去看看吧。"

在凤九卿的默许之下，众人陆陆续续踏进房门。

这是洛千凰第一次看到传闻中的陆清颜。

人人都知道当朝太后凤九卿是天底下少见的绝色美女，她初嫁入皇宫那段时间，因夫君荣祯帝对外宣布此生只娶她一人为妻，被当时不少大臣在背后称其为妖后。

毕竟在大多数人的印象里，过分美丽的女子如果成为后宫中的一分子，只会用容貌蛊惑皇帝，成为祸国殃民的一代妖孽。

凤九卿却用实力向外界证明，美丽的女人不仅可以独占君心，还能凭借聪明才智，将后宫管理得井然有序。

她大概是被上天庇佑的幸运儿，即使已经人到中年，岁月却没有在她脸上留下太多的痕迹。

凤九卿是个绝色女子，而沉睡在床上的陆清颜，五官样貌比起凤九卿毫不逊色。

从年纪来判断，陆清颜的岁数应该不超过二十。

因为失血过多，她面色苍白，唇色发青，整个人看上去死气沉沉。

即便是这样，也掩饰不住陆清颜的天生丽质。

这一刻，洛千凰忍不住想，是不是因为凤家的血统过于强大，这位陆小姐才会拥有这般出众的容貌。

经过一番短暂的打量，洛千凰走到床边，轻轻从被子中执起陆清颜的手腕，用指腹感受她的脉搏。

凤九卿进屋之后便被贺连城奉到了上座。

轩辕灵儿陪在洛千凰身边："中箭的伤处我已经为她处理过了，因为失血过多，且有几处箭伤落在致命的位置，虽然用了最好的止血药，处理之后仍是出现持续的高烧。如果她再不退烧，我担心她的性命会有危险。"

洛千凰点了点头："这是重伤之后的必经阶段，能不能熬过去，要看她有没有活下去的求生欲。"

凤九卿冷静地问："小千，目前这种情况，可有更好一些的医治方法？"

洛千凰犹豫了一会儿，缓缓说道："如果是高烧引发的持续昏迷，可以通过药物退烧，时间可能会长一些，不过只要坚持服药，病情迟早都会缓解。我现在担心的是，陆小姐迟迟不醒，可能是另有原因。灵儿之前进宫求药的时候曾经说过，处理伤口的过程中，用的都是最好的药材，按正常情况来推算，只要用药超过五个时辰，陆小姐不该像现在这般高烧不退。"

凤九卿微微蹙眉："另有原因？"

洛千凰清晰地说出自己的观点："箭头伤到骨头，造成局部骨折之后，骨髓中的碎屑有可能会通过血管流向四肢百骸。如果碎屑所流经的地方是大动脉，经过正常的血液循环，血管中的碎屑最后会被放射出去。令人最担心的就是这些碎屑会流进肺部，因为肺部血管细小，一旦流动的过程中出现堵塞，严重者会造成窒息昏迷，甚至死亡。"

众人闻言，无不震惊。

贺连城问道："这种情况还有得救吗？"

洛千凰沉思片刻："我可以尝试用针灸疗法进行血管疏通，至于有没有效果，就要看陆姑娘的运气了。"

凤九卿当机立断："有效无效，试试便知。小千，你尽管放手去做，不用有其他顾虑。"

洛千凰无声地点了点头，从药箱中取出一套定制的银针，手法熟练地插进陆清颜的穴位。

时间过去了将近半个时辰，面无血色且毫无声息的陆清颜终于有了些许的反应。

她皱着眉头轻哼一声，口中含糊不清地咕哝着什么。

凤九卿等人纷纷围拢过来。

洛千凰这边刚刚拔出银针，陆清颜便猛地睁开眼，闯进她视线的，是一群素不相识的陌生人。

轩辕灵儿面色一喜，上前问道："陆姑娘，你醒啦。"

陆清颜戒备地瞪向轩辕灵儿，气若游丝地问："你们是谁？"

贺连城来到床边轻声问道："姑娘，我在法华寺附近救你一事，你还有印象吗？"

陆清颜看到贺连城时，戒备的神色略有好转。

她定定打量了贺连城良久，才试探地问道："你……你是那日救我的恩公？"

贺连城微微点头："你当时身中数箭，嘴里一直重复着说有人要杀你。我虽然不了解具体情况，却也看得出来那些追逐你的弓箭手想要置你于死地。情急之下，我将你藏进轿子，趁你还有一口气，将你带回府中治疗。这期间，你曾清醒过一次，我问你姓名，你说你姓陆，名清颜，祖籍承安。说完这些，你便再一次陷入昏迷，这一睡，就是两天两夜。"

在贺连城的提醒下，失去的记忆一点一点被陆清颜记起。

她本能地揪住贺连城的衣袖，紧张地盯着房间里其他几个陌生人："她们是……"

陆清颜过度依赖贺连城的行为，令原本担忧她伤势的轩辕灵儿颇为抗拒。

要知道，从陆清颜被接进贺府直到现在，在她床边忙前忙后的那个人始终都是她这个郡主。

为了将陆清颜从鬼门关救出来，她还打开了许久不曾动用的炼药房，甚至为了给她熬药，炸得自己一身伤。

她不求陆清颜对自己感激涕零，至少不该把她当成仇人来看吧。

还有，贺连城当着她这个妻子的面，跟别的女人拉拉扯扯算怎么回事。

贺连城并没有注意到轩辕灵儿脸色的变化，为陆清颜一一介绍："这位是黑阙皇朝的凤太后，这位是当朝皇后，还有这位是我的妻子轩辕灵儿。你现在所身处的地方是丞相府，我是贺连城。"

陆清颜大概被这些尊贵的身份吓到了，缩在贺连城身后不知所措。

在这个房间中，她俨然将贺连城当成了自己人，其他人全部被归纳到了不速之客的行列。

轩辕灵儿越发吃味，用眼神瞪向贺连城，仿佛在提醒他最好适可而止，别在她这个妻子面前跟别的姑娘过于亲近。

贺连城反应迟钝，并没有接收到轩辕灵儿警告的目光。

倒是洛千凰看出轩辕灵儿神色不对，担心她醋性大发，当场发作，轻轻扯了扯她的衣襟，提醒她不要在意这些细节。

凤九卿的目光在陆清颜拉着贺连城衣襟处的手指上停留片刻，从袖袋中取出一支凤头簪，直截了当地问道："这根簪，陆姑娘可还认得？"

陆清颜小心翼翼地从贺连城身后探出脑袋，贺连城这才意识到，他与陆清颜之间的动作有多亲密。

他不着痕迹地躲开陆清颜的手，侧过身，躲到一边。

他本能地去看轩辕灵儿，轩辕灵儿噘着嘴巴，没好气地瞪他一眼。

贺连城一脸无辜，用眼神表示自己不是有意的。

两夫妻之间的眉来眼去，并没有影响凤九卿对陆清颜的质问。

当陆清颜渐渐看清凤九卿手中的凤头簪，连忙说道："这支簪子，不是我戴在发间的那一支吗？"

说话的同时，她向自己的发间摸去，发现插簪的地方已经空空如也。

贺连城连忙解释："你昏迷时，这支发簪掉落下来，怕影响你休息，所以便暂时帮你保管。"

陆清颜从凤九卿手中接过发簪，小心翼翼地捧在掌心："这支簪，是我娘留给我的唯一遗物。"

凤九卿皱起眉头，拔高声音问道："遗物？"

陆清颜怯怯地看了凤九卿一眼，谨小慎微地点了点头："我七岁那年，居住的村子被洪水所淹，爹娘在那场洪灾中双双离世。是养父在危急之时救了我。不幸的是，养父在去年年底，也因病离世了。"

凤九卿对陆清颜的养父是谁不感兴趣，她急急问道："你可还记得你娘的名姓？"

陆清颜沉思须臾，说出一个名字："我娘姓李，名叫李美瑶。"

听到"李"这个姓氏，众人不由得纷纷皱眉。

如果陆清颜真是凤九卿姐姐的女儿，她娘亲应该姓凤才对。

就在众人疑虑之时，陆清颜忽然又说："我娘还有另外一个姓氏，她姓凤，原来叫作凤美瑶。我娘曾说过，因为一些不得已的原因，凤这个姓氏她无法再用，所以改其母姓，对外宣称自己姓李。"

陆清颜把玩着手中的簪子，继续说道："听我娘说，这支簪子是她父亲，也就是我素未谋面的外公在她出生之前亲手所制。因为是祖传之物，所以嘱咐我一定要好好保管。"

凤九卿沉默了很久，才问向陆清颜："你娘在世的时候，可曾向你提过她娘家的事情？"

陆清颜一脸茫然地摇摇头："不曾提过。从我记事起，便一直随爹娘住在河镇村。直到洪灾发生之后，我被养父带去了承安，一住便是十几年。"

洛千凰开口问道："法华寺那些弓箭手为何要追杀你？"

想起那些弓箭手，陆清颜的脸色再次被吓得惨白。

她不自觉地抱紧被子，以此来掩饰内心的恐惧。

贺连城安抚道："别担心，朝廷正全力抓捕那些恶徒。他们现在人人自危，短时间内，应该不敢再抛头露面。而且丞相府守卫森严，你不用害怕他们会闯进这里伤你性命。"

陆清颜忧心忡忡地点点头，这才回道："我猜，那些人之所以会追杀我，可能与我的身份有关。"

轩辕灵儿问得很直接："你什么身份啊？"

陆清颜犹豫半晌，才给出答案："我养父，是大名鼎鼎的灵犀阁阁主。"

第九十九章

叹世间几多不公

　　像洛千凰和轩辕灵儿这种对朝廷政事不感兴趣的女流之辈，听到陆清颜报出灵犀阁的名号，并不觉得有多响亮。

　　倒是凤九卿与贺连城，听到"灵犀阁"三个字时，面上露出诧异之色。

　　轩辕灵儿快言快语："灵犀阁是做什么的？很了不起吗？"

　　她略显怠慢的语气，令陆清颜微微皱眉。

　　贺连城替灵儿解惑："灵犀阁是一个非常庞大的地下组织，在江湖上盛名已久，靠收集或贩卖情报为主，便是俗称的江湖百晓生。"

　　陆清颜向贺连城投去激赏的目光，点头应道："贺公子果然七窍玲珑、颖悟绝伦。"

　　轩辕灵儿对陆清颜肆无忌惮地当着她的面夸赞自己夫君的行为深表反感，这个陆清颜从醒来的那一刻，便对除了贺连城之外的所有人都心怀戒备。

　　甚至在贺连城郑重向她表明他已娶妻的情况下，还用那种倾慕的眼神死死盯着别人家的夫君，脸皮真的是比城墙还厚。

　　在感情面前，轩辕灵儿向来吃不得半点亏，忍不住呛声说道："相较于外面那些野路子出身的情报人员，朝廷那些受过特殊训练的密探才更合法，更正规吧。"

　　贺连城站在中立的角度向灵儿解释："按照目前的朝廷律例，并没有哪条法律限制民间成立这样的组织。只要不触犯到家国利益，朝廷不会对这样的组织妄加干涉。"

　　轩辕灵儿直接送了贺连城一记大白眼，心中暗骂她这个夫君，真是不识时务到了极致。

　　在贺连城无意识的维护下，陆清颜眼中的倾慕之意更加浓烈，她一一看向众人，真诚地解释："我们灵犀阁虽然以贩卖情报为生，却从未做过损害朝廷利益的事情。在大局面前，灵犀阁永远以国为重，这是每一位入阁成员，必须牢记的阁训之一。多年来，从无例外。"

凤九卿忽然问道："你可知涌入京城的那些弓箭手为何要置你于死地？包括他们的身份来历，你是否了解一二？"

陆清颜满脸无辜地摇了摇头："我真的什么都不知道。"

洛千凰打量了陆清颜片刻，问出心中的疑问："既然你们灵犀阁的总部坐落在承安，为何你会出现在京城？"

这个问题，倒是问到点子上了。

陆清颜一脸苦相地说道："养父一生未婚，膝下只有我一个养女。当初他收养我时，有意培养我成为他的接班人。随着年纪的增长，养父渐渐发现我的能力并不足以担此大任。后期他身患重疾，无心插手阁内的公务。管理无方的情况下，阁内的成员走的走、散的散，最后落得一盘散沙。直到养父临终前的一个月，他下令解散灵犀阁。担心去世之后我这个养女无人照顾，便嘱咐我在料理完他的身后事之后进京寻亲。"

凤九卿挑了挑眉："你养父知道你在京城还有亲戚？"

陆清颜回道："让我进京，是养父弥留之际留下的遗言，当时他病入膏肓，神志已经很不清楚。我从他留下的只言片语中听到京城、寻亲这几个字，具体要寻谁，如何去寻，养父并没有交代清楚。"

说到这里，她露出一个无奈的笑容："我一个弱女子，本来不想跋山涉水远赴京城。奈何承安已成是非之地，灵犀阁被解散的那些成员怀疑养父临终前将阁内值钱的重要信息交托给我，先后采取不同的手段对我进行威逼利诱。我实在不堪其扰，才在某个午夜时分雇了一艘私人船只，偷偷赶赴京城寻求庇佑。"

轩辕灵儿得出答案："照你这么说，法华寺那些杀人如麻的弓箭手，是你们灵犀阁被解散的那些成员喽？"

洛千凰否定了这个猜测："我看未必。严格说来，我与母后也是受害人之一。法华寺发生变故时，我和母后就在现场。虽然我不清楚那些弓箭手是什么来历，从他们的行为和手段来判断，应该接受过特殊的军事化训练。而灵犀阁只是收集情报的民间组织，与军方没有接轨的痕迹，所以应该被排除在外。还有……"

洛千凰继续说道："假如灵犀阁的成员想要置陆姑娘于死地，可以直接在承安动手，没必要远赴千里之外的京城追杀她。"

贺连城连连点头："娘娘这番言论极有道理。"

说着，他笑斥轩辕灵儿："你啊，说话办事过于武断，也不想想其中的利害，便不经思考给出答案。万一误导到别人，后果恐怕不堪设想。"

轩辕灵儿有些委屈："这怎么能怪我？按照陆姑娘提供的信息，正常人都会将法华寺的那些弓箭手断定为灵犀阁的成员吧。还有啊……"

轩辕灵儿看向一脸病态的陆清颜："既然你养父那么疼你，为什么不在临终之前，将你托付给一户好人家？看你身材长相样样不俗，又有灵犀阁给你做靠山，嫁个门当户对的殷实人家，应该不是什么太难的事情吧。"

这的确是一个疑点。

按照黑阙皇朝的婚嫁制度，女子年满十四便可以在父母的安排之下谈婚论嫁。

陆清颜年近二十，这个年纪的女子，已经称得上是老姑娘了。

陆清颜非但不以为耻，反而落落大方地解释："年少时，养父请一位大师给我看过相。大师说，我命格极贵，未来的夫君官居一品，是人上之人。他劝养父不要急着将我嫁人，缘分到时，上天自会为我的婚事做出安排。"

说这番话时，陆清颜的目光有意无意地扫向贺连城。

贺连城年轻俊美、风度翩翩，小小年纪便身居高位，又与当今天子情同手足，未来的前途无可限量，是多少千金名媛谈婚论嫁时的不二人选。

而且对陆清颜来说，贺连城是她的救命恩人，能够活下来，全靠贺连城当日的倾力相助，所以情感上自然会有所偏颇。

轩辕灵儿听得直窝火，这陆清颜什么意思，该不会想要对救命恩人以身相许，嫁进她们贺府吧。

洛千凰也觉得这位陆姑娘表达观点的方式过于直接，尤其是她看向贺连城的眼神，炎热暧昧，简直毫不矜持。

凤九卿忽然说道："陆姑娘，如果你手中的凤头簪真的是你亲生母亲赠予你的，那么，你很有可能是我姐姐留在世上的唯一血脉。虽然我与姐姐已有二十几年不曾联系，血缘亲情却无法改变。没想到她福浅命薄，年纪轻轻便离开人世。既然上天用这种方式将你安排到我身边，作为姨母，我愿意肩负起照顾你的责任，不会让姐姐的骨肉飘零在外。"

陆清颜眼底流露出诧异的光芒，试探地问："姨母？你真的是我姨母？"

凤九卿没点头也没摇头："有凤头簪为证，应该不会有假。"

陆清颜激动地说道："我从未想过，除了已故的爹娘之外，世上还有其他亲人存在。"

凤九卿淡淡一笑：“既然你爹娘将毕生的福气留给了你，作为长辈，我自然不会再让你吃苦。稍后我会派人来贺府，将你接进皇宫照顾。”

轩辕灵儿暗暗松了一口气，心中想，走吧走吧，赶紧走吧。

陆清颜听到自己要被接走，脸上露出抗拒之色。

她紧紧抱着怀中的被子，小心翼翼地问：“姨……姨母，我可以留在这里养伤吗？”

凤九卿挑眉问道：“为何？”

陆清颜弱弱地说道：“我从小便对皇宫这样的地方充满敬畏，且对宫中礼仪知之甚少。万一在宫中坏了规矩就不好了。姨母也看到了，我身受重伤，需要静养，贸然更换环境，我怕我会适应不了。”

轩辕灵儿忙不迭说道：“宫中御医医术高明，你去皇宫休养，比留在我们府里方便许多。”

陆清颜抗拒之色更加明显，捂着伤口处微微皱眉，脸色也在一瞬间变得惨白灰败。

她对进宫休养一事这般排斥，倒让旁观者不好再勉强。

凤九卿见状，只能对贺连城说道：“连城，她未愈之前，便暂时留在这里，拜托府上好生照顾了。”

轩辕灵儿冲贺连城使眼色，示意他想个借口推托。

贺连城并没有注意到轩辕灵儿的异样，拱手对凤九卿说道：“太后放心，臣一定尽心尽责，不辱使命。”

凤九卿扶陆清颜躺好，亲自为她掖了掖被角：“你在这里安心休养，有什么事，派人进宫给我传话。看在你已故母亲的情分上，能帮的，我这个做姨母的，一定会尽力相帮。”

陆清颜气若游丝地说道：“多谢姨母。”

为了不影响陆清颜休息，众人陆陆续续离开了房间。

贺连城前脚刚踏出陆清颜的房门，管家便小跑过来，声称府中有重要的事情需要他亲自出面。

贺连城冲凤九卿和洛千凰拱了拱手：“臣去去就回。”

凤九卿笑着说道：“你去忙吧。”

轩辕灵儿有心想要揪着贺连城斥骂几句，无奈凤九卿和洛千凰还在自己府上没有离开，只能眼睁睁看着贺连城抬腿离去。

她强撑起笑容，对凤九卿和洛千凰说道："皇伯母，小千，你们难得来我府上做客，要不要去正厅喝杯热茶？"

凤九卿并没有推拒，在轩辕灵儿的带领之下，与洛千凰双双踏进贺府正厅。

婢女们端茶倒水，忙前忙后。

小坐了片刻，凤九卿才发现，来贺府已经有些时候，始终不见贺明睿夫妇出现，她忍不住问："灵儿，你公婆不在府中？"

轩辕灵儿连忙解释："邻省玉矿新出了一批玉石，据说成色非常不错。几日前，他们结伴出京，说是去矿上挑些上乘的极品回来。"

凤九卿笑道："明睿这些年越发懒惰，放着好好的丞相不当，偏要学你皇伯父做个甩手掌柜，凡事都交给后辈操心。难为连城小小年纪，不但要为国事牵肠挂肚，还要为府中大小事情忙前忙后。"

轩辕灵儿亲自给凤九卿斟了一杯茶："他年轻力壮，多付出一些是应该的。如今朝中人才辈出，总有那嫉贤妒能之人见不得连城在御前得势，明知连城自幼做过皇兄的伴读，两人感情深厚、情同手足，却还要想尽办法在背后搬弄是非、说三道四。自古以来，眼红他人者不计其数，如果连城没办法用实力在诸人面前证明自己，日后恐难服众。公公有意隐退，将手中的权势移交给连城，也是有这方面的担忧和顾虑，他希望连城能独挑大梁，做出自己的一番成就。"

洛千凰听得眉头直皱："连城虽然年纪尚轻，为朝廷做出的贡献却有目共睹。当初我与朝阳哥哥远赴吉祥岛，一走便是许多时日。如果不是连城留在京城监国，我黑阙哪有今日的太平。他为朝廷竭尽心力，竟然还有人质疑他的能力？"

凤九卿接口说道："从古至今，能力卓越者在接受世人称赞和景仰的同时，也会遭到奸佞之辈的排斥和挑唆。连城生于官宦之家，放眼整个京城，与他年纪相仿的权贵子弟，几乎无人可以超越他的地位。如果他资质平庸倒还好说，偏偏他天资聪颖、能力超然，小小年纪便在朝中占得一席之地。这对那些一事无成的纨绔来说，可不就是一个碍眼的存在。不过话又说回来……"

凤九卿话锋一转："被人嫉妒，也是一种能力的体现。连城只要做好自己便已足够，无须在意旁人的看法。灵儿，此生嫁得这样的夫君，于你来说，也称得上是前世修来的福分。"

轩辕灵儿这才意识到，自己的丈夫有多出色。

难怪陆清颜醒来之后，明目张胆地向连城频频暗示爱慕之意。

曾几何时，她并不觉得连城优秀到无人能及。毕竟两人青梅竹马，一同长大，极为熟稔，直至她及笄后，与其他人比较过后她才发现，贺连城是多少待嫁姑娘眼中的如意郎君，行情甚至比她皇兄还要优越几分。

一入宫门深似海，其中艰辛几人知。

与吃人不见骨头的深宫相比，将女儿托付给下面的官宦之家，小夫妻反而更容易举案齐眉、琴瑟和鸣。

见轩辕灵儿的俏脸皱成一团，凤九卿仿佛看穿了她内心的想法，调侃道："灵儿，是不是担心有朝一日，你家连城会被人抢走？"

轩辕灵儿面色一红，小声辩道："皇伯母就知道取笑灵儿。"

想起府中还住着一位姿容绝美的陆小姐，轩辕灵儿色厉内荏地说道："他当日娶我之时有言在先，此生若有负于我，必遭天打雷劈、万世劫难。"

洛千凰忙不迭地安慰："连城待你情深义重、恩宠有加，我相信他的为人，定会言出必行，行之必果。"

凤九卿勾唇一笑，对轩辕灵儿说道："我明白你心里忌惮陆清颜，担心她居心叵测，会将你的连城抢走……"

心事被说中的轩辕灵儿急急否认："陆姑娘是皇伯母的外甥女，也算是我的远房表姐。如今她重伤未愈，留在我府中暂时休养，我怎么可能会将她视作情敌，生出这种荒诞想法？"

凤九卿打断她的话："灵儿，你素来坦诚直率，这件事上，为何不敢承认？"

轩辕灵儿窘迫地绞动着手中的丝帕，委屈地嘟起嘴巴："我才没有。"

凤九卿继续说："无论羡慕还是嫉妒，都很正常。你这样紧张连城，说明你已经将他视为生命中的唯一，至于那位陆姑娘……"

想到陆清颜的言行举止，凤九卿淡淡一笑："无论她对连城抱有怎样的想法，对你来说都未必是一件坏事。你与连城初为夫妻，未来要面临的诱惑和挑战不计其数。如果我是你，便好好利用这个机会，用事实来见证连城对你的感情是否值得你将终身幸福托付给他。"

轩辕灵儿似懂非懂地点点头："皇伯母说得极有道理。是我的，别人抢不走；不是我的，我也不会强作挽留。陆姑娘小小年纪便失去亲生父母，她已经够可怜了，我实在不该小气到连这点容人之量都没有。皇伯母尽管放心，陆姑娘在府中休养这段时间，我会尽家主之职，好好照顾她的。"

凤九卿简单地向两人解释："我那二十几年没有音讯的姐姐是一个可怜人，在她尚在襁褓中时，便被我父亲许给一姓宋的人家，那宋公子天生纨绔、不学无术，并非婚嫁良人。姐姐不想与这样的男子蹉跎岁月，便背井离乡、远走他方。为了不连累凤家，这二十几年，她谎称身死。直到你皇伯父登基称帝，治理了宋家所参与的贪污案，我父亲才派人去寻姐姐的踪迹。可惜多年无果，没想到姐姐已身死异乡。"

凤九卿长长叹了口气："如果陆清颜真的是姐姐的血脉，我会代姐姐好好照顾她的。"

洛千凰若有所思地看向凤九卿，有些疑问呼之欲出，思忖再三，又被她生生咽了回去。

凤九卿并没有注意到洛千凰眼中的深意，起身说道："小千，时候不早，咱们回宫吧。"

轩辕灵儿忽然说道："西大街的永盛商行有药炉出售，小千难得出宫一趟，皇伯母可不可以让小千陪我过去走一趟，帮我挑几只耐烧的药炉。"

洛千凰听说可以出去逛街，双眼瞬间亮了起来。

凤九卿对轩辕灵儿与洛千凰相交甚笃自然是乐见其成，她知道洛千凰和当年的自己一样，对深宫的束缚深恶痛绝。

难得有机会出宫，她并不打算限制两人的自由。

"出去逛街我不反对，不过，你们要多带一些侍卫和随从。虽然在法华寺滥杀无辜的那些刺客已经逃遁，但出门在外还是要多加小心。"

轩辕灵儿连声保证："皇伯母放心，府上的侍卫身手不错，我保证在天黑之前，安然无恙地将小千送回宫。"

趁着外面天色正好，洛千凰和轩辕灵儿乘着贺府的车轿来到市集。

看着马车外热热闹闹的街头景象，洛千凰的心情也变得无比欢畅："灵儿，你应该多炸几次药炉，这样我便有借口同你出来游玩了。"

轩辕灵儿哭笑不得，抱着洛千凰的手臂解释："我单独将你拉出来，可不是让你陪我买药炉的。"

洛千凰面露不解："难道你想带我去广月楼听戏？"

"听什么戏啊？"

轩辕灵儿一脸菜色："府里发生这么多事，我哪有心情去外面听戏。"

洛千凰一点即透，瞬间明白轩辕灵儿话中的意思："你还在为陆清颜的事情烦闷？"

轩辕灵儿噘起嘴巴："当着皇伯母的面我不好意思多说什么，这里没有外人，我也不怕告诉你实话。那个陆清颜，我很不喜欢。总觉得将她留在府中，将来早晚是个祸害。"

洛千凰拍拍她的手，柔声安慰："你该相信连城对你的忠诚，他不会为了一个素不相识的陌生女子，背叛你们多年的感情。"

"世事难预料，陆清颜样貌生得那样美丽，如果我是男人，可能也会被她柔弱绝美的外表所蛊惑。"

洛千凰上上下下打量着轩辕灵儿，一脸认真地说道："与陆清颜相比，你的容貌毫不逊色，且你们有深厚的感情基础，灵儿，你该有自信才对。"

见轩辕灵儿仍旧闷闷不乐，洛千凰说出自己的见解："灵儿，不知你有没有发现，母后对待陆清颜，并没有表面看起来那么简单。她在陈述事实的时候，不止一次说过，假如陆清颜是姐姐的女儿，她一定会加以善待。哪怕有凤头簪为证，母后仍旧对陆清颜的身份存有疑虑。这说明什么？说明直到目前为止，母后并没有从心底承认陆清颜的身份。"

轩辕灵儿诧异："真的？"

洛千凰回道："直觉告诉我，我的猜测并非毫无根据。我猜母后没有急着将陆清颜接走，应该会趁这段时间，派人去调查她的身世。"

轩辕灵儿沉思良久，接着又问："如果最后的调查结果证明，陆清颜真是皇伯母姐姐的孩子呢？"

"即便她真是母后的外甥女，又能改变什么？"

轩辕灵儿小声咕哝："皇伯母亲口承诺，会代替她的姐姐，好好照顾陆清颜。在此之前，我并没有意识到我家连城那么受欢迎，万一……"

"没有万一！"

洛千凰铿锵有力地打断轩辕灵儿的胡思乱想："假如陆清颜与母后没有血缘关系，她伤好之后，将会被请出贺府，过她自己该过的生活。如果答案是另外一种，母后会以长辈的身份，给她的外甥女寻一户高门风光大嫁。以母后在黑阙的地位，怎么可能会接受她膝下唯一的晚辈给人做妾。连城再如何优秀，他也是娶了正妻的男人。

你在贺府的主母地位无人可以撼动，就算陆清颜想给连城做小，也要看母后答不答应。"

被洛千凰这么一劝，轩辕灵儿觉得颇有几分道理。

普通人家的姑娘给人做妾还说得过去，皇伯母的外甥女给人做妾，传出去肯定会招来老百姓的非议。

洛千凰扯了扯她的衣袖："你啊，就别乱想了。人家陆姑娘身受重伤，正是身心最脆弱的时候，对救命恩人心生依赖，这也是人之常情。说不定是你多心，误解了陆姑娘的意思。京城那么多的权贵，定有配得上她的官宦公子，她但凡是个明白人，也该知道怎样选择对她来说才更有利。哪个女人会傻到放着正妻不做，去给别人做小妾呢。"

在洛千凰的分析下，轩辕灵儿有所顿悟，也意识到自己钻了牛角尖，为了尚未发生的事情将自己逼进了死胡同。

说一千道一万，她就是太在乎贺连城，才会在感情上这么没自信。

想明白了这一点，轩辕灵儿颇为自负地挺了挺胸脯，傲娇地说道："若有朝一日连城负了我，我一纸休书与他和离便是。我轩辕灵儿贵为郡主，只要我勾勾手指，天底下多少如意郎君任我挑选，何至于为了一个不属于自己的男人为难自己。"

洛千凰忍住笑意："瞧你说的，好像连城做了什么对不起你的事情一样。"

轩辕灵儿仍旧气不过："谁让他乱捡人回家，如果不是他多管闲事，我怎么可能会生他气？"

"灵儿，话可不能这样说。若非连城多管闲事，母后也不会在万千人海中找到阔别已久的亲人。你想想啊，母后贵为一朝太后，娘家那边却人丁凋零，如果不是母后自身的能力过于强大，指不定会被眼红者欺负成什么样子。咱们作为晚辈，该为母后多多考虑才是。"

轩辕灵儿笑着说："皇伯母娶到你这样贴心的儿媳妇，也算得了大造化了。"

两人正说说笑笑间，乘坐的马车毫无预兆地停了下来。

洛千凰和轩辕灵儿没有心理准备，身体随着车子的惯性向前倾了一下。

差点摔倒的轩辕灵儿坐稳之后，一把撩开车帘，斥问车夫："你是怎么赶车的？伤了我不要紧，万一伤到皇后，你担待得起吗？"

车夫连忙告罪："郡主息怒，小的也是迫不得已。巷口突然跑出来一个疯婆子，正在那边闹事呢。"

洛千凰和轩辕灵儿这才发现，不远处聚集着一群看热闹的老百姓，聚在一起嘀嘀咕咕，不知在讨论些什么。

这条街巷本来就窄，在人群的拥挤之下，两人所乘坐的马车被堵在人群外寸步难行。

为了避免不必要的麻烦，出府之前，洛千凰和轩辕灵儿纷纷换了一套寻常百姓的衣裳。

除了赶车的车夫，负责保护两人的暗卫一旦现身，她们的身份势必会在大庭广众之下暴露。

洛千凰提议："灵儿，反正我也不急着回宫，要不要下车去看看发生了何事？"

轩辕灵儿兴致勃勃地点点头："走，去看看。"

两人搀扶着彼此步下马车，因为穿着打扮并不显眼，出现在人群中时，并没有引起旁人的注意。

走近的时候才发现，一个三十岁出头的中年女子披散着凌乱的头发，紧紧抱住一个穿着体面的俊朗男人的小腿死活不肯让他走。

男人接连踹了女人好几脚，女人忍受着被踹的疼痛硬是不撒手，口中不断地重复："玉郎，发发慈悲，求你发发慈悲吧。"

男人被她胡搅蛮缠的行为气得面色大变，狠狠甩出一巴掌，将女人的嘴角打出鲜血。

女人挨了打，仍旧抱着他不放。

男人气极，指着女人破口大骂："你这个疯婆子，再不放开我，便休怪我翻脸无情。"

女人卑躬屈膝地跪在男人脚边哭诉："玉郎，你我夫妻十余载，你不能有了新欢便忘了旧爱。你穷困潦倒时，我不顾爹娘反对，义无反顾地嫁你为妻。所有的嫁妆全部给你贴补了家用，为了你，我几乎付出了毕生所有。后来你发达了，却为了一个只认识不到三天的戏子就将我逐出家门。玉郎，人心都是肉长的，可你的心为何比玄铁还硬？"

男人当众出丑，怒气更甚，狠狠揪住女人的头发大发雷霆："你已被我休出家门，不再是我陈家的媳妇。赵月娥，休要再拿当年对我的那点恩情揪住不放，该还你的，我已经还完了。从今以后，你我桥归桥、路归路，再无半点关联。"

女人痛哭失声："玉郎，不要，我不要……"

轩辕灵儿看得一头雾水，忍不住向旁边一个妇人打听："大婶，这两人究竟怎么回事？"

妇人打量了轩辕灵儿和洛千凰一眼，见两个小姑娘生得眉清目秀，甚是讨喜，便压低声音给两人解释："那个女人叫赵月娥，是这条街出了名的疯婆子。三年前，她由于生不出孩子被丈夫休出家门，打那以后，只要见到她丈夫，便要当众哭闹一阵。为了这事儿，官府抓了她几次。关几日放出来后，还会故态复萌，闹得人心惶惶。"

洛千凰神色诧异："女人生不出孩子，便要被夫家休掉？"

妇人理所当然地回道："不孝有三，无后为大。她嫁进夫家已有十余载，却始终无法为夫家开枝散叶。按照律例，她犯了七出之条，可不就是要被逐出家门嘛。"

洛千凰觉得这条律例简直荒谬到极点，仅仅因为生不出孩子就要被休，世间怎会有如此不公的事情？

轩辕灵儿很是不解道："她生不出来，丈夫纳妾便是，何至于要将同甘共苦的原配休掉？这把年纪被赶出家门，日后该如何过活？"

妇人说道："两位姑娘有所不知，那陈玉郎后娶的妻子不甘做小，仗着肚子里怀了陈家的骨肉，非要以正妻的身份被抬进门。陈玉郎为了他那即将出生的儿子，当然是无条件满足对方提出的一切条件。赵月娥虽然疯疯癫癫惹人嫌，细算起来，也是一个苦命的可怜人。"

长长叹了口气，妇人继续说："刚嫁到陈家那会儿，赵月娥也曾怀过陈家的骨肉。只是那时陈家太穷，家中请不起使唤丫头。陈玉郎年迈的父母旧疾缠身，赵月娥是个孝顺的媳妇，整日忙前忙后在公婆床前伺候。大概是累狠了，那一胎没能保住。直到将陈家二老一一送走，赵月娥又怀了第二胎。结果陈玉郎在外赌钱，欠了一屁股高利贷。债主上门讨债，陈玉郎害怕被打，将他怀着身孕的媳妇推出去应付，拉拉扯扯的，赵月娥第二胎又掉了。接连掉了两胎，赵月娥身体亏损得厉害，无法再为陈家开枝散叶。后来，陈玉郎也不知走了什么狗屎运，以赌发家，飞黄腾达。自那以后，他对这位生不出孩子的结发妻越发不待见，直到外面的女人怀了身孕，便以赵月娥犯了七出之条为由，一纸休书将其逐出了家门。"

听完大婶的讲述，洛千凰和轩辕灵儿都被气得咬牙切齿、胸口憋闷。

没想到外表看着相貌堂堂的陈玉郎，竟是这么一个极品大渣男。

看着陈玉郎像打牲口一样当众责打他的前妻，气不过的轩辕灵儿怒喝一声："姓陈的，你给我住手！男人打女人，算什么本事？"

轩辕灵儿的这声高喊，将看热闹的人群吓了一跳，包括那个向前妻施暴的陈玉郎。

见怒斥自己的是一个十八九岁的妙龄少女，虽然样貌生得还算标致，普通的穿着和素人的打扮，却让陈玉郎起了几分轻慢之意。

"哪家毛都没长全的臭丫头，敢管我的闲事？"

轩辕灵儿指着陈玉郎破口大骂："就管你的闲事，你又能把我怎么样？真没见过你这么差劲的男人，连自己的结发妻子都不放过，当着这么多人的面施以暴行，你就不怕官府制裁你吗？"

陈玉郎冷笑一声："我打我自己的女人，官府凭什么插手？"

轩辕灵儿拔高声音："她不是已经被你休出家门了吗？"

陈玉郎振振有词："休出家门，她也是我陈家的一条狗。我想打就打，想骂就骂。"

轩辕灵儿从未见过这么无耻的人，气得就要唤暗卫出来揍人，被洛千凰一把按住。

"灵儿，不要！"

轩辕灵儿快要被陈玉郎气疯了，压不住火气地反问："这种人渣，就该被活活打死。小千，你别拦着，我今天非要好好教训他一顿不可。"

洛千凰当着众人的面说道："教训了他又如何，他若死了，那个被他抛弃的女人非但不会感激于你，恐怕还会将你视作仇人对你恨之入骨。"

此言一出，抱住陈玉郎的女子面色一变。

洛千凰面不改色地对她说道："你但凡还有一点尊严，都不会让自己的人生过得这样悲苦。为了一个不值得的男人与父母决裂，甚至为了他一连掉了两胎。当他明目张胆地为了另一个女人毁掉你们婚姻的时候，你就该及时醒悟，别在这种人身上浪费时间。这位大姐，看你年纪只有三十岁出头，且容貌生得也算标致，只要你放下这个男人重新开始，即便被休，也可以活出不一样的人生，何必为了一个负心汉把自己折磨得人不人、鬼不鬼。整日像个怨妇哭天抹泪，最终换来前夫的拳打脚踢，你这么做值得吗？"

洛千凰这番话，说得在场围观的众人全都沉默了。

在这个男女不平等的时代里，除了赵月娥之外，每天都有不计其数的家庭悲剧在悄悄上演。

那些明明为家族做了无数贡献，到头来却因为年老色衰而被夫君嫌弃的女人数不胜数。

从古至今向来如此，没人想过反抗，也没人有勇气反抗。

在这一部分人眼中，就算反抗了，又能换来什么？

夫权为天，反抗的结果只会像赵月娥一样被逐出家门。

男人三妻四妾、花天酒地无人问责。女人哪怕犯半点小错，都要上纲上线，这就是世人无法反抗的游戏规则。

哭闹不休的赵月娥忽然沉默了，她似乎陷入某种思考，回想自己的前半生，为了陈玉郎这个负心汉做牛做马，甚至错过了两次最佳的生育机会。

到头来，被她用生命所爱护的男人非但没有对她感激涕零，反而心肠冷硬地将她赶出门，流落街头。

她有家不能回，有苦不能诉，这种深陷泥潭而无法自拔的日子，何年何月才会终结？

慢慢放开陈玉郎的小腿，赵月娥连连苦笑："是啊，我整日像个怨妇一样哭闹不休，究竟想要从这个男人身上得到什么呢？"

她颤颤起身，脚步踉跄地向远方走去，边走边说："是我糊涂，我糊涂了啊……"

回头狠狠看了陈玉郎一眼，她狠声说："陈玉郎，你今生负我，终会得到上天的报应。"

看着赵月娥略显佝偻的身影越走越远，围观的老百姓僵在原地默默无语。

直到轩辕灵儿被洛千凰拉回马车，才恍惚回神："小千，那赵月娥固然愚蠢，陈玉郎也着实可恨。背信弃义、辜负良人，这种男人就该被送进地狱。"

就在轩辕灵儿愤愤不平时，忽见四面八方涌来一群流浪的野狗，连跑带吠，直奔陈玉郎的方向扑来。

没有任何心理准备的陈玉郎被这些野狗扑倒在地，眨眼之间，陈玉郎身上的衣裤就被流浪狗的獠牙撕得粉碎。

陈玉郎哭爹喊娘地大声呼救，百姓们继续保持着围观的姿态，眼睁睁看着陈玉郎被野狗咬得伤痕累累、面目全非。

这些百姓此时皆有一个共同的心声，属于陈玉郎的现世报，已经应验了。

只有轩辕灵儿迅速从惊愕中回过神，小心翼翼地问向洛千凰："小千，那些野狗，是你偷偷唤来的吧？"

洛千凰回了她一个神秘的笑容，淡淡说道："时候不早了，该回去了。"

回到皇宫时，天色已经暗下来。

洛千凰心情不错地哼着小曲踏入龙御宫的宫门，回想起陈玉郎被野狗追得屁滚尿流的狼狈模样，越发觉得自己今天做了一件替天行道的大好事。

房门被推开时，洛千凰被吓了一大跳。

"朝阳哥哥，你怎么回来了？"

见轩辕尔桀沉着俊脸看向自己，洛千凰急中生智，忙不迭地解释："事先声明，我今日出宫，是受母后所邀，去贺府给那位陆姑娘治伤，绝对没有偷溜出宫的嫌疑。"

轩辕尔桀没好气地反问："你是不是忘了朕晌午离开之前，你向朕承诺过什么？"

洛千凰呆呆地反问："我承诺过什么吗？"

仔细回想片刻，她恍然大悟："哎呀！我竟忘了，你答应我今日会早些回宫用晚膳的。"

说着，她便对门外喊道："月眉，快去备膳。"

门外传来月眉的响应。

洛千凰一脸讨好地凑到轩辕尔桀身边，笑着解释："这不是临时有事，回得晚些了。"

轩辕尔桀冷哼一声："你明明可以早些回的，偏要跟灵儿那个不省心的出去胡闹。告诫你多少次，除非万不得已，不要在大庭广众之下暴露自己。为了一个素不相识的陌生人，将自己置身于险境，万一被人发现你的身份，你该如何收场？"

他劈头盖脸的一番斥责，将洛千凰骂得一头雾水。

反应了好一会儿，她才明白轩辕尔桀话中的意思。

"朝阳哥哥，我跟灵儿在街头教训那个陈玉郎的事情，你都知道啦？"

回应她的，是轩辕尔桀更不客气的一声冷哼。

洛千凰不由得笑出声来，好脾气地解释："放心吧，我与灵儿出门的时候做寻常人打扮。离开前，我观察过现场的情况，所有的人都将注意力放在被野狗追赶的陈玉郎身上，根本没人注意到我。久居京城的老百姓都知道，西街开设了数十家饭庄，周围野猫野狗为了觅食层出不穷。看热闹的老百姓只以为那陈玉郎是得了报应，没人会想到，那些野狗是被我召唤过来的。"

这番解释并没有抚平轩辕尔桀心中的不满，责问道："放着好好的皇后不做，非要去管别人的闲事。洛洛，你不觉得自己的做法已经超出了你现在的身份？"

洛千凰并不觉得自己有错，义正词严地说道："路见不平，拔刀相助，这是每个心存正义的人都会做的。至少在我的劝说下，那个被丈夫休出家门的女子已经有所顿悟。哪怕她的出身卑微如蝼蚁，只要是我黑阙的一分子，就该受到平等待遇。我不会因为她的生活与我毫不相干，便任其遭受欺凌，视若无睹。"

轩辕尔桀用手指戳了戳她的额头，笑骂："朕只说了你一句，你竟有十句在这等着朕。朕但凡较真一点，便可以治你一个欺君之罪。"

洛千凰根本不拿他的威胁当回事，嘟着嘴抱怨："别一天到晚治这个罪，治那个罪。咱们关起门来过日子，哪有那么多大道理可讲。你啊，别总拿身份压我。小心我哪天想不开，离宫出走，再不理你。"

轩辕尔桀故意吓唬她："你敢离宫出走，朕就敢将你锁在深宫囚禁起来。"

洛千凰冲他做了一个鬼脸："你敢囚禁我，我就死给你看。我死了，看你囚禁谁去。"

见轩辕尔桀眼中迸出危险的光芒，洛千凰意识到这个玩笑开大了，连忙抱住他的手臂，好言哄道："好啦好啦，我跟你闹着玩的。日子过得好好的，我怎么可能会离宫出走，这里就是我的家，离开了这里，我还能去哪儿？"

故意示弱的一番话，总算哄得轩辕尔桀面色稍霁。

他拦腰将洛千凰揽进怀中，认真地警告："这样的话，以后可不准再说了。在感情上，朕一向认死理，容不得别人拿这种事情开玩笑。洛洛，朕有多在乎你，你心里比谁都清楚。就像你说的，关起门来怎么吵怎么闹都成，就是不能把离宫出走这样的话挂在嘴边。"

洛千凰连忙点头，向他保证："以后我再也不说这样的话了。"

用晚膳的时候，洛千凰聊起家常："今日随母后去贺府，我看到那位陆姑娘了。生得真是花容月貌，堪称倾城绝色。"

轩辕尔桀对除了洛千凰以外的任何女子都不感兴趣，随口说道："美丽的外表就如同昙花一现，早晚都有凋零的一天。”

洛千凰否定这个说法："这句话用在别人身上或许合适，用在母后身上却不恰当。母后已经人到中年，可从外表判断，二十岁出头的少女与她相比也会略输一筹。"

想到自家娘亲那张盛世容颜，轩辕尔桀笑道："母后的容颜之所以盛极不衰，是有原因的。七皇叔年少时曾爱慕过母后，为了母后做了不少冲动的事情……"

洛千凰诧异地问道："灵儿的父亲当年竟喜欢过母后？"

轩辕尔桀担心隔墙有耳，冲她做了一个嘘声的手势："你小声点，虽然这件事已经过去二十九年，每每回想那段往事，父皇仍对七皇叔耿耿于怀。虽然七皇叔后来遇到命中真爱，当初同父皇争抢母后的时候，使出来的手段可谓无所不用其极。"

洛千凰颇为认同地点点头："母后风华绝代，容貌倾城，确实值得天下豪杰为她肝脑涂地。"

"这不是朕要说的重点，重点是当年七皇叔为了讨好母后，曾花费了长达三年的心血，专门给母后研制了一种抗衰养颜的神药。自母后服用过药丸之后，她的容貌就仿佛被封存在了少女时代，任年轮增长，也不曾发生太大的变化。"

洛千凰听得双眼发亮："这么神奇的药丸，七皇叔府中还有吗？"

"自然是没有了。听七皇叔说，药丸中有一味药材，三百年才结一次果，想要炼出另外一颗，还要再等上两百多年。这件事只有少数几人知道，连七皇婶和灵儿都不清楚。你小心不要在灵儿面前说漏嘴，免得传到七皇婶耳中害她多想。虽然七皇叔早在二十几年前便对母后歇了那份心思，七皇叔送给母后的那颗神药，却是万金难求的一件圣宝。七皇叔将那么名贵的东西赠给了母后，被七皇婶知道，肯定要哭闹不休的。"

洛千凰在自己嘴巴上做了一个贴封条的动作，想了想，又像模像样地将封条解开。

"这么说来，如果母后活到八十几岁，容貌也会保持在二十岁左右的模样一直不变？"

轩辕尔桀摇了摇头："应该不会那么夸张，只是比正常人衰老的速度减慢一些而已。"

洛千凰没心思继续吃饭，支着下巴咕哝："有时间，我也想研究这方面的药材。能够永葆青春，该是一件多么美好的事情。"

轩辕尔桀用指节在她头上轻敲一记："别异想天开，朕只要你健健康康地活着就好。"

洛千凰嘟嘴："万一我老了，满脸皱纹了，你嫌弃我怎么办？"

"你老了，朕也老了，咱们一起相伴到老不好吗？"

洛千凰被他时不时冒出的情话窘得耳根发红，忙不迭地转移话题："被连城救回贺府的那个陆姑娘，好像看上连城了。"

第一百章

带教主误闯冷宫

轩辕尔桀对贺连城被别的姑娘看上这件事并不感到有多奇怪，他徐徐说道："连城出身尊贵、容貌俊美、能力卓越、前途光明。像他这种完美到几乎挑不出瑕疵的男子，被姑娘喜欢难道不是人之常情？"

洛千凰被他这番言论震惊到了："朝阳哥哥，你不要忘了，连城现在的妻子，是你唯一的嫡亲堂妹。一旦连城对别的姑娘心生好感，第一个受到伤害的便是灵儿。你忍心看着你最疼爱的妹妹，在感情上遇到挫折吗？"

轩辕尔桀不以为然："灵儿自幼被娇宠着长大，霸道刁蛮、高傲自负，像她这种被惯坏的孩子，适当地受些磨难，不但可以促进她快速成长，还能让她认清自己身上的责任。你啊，有时间多想一想自己的事情，别一天到晚为了别人的事操心费力。"

洛千凰面露不满："灵儿是我在京城最好的朋友，她的事就是我的事。如果有朝一日连城真的负了灵儿，我一定不会放过他。"

轩辕尔桀不解地问："区区一个陆清颜，有必要让你和灵儿忌惮成这个样子？"

洛千凰也无法解释为什么会这样，直觉告诉她，陆清颜这个外表看着无比柔弱的姑娘，未必如她表现出来的那么简单。

更何况，她背后还有凤九卿这尊大神给她撑腰。

一旦她的身份被确认，她日后在京城的地位可想而知。

见妻子眉头紧锁、满脸戒备，轩辕尔桀哄劝道："好了，洛洛，朕答应你，如果日后陆清颜威胁到灵儿的地位，朕会亲自为她赐婚，将她嫁去外省，远离京城，这回你应该放心了吧。"

洛千凰有些不好意思："婚姻对女子来说是一辈子的事情，嫁与不嫁，总要征得人家本人同意才行。就算你是皇帝，也不能随意决定她的命运。我只是与你随口讨论，并没有让你以威势压人的意思。"

夫妻俩并没有在这个话题上浪费太多时间。

吃过晚膳，轩辕尔桀慵懒地靠躺在软榻上翻看从御书房带回来的奏折。

之前在吉祥岛花费了太长时间，御案上等着他亲自批阅的折子数不胜数，为了尽早给朝中大臣以及各省各地的官员一个满意的交代，他不得不利用休息时间加快进度。

洛千凰已经适应了他将奏折带回寝宫批阅的习惯。

轩辕尔桀忙公务的时候，她有时会默默地陪在他身边翻看医书，有时会枕在他腿边闭眸小憩。

直到夜色渐沉、更深露重，两人才上床休息。

今天也像往常一样，轩辕尔桀花费了将近一个时辰，一连处理了二十几份奏折。

洛千凰坐在不远处，将她的百宝箱从衣柜中翻出来，兴致勃勃地欣赏着箱中珍藏的宝贝。

这些珠宝，都是她义兄端木辰先前拜访黑阙时送来的礼物，因为数目和种类太多，她还没来得及一一翻看。

从箱子里挑出许多漂亮的珍珠，盘算着哪日将这些珍珠磨成粉，送给她娘用来做皮肤保养。

外面传来更夫敲锣报时辰的声音，洛千凰这才意识到，时间已经不早了。

洛千凰忙不迭地将百宝箱收进衣柜，就见软榻处的轩辕尔桀揉了揉略显干涩的眼睛，继续去翻下一本奏折。

洛千凰有些心疼地提醒："朝阳哥哥，看了这么久的折子，也该休息一会儿了。"

轩辕尔桀笑着回道："处理完剩下的几本再休息也不迟。"

"可你眼睛都熬得发红了，烛灯下看折子本来就伤眼睛，加之你昨天睡得太晚，这样熬下去，身体会吃不消的。"

"朕也没办法，这些都是加急的折子，再耽搁下去，地方上等着接旨的官员该着急了。"

洛千凰忽然心生一计，兴致勃勃地提议："朝阳哥哥，要不你闭上眼睛休息一会儿，我帮你阅读奏折的内容。这样一来，你既可以知晓折子中的意思，也能趁这个机会放松一下。"

轩辕尔桀挑眉："你愿意帮朕分担公务？"

洛千凰凑到他身边，笑眯眯地将他按躺在榻上，又非常贴心地在他身上盖了一条薄毯。

"夫妻本是一体，你的事，自然就是我的事。你快闭上眼睛休息一会儿，剩下的事情交给我来做。"

说着，她取过堆在案头最上面的一本奏折，像模像样地翻开第一页。

字迹写得比较潦草，定睛看了一阵才勉强认出上面的文字，她磕磕绊绊地读道："两造具备，师听五辞；五辞简孚，正于五刑；五刑不简，正于五罚；五罚不服，正于五过。五过之屁……"

听到这里，正闭眸休息的轩辕尔桀眉头一皱。

洛千凰并未注意，继续读道："五过之屁：惟官、惟反、惟内、惟货、惟来。"

感知到房间里安静无比，轩辕尔桀睁开双眼，不解地问："读完了？"

洛千凰老老实实地点头："读完了。"

轩辕尔桀皱眉问道："五过之屁是什么？"

洛千凰满脸无辜："我也不知道什么是五过之屁。"

轩辕尔桀夺过奏折翻看了一眼，哭笑不得地纠正："这个字不读屁，应该读五过之疵。"

洛千凰干笑一声："这个字有点生僻，我不太认得。"

轩辕尔桀有心刁难她几句，指着她刚刚读过的奏折，问道："你可知晓，这几句话是什么意思？"

这可真把洛千凰给难倒了，接过折子又认认真真看了一遍，一双秀眉紧紧皱了起来，思忖半晌，才小心翼翼地回道："按照我的理解，这两造具备，应该是当地官员造的两艘大船已经完工了。师听五辞，就是师父听了五种说辞。五辞简孚……大概就是这五种说辞，师父挑了比较简单的那一种……"

正要再往下编的洛千凰，被忍无可忍的轩辕尔桀打断，他恨铁不成钢地在她额头上戳了几下，笑骂："真是朽木不可雕，笨得可以。洛洛，好歹你是一国皇后，连这么简单的几句话都读不明白，传扬出去，你就不怕惹人笑话？"

洛千凰被戳得直委屈，不由得反问："我分析得有什么错吗？"

轩辕尔桀忍住再戳她一顿的欲望，耐心给她解释："这份折子是隶阳李总兵快马加鞭送到御前的。隶阳不久前抓捕了一批贪污犯，这份折子的意思是，诉讼双方已经到齐，负责考察的官员需从五个方面考量案情。如果核对的结果与事实相符，便将他的罪行与五刑的规定对照一下，看看给予怎样的刑罚。若不能对应，便要查对五罚的规定给予适当的宽恕……"

　　轩辕尔桀解释得言之凿凿，洛千凰却听得一头雾水，满脸不解。

　　她忍不住抱怨："这李总兵也真是的，有什么话，直接说出来就好，何必文绉绉地写这么多难懂的文字，叫人看了都头痛。"

　　轩辕尔桀被她气笑："你不检讨自己才疏学浅，竟去怪罪写折子的大臣笔墨不通？"

　　洛千凰小声抱怨："我又不用上朝听政，何必要有那么高的学问。"

　　"话可不能这样说。"

　　轩辕尔桀并没有嘲笑洛千凰的意思，只是就事论事地说出自己的观点："我黑阙皇朝占地辽阔、资源丰富，与其他数国相比，属于霸主国一般的存在。周围小国为了生存，会在特定的时间里派使臣来我国上贡。作为黑阙的一国之母，你避免不了要在使臣来访的时候出面接待。如果连最起码的学识都没有，被那些使者传扬回国，不但会毁了你皇后的英明，我黑阙也将颜面扫地。"

　　说到这里，轩辕尔桀越发意识到了事情的严重性："比起朕之前罚你抄的那五百八十条宫规，你更应该学习一些正经的知识。《三字经》《百家姓》《千字文》以及四书五经这些你都要从头学起。朕明日便给你派一位教习女官，好好给你补一补功课。"

　　洛千凰哪受得了这个，扔掉奏折便想逃之夭夭，被轩辕尔桀像拎小猫一样一把拎了回来。

　　"朕没跟你开玩笑，洛洛，你幼时经历坎坷，错过了最佳的学习机会。如今苦尽甘来，朕会好好命人教导你的学业。不求你琴棋书画样样精通，该了解的一些基本常识，你必须认真去学。"

　　洛千凰哭丧着脸委屈道："朝阳哥哥，我好心好意帮你读奏折，你怎么能用这种方式回报我？什么《三字经》《千字文》，我对这些毫无兴趣。就算我没读过四书五经，不也一样活得好好的。"

　　她双手合十，摆出作揖的姿态："拜托拜托，学习对我来说真是太难了，朝阳哥哥你就饶了我吧。"

　　轩辕尔桀一脸正色："哭闹撒娇是没有用的，你整日东跑西颠没个正行。朕必须适当地给你立立规矩，让你明白自己身上的使命。"

　　洛千凰觉得自己十分可怜，小日子原本过得轻松又自在，仅仅因为多管闲事读了一份奏折，就换来这样悲催的下场，这也太倒霉了吧。

本以为派教习女官来教自己读书一事只是轩辕尔桀随口一提，没想到第二天清晨洗漱完毕，月眉便踩着小碎步进门汇报："娘娘，尚宫院的朱尚宫说是奉了皇上的命令，来教娘娘学习礼仪知识。"

洛千凰微微一惊："朱尚宫，是不是掌管书物出纳文簿的那个正五品女官？"

月眉点头："正是此人。"

洛千凰两眼一翻，差点昏死过去。

黑阙皇朝的女官制度颇为严苛，且她们的地位并不比朝堂上的那些文武大臣低下，相反这些女官在后宫中的存在，起到了至关重要的作用。

她们会按照品级，各司其职，将后宫大小杂务打理得井井有条。

在尚宫局任职的，地位相对来说比较尊贵。

月眉口中所说的朱尚宫，洛千凰自进宫之后与其打过几次交道。

此人四十岁出头的年纪，未婚未育，多年来一直服务于朝廷，虽然处事能力样样超群，为人却过于刻板，向来不苟言笑，是一位不太好招惹的棘手人物。

洛千凰立刻意识到，轩辕尔桀一定是故意的。

担心她不服从安排，专门派了一位难搞的女官来治她，摆明了是跟她过不去。

既然人已经来了，心中再如何不满，她也做不出将人拒之门外的决定。

当月眉奉命将朱尚宫请进来时，洛千凰看到朱尚宫手中捧了厚厚的一摞书。

朱尚宫命人将几十本书堆放在洛千凰面前，屈膝跪地，给洛千凰行了一个请安礼。

起身时，朱尚宫铿锵有力地说道："奴家奉皇上之命，从今日起，每天会抽出两个时辰，教导娘娘学习一些必备的功课。桌子上面的这些书，是奴家专门为娘娘挑选的几门课程，娘娘可以根据个人喜好，挑选有兴趣的书本从头学起。"

洛千凰随手翻看了几本，除了《百家姓》《千字文》、四书五经这些她连看都不想多看一眼的书籍之外，还有《史记》《资治通鉴》以及一些她连书名都不认得的古籍著作。

洛千凰看得眉头直皱，下意识地去打量朱尚宫。

与宫中那些如花似玉的妙龄宫女相比，朱尚宫生了一副极其普通的面孔。

她给人的第一印象极其古板，属于那种认死理又不好招惹的刻薄女人。

初嫁入皇宫那段时间，她曾听过一些关于朱尚宫的传言，此人做事虽然刚正不阿、公正严明，却因为不懂变通，无形中得罪了不少人。

偏偏她能力滔天，本事极大，就算有人在背后给她下绊子，也无法撼动她在尚宫局的地位。

面对这么一号棘手的人物，洛千凰预感到未来的日子将会陷入水深火热。

她将桌案上的书朝朱尚宫的面前推了推，反问："如果我说，我对你拿来的这些书都不感兴趣，你是不是可以带着它们离开？"

朱尚宫面不改色又不失恭敬地说道："奴家是奉皇上所托来教导娘娘，皇上没有收回成命之前，奴家是不会离开的。"

洛千凰动之以情、晓之以理："朱尚宫，自我进宫以来，你我也算打过数次交道。我是什么脾气秉性，你应该有所了解。与那些自幼生长于官宦人家的千金小姐相比，我所接触的环境和背景，与她们截然不同。如果我真的对这些书籍感兴趣，无须你教导，我自会主动翻看，认真学习。现在的问题是，书中的文字无法吸引我的兴趣。你非要强加于人，只会让彼此变得都不开心。"

朱尚宫振振有词地回道："娘娘的这番言辞，恕奴家无法认同。子曰：吾十有五而志于学，三十而立，四十而不惑，五十而知天命，六十而耳顺，七十而随心所欲不逾矩。"

洛千凰直率地问道："什么意思？"

朱尚宫一本正经地解释："这些所说的，是四书五经中的内容。人人都知道孔夫子是儒家学派创始人，他开创了讲学之风，倡导仁义理智信，周游列国十三年，晚年修订了《诗》《书》《礼》《乐》《易》《春秋》六经，是当时最博学者之一。他十五岁立志学习，三十岁能够自立，四十岁可以不被外界事物所迷惑，五十岁懂得了天命，六十岁听得进不同的意见，七十岁能随心所欲而不越出规矩，堪称世人学习的典范。娘娘小小年纪便身居高位，肩负着统领后宫的重要职责，自当效仿孔老夫子，将他活到老、学到老的精神发扬光大。"

洛千凰偷偷翻了个白眼，心中暗忖，她不过一介女流，后宫又不能干涉朝政，学那么多知识有什么用？

面对朱尚宫的谆谆教诲，洛千凰说出自己的观点："几年前我听过一首打油诗，觉得颇有道理。人生短短几十年，几多劳累几清闲，喜怒哀乐穿住行，苦辣酸甜柴米盐。一睡一醒一场梦，半由自己半由天，凡心不受功名困，荣华富贵如云烟。所以说这人活一世啊，最重要的还是开心快乐。你拿着这些书回去吧，皇上那边，我自有交代。"

朱尚宫忽然直挺挺地跪在地上，义正词严地说："皇上有言在先，无论用什么办法，必须将这些书中的内容灌输给娘娘。如果完不成使命，奴家将要以死谢罪。"

洛千凰腾地起身，对认死理的朱尚宫说道："你尽管回去，皇上责问，自有我这个皇后给你担着。"

朱尚宫重重磕了一个头："求娘娘不要为难奴家，奴家只是奉命行事，不敢有半点差错。"

洛千凰快要被朱尚宫气疯了，心中暗骂，天底下怎么会有这种冥顽不灵之人？

见朱尚宫倔强地跪在那里一动不动，洛千凰不耐烦地挥挥手："好啦好啦，你先起来，别动不动就跪来跪去，不知内情的人，还以为我这个皇后仗势欺人呢。"

说着，她从书堆中随手挑了一本出来，在朱尚宫面前晃了晃："先给我一点时间，我看看这些书哪本有趣，等我挑到合适的，你再来给我讲解书中的内容。"

见洛千凰终于妥协，朱尚宫只能依言听命，起身后退到桌案旁恭候。

洛千凰深知朱尚宫是个死心眼，想要将她打发走恐怕难如登天。

不得已的情况下，她只能做做样子，翻开书页，皱着眉头去阅读书中烦琐的文字。

本以为又是一本之乎者也、满篇大道理的古书，翻开一看才发现，书中所记载的，是历史上某一个朝代从兴衰到陨落的大致过程。

起初，洛千凰并没有对这本书产生太浓厚的兴趣。

像这种野史传记之类的书籍，皇家藏书阁内不胜枚举。

她虽然读书不多，却也寥寥看过几本。

翻看了几页之后，洛千凰渐渐对书中记载的故事产生了兴趣。

书的开头写了一位名叫周向真的女子，出身于官宦之家，自幼聪明伶俐、博学多才，小小年纪便展露出惊人的才华。

十五岁那年，周向真在家族的安排下，嫁给皇族一位并不受宠的六皇子。

六皇子的生母是皇上身边的一位宫女，皇上醉酒之后临幸了她。该宫女虽然事后怀上了龙嗣，却并没有因为生下龙子而受到宠爱。

皇帝后宫美女如云，六皇子生母地位低下，容貌生得也极其普通，生下六皇子之后，便被打发到偏殿自生自灭，在六皇子十二岁时香消玉殒，离开了人世。

像周向真这种有才有貌的姑娘，本有机会风光大嫁，却因为不小心得罪了奸佞小人，遭人算计，嫁给当时并不得势的六皇子。

　　六皇子虽然不够得宠，却生就了一副俊美的容貌。

　　新婚之夜，当六皇子揭开周向真的盖头时，她几乎立刻就喜欢上了这位外表看上去温文儒雅的夫君。

　　成婚之初，小夫妻的日子虽然过得有些清苦，却也称得上幸福甜蜜、恩爱非常。

　　半年后，皇上病重，储位空虚的情况下，诸多皇子为了争夺太子之位，私下里斗得你死我活。

　　六皇子这个不起眼的小角色，本来没有资格与兄弟们相争，奈何至高无上的皇位对他们来说诱惑太大，人人都想夺取皇位，主宰天下。

　　周向真看出夫君对那个位置势在必得，便利用自己的聪明才智，暗中为六皇子扫去不少障碍。

　　在周向真的帮助之下，六皇子在朝廷渐渐得势，不但文武大臣对他极为拥护，就连病重的皇帝也发现这个被他忽略了二十几年的六皇儿是个体贴懂事的孝顺孩子。

　　殊不知，六皇子能有这样的地位，都是周向真一个人的功劳。

　　起初，六皇子对周向真感激涕零，觉得自己三生有幸，娶到了一位贤内助，并承诺此生此世只娶周向真一人为妻。

　　当皇上驾崩，留下圣旨将皇位传给六皇子时，他终于如愿以偿地坐上了皇位，周向真的地位也跟着水涨船高，直接被册封为当朝皇后。

　　登基为帝的六皇子，渐渐忘了当日的诺言，以巩固政权为由，先后将不同的女子纳进宫门。

　　彼时，周向真已经给六皇子连生了三位公主。

　　六皇子又以膝下无子为由，整日临幸后宫的妃子，彻底忘了皇后周向真的存在。

　　周向真心生嫉妒，暗中派人给那些被临幸过的妃子送去打胎药。

　　有一位妃子成功避开了周向真的谋害，怀上龙种之后，偷偷摸摸地养胎，费了好一番功夫，终于给六皇子生下第一个儿子。

　　六皇子龙心大悦，直接将这个妃子封为皇贵妃，地位直逼周向真。

　　周向真暗暗恼恨，在小皇子满月当天，设了一个连环局，成功将刚出生没几日的小皇子害到夭折。

　　周向真心思通透，做事向来滴水不漏，直到小皇子夭折，也没人知道是她所为。

　　之后，又有数位妃子先后怀上皇上的骨肉，皆被周向真暗中害死。直到有人将周向真的所作所为捅到六皇子面前，六皇子才惊觉他的皇后有多可怕。

六皇子当即下令将周向真贬为庶民，打入冷宫。

即便进了冷宫，周向真仍旧不肯向命运屈服，利用多年来在宫中积攒的人脉，先后弄死了六皇子身边好几位得宠的妃子。

事发之后，周向真被震怒中的六皇子下令处以凌迟之刑。

行刑当天，六皇子亲自观刑，周向真被捆进渔网中受刑时，凄厉地质问六皇子，当日她使尽计谋，将他从失势的皇子扶持为一代帝王，最终换来的，就是凌迟之刑的结局吗？

六皇子振振有词地斥责周向真，说她身上罪孽深重，谋害皇家子嗣，心思歹毒，罪不可恕。

在周向真不甘的怒骂声中，失血过多的她死于皇帝丈夫赐予她的刑罚中，享年只有二十八岁。

看到这里，洛千凰的心情变得十分沉重。

周向真只是这本书中提到的一个路人甲，这本书真正赞美的，是六皇子与如贵妃之间可歌可泣的爱情故事。

十六岁的如贵妃嫁进宫时，六皇子只有二十九岁。

一个是权势滔天的九五至尊，一个是珠圆玉润的妙龄少女；一个威武霸气、英俊潇洒，一个天真烂漫、惹人怜爱。

这一对痴男怨女，在爱恨情仇中恋慕彼此，相伴数十年，可谓神仙眷侣，情深伉俪。

如贵妃死后，六皇子将她追封为皇后，并命令自己的子女，在他驾崩之后与如贵妃合葬。

至于那位帮六皇子夺得江山的周向真，从头到尾，只是这本书中的一个反派角色，死后不但被万民诅咒，她的尸体还被弃之荒野，任野狗啃食。

接下来的内容，洛千凰已经无心再看。

她无法理解，周向真只是想得到夫君唯一的宠爱，为何最后会落得这样可悲的下场。

朱尚宫见皇后娘娘终于放下手中的书，试探着问："娘娘，您选好要学哪本书了吗？"

洛千凰心情躁郁地摆了摆手："哪一本都不想学。"

朱尚宫微微皱眉："娘娘……"

就在她开口劝诫之时，殿外传来一声虎啸。

下一刻，一只通体雪白的老虎威风凛凛地踏进殿内。

朱尚宫吓得面色惨白，洛千凰却是面色一喜，忙不迭地起身迎过去，在白老虎的脑袋上重重揉了一把："教主，你怎么来了？"

教主用它的大脑袋亲昵地在洛千凰的小腿处蹭了几下，样子像极了一只慵懒的大猫。

朱尚宫不敢招惹这只老虎，连连向后退了几步，色厉内荏地说道："娘娘，现在读书时间，您最好不要与宠物玩耍。"

洛千凰睨了朱尚宫一眼，一本正经地说道："教主不是宠物，它之于我，是家人一样的存在。"

"可是娘娘……"

朱尚宫还想继续说教，洛千凰忽然心生一计，拍了拍教主的脑袋："教主，走，咱们去外面玩。"

教主像是听懂了洛千凰的命令，屁股一扭，直接将洛千凰拱到自己的背上，在朱尚宫的阻止声中，驮着洛千凰离开了龙御宫。

在教主的威慑力之下，朱尚宫敢怒不敢言，只能眼睁睁看着洛千凰与教主的身影渐行渐远。

反应过来的时候，她才跟跟跄跄跑到宫外，对月眉和月蓉吩咐："你们两个怎么还愣着？还不快去追回皇后。如果被皇上知道我们监管不力，他不会责罚皇后，我们几个却要遭殃倒霉。"

经朱尚宫一番提醒，两个婢女这才意识到了事情的严重性，急急向宫外追了出去。

有了教主给自己撑腰，洛千凰终于不用面对那些恼人的书籍。

教主最喜欢有树林的地方，御花园深处有一片野生的白桦林，这里人烟稀少，寂静无声。

皇宫占地极广，仿佛大到毫无边界，自洛千凰进宫到现在，还是第一次见识这边的风景。

一人一虎慢悠悠地在树林中穿梭。

虽然教主口不能言，但洛千凰可以感觉到教主此时的心情非常不错。

她笑着说："没想到皇宫还有这样一片美丽的树林，比到处都是假山鱼塘的御花园可有趣多了。"

教主似乎听懂了她的话，冲着森林深处发出一道虎啸。

虎啸一起，栖息在林中的鸟儿被吓得呼啦啦飞走。

教主仿佛感应到体内野性的召唤，抬起四爪，无比欢乐地在森林中穿梭奔跑。

洛千凰忙不迭地追过去，口中喊道："教主，你跑慢点，我快要追不上了。"

跑着跑着，洛千凰发现自己所身处的地方越来越荒凉。

出了白桦林，她看到几座破旧的宫殿，因为年久失修，宫殿上的琉璃瓦已经碎得不堪一击。

一块陈旧的牌匾歪歪扭扭地挂在殿门正中，上面刻着三个字——长乐宫。

洛千凰心中暗忖，她怎么不知道皇宫里还有这么一个奇怪的地方？

进宫这么久，她对宫中大大小小的宫殿多多少少有所了解，却从未听说过长乐宫。

就在这时，月蓉和月眉循着虎啸声一路追赶而来。

月眉心有余悸地说道："娘娘，您可真是让奴婢好找。"

洛千凰无奈地叹了口气："是朱尚宫让你们跟过来的吧？"

月蓉回道："朱尚宫也是为了娘娘着想，这里人烟稀少、荒芜冷清，咱们赶紧回去吧。"

洛千凰冲不远处的教主摆了摆手，大声说道："教主，我先走了，你慢慢玩。"

教主很懂事地应了一声，随即撒欢地转身跑远。

临走之前，洛千凰回过头，深深看了那破旧的宫殿一眼，小声咕哝："若非今日与教主出来玩，我都不知道咱们皇宫还有这个地方。"

月蓉微微皱起眉头，压低声音说："娘娘，这个地方，以后可不要再来了。"

洛千凰不解地问："为何？"

月蓉声音压得更低："长乐宫是专门关押犯错妃子的地方，便是俗称的冷宫。听说这里吊死过好几位妃子，且地势偏僻，到了夜里阴气极重。娘娘万金之躯，怎能在这种不吉利的地方久留？"

"冷宫？"

洛千凰忍不住又回头看了长乐宫一眼，问向月蓉："据我所知，冷宫不是当初关押过姚贵妃的雪月宫吗？"

月蓉连忙解释："雪月宫当初的主人姚雪灵，好歹也是皇贵妃，贵妃住的地方大多宽敞豪华，岂是长乐宫这种不祥之地可以比的？有资格被称之为冷宫的地方，只有娘娘刚刚所见到的长乐宫。哎呀！这个话题太不吉利，娘娘还是尽快回去吧。要是被皇上知道您误闯冷宫，肯定又要斥责您肆意妄为，不服管教。"

洛千凰利用教主逃避学业的消息传到轩辕尔桀耳中时，他正在御书房与贺连城讨论灵犀阁的事情。

作为民间规模比较大的情报组织，灵犀阁在江湖上颇具盛名。

在此之前，朝廷与灵犀阁之间井水不犯河水，各自发展自己的情报网。

陆清颜的意外出现，无形中将朝廷与江湖的利益连接起来。

贺连城说道："与陆姑娘交谈的过程中我才知道，灵犀阁获取情报的方式非常特殊。他们擅长采取极端的手段来达到目的。据我初步估计，灵犀阁的情报获取量远比朝廷还要丰富。如果能善加利用，可能会对朝廷有所帮助。"

轩辕尔桀蹙眉问道："所以你希望朝廷与灵犀阁合作？"

贺连城否认："现在的灵犀阁如同一盘散沙，老阁主故去之后，阁内成员为了各自的利益早已分崩离析。我的意思是，可以借陆姑娘之口，打探有利的情报消息。如果她最后被确认是太后的外甥女，应该会无条件地帮助朝廷。"

轩辕尔桀认同地点头："陆清颜的确是一枚值得利用的好棋子。"

贺连城略显诧异："再怎么说，她也有可能是皇上的表妹，用棋子来形容她的身份，臣觉得有些不太合适。"

轩辕尔桀笑着调侃："听说那位陆姑娘似乎对你一见钟情？"

贺连城连忙说道："这种容易引起旁人误会的话，皇上可不要乱说。我倒是无所谓，传到灵儿那里，肯定又要闹上一通。"

就在这时，小福子进门，将洛千凰故意跟朱尚宫作对，带着教主溜出龙御宫的事情汇报给皇上。

听完小福子的讲述，轩辕尔桀忍不住皱眉："这个洛洛，真是没一刻能闲得住。"

贺连城得知皇上居然派了朱尚宫给洛千凰辅导学业，担忧道："这恐怕会有所不妥吧。娘娘天性率直、活泼好动，对学习功课这种事情最不耐烦。皇上当初娶她进门时曾有言在先，不会用宫规礼仪这种事情为难她。况且朱尚宫是出了名的刻板之人，依臣之见，长此以往，娘娘定会对其心生抗拒。"

轩辕尔桀并不觉得自己有错，将洛千凰连奏折都看不懂，还解释得乱七八糟一事讲给贺连城听。

听完讲述，贺连城忍俊不禁地笑出声："娘娘这样的真性情，倒让臣觉得十分有趣。"

"有趣？"

轩辕尔桀颇为无奈："她连最起码的知识都不懂，日后倘若在人前出丑，岂不让人看轻她这个一国之母？"

贺连城说道："皇上当初心仪的，不就是娘娘的这份纯真和质朴吗？与那些学富五车的千金名媛相比，娘娘虽然少了几分才气，但她天性纯良、没有心机，尤其在大是大非面前取舍有度。臣反倒觉得，只有保住娘娘的这份真性情，在这后宫之中她才会活得自由快乐。假如有朝一日，娘娘也像那些知书达理的千金小姐般拿腔作势、矫揉扭捏，皇上还会继续喜欢她吗？"

轩辕尔桀接口说道："朕自然喜欢她的率真与爽朗，可作为一国之母，她不能连最起码的常识都不懂。你不必劝朕，趁她年纪还小，朕必须多给她灌输一些宫廷常识。就算做不到开口吟诗、提笔作画，至少不能连屁和疤都分不清楚。"

贺连城知道自己劝说无用，只能由着皇上和皇后这夫妻俩自己去闹腾。

傍晚，忙完公事的轩辕尔桀回到龙御宫，第一件事便是将洛千凰揪过来斥责了一顿。

面对训斥，洛千凰振振有词地反击："明知我与那朱尚宫素来不和，你还将她派到我身边辅导课业，朝阳哥哥，我最近没得罪过你吧，有必要用这种残酷的方式来报复我吗？"

"朕报复你？"

轩辕尔桀觉得自己十分冤枉："朕做的每一件事都是为你着想，你竟然质疑朕的动机。另外，朕很好奇，你与朱尚宫之间为何不和？莫非她曾经得罪过你？"

提起朱尚宫，洛千凰便满腹牢骚："久居皇宫的人谁不知道，朱尚宫刻板执拗、油盐不进，为人处世方面也不懂得含蓄变通，就知道拿宫规压人，动不动就抬出祖宗家法约束于我。无论我做什么，在她眼中都是离经叛道，不合礼法，简直怙顽不悛、食古不化，反正我不喜欢她。"

轩辕尔桀笑骂着戳了戳她的额头："怙顽不悛，是因为她固守礼法；食古不化，是因为她坚持原则。正因为朱尚宫不畏强权，恪尽职守，朕才放心将她派到你身边好好教导。正所谓严师出高徒，难道你不想趁着大好年华多学些本事来丰富自己？"

不给洛千凰辩解的机会，轩辕尔桀霸道地宣布："不管你愿意与否，朕决定的事情，不会改变。明日起，再被朕知道你在上课期间不服管教，朕会家法伺候，绝不姑息。"

洛千凰直接无视他的威胁，转移了话题："你听说过长乐宫吗？"

轩辕尔桀微微皱眉："别妄图岔开话题，朕在与你讨论学业的事情。"

洛千凰翻他一记白眼，小声咕哝："什么家法不家法，纸老虎一只，我才不怕你。"

见轩辕尔桀瞪向自己，她忙不迭地说道："好好好，我学，我学还不行吗？"

说着，她举手发誓："我向你保证，日后朱尚宫来给我上课时，保证不会再逃她的课。"

轩辕尔桀这才露出满意的神色："算你识相。"

沉默片刻，他忽然问道："你刚刚说什么？长乐宫？你怎么会知道这个地方？"

洛千凰如实回道："教主今日找我玩时，将我带去了御花园后面的那片白桦林，无意中被我发现，白桦林的尽头，竟然坐落着一幢破旧的宫殿。后来月眉告诉我，那里是关押罪妃的地方，死过很多人，阴气极重，是一处不祥之地。"

轩辕尔桀不悦地斥责："你以后不准再去那里玩。"

洛千凰心生好奇："朝阳哥哥，那里真的死过很多人吗？"

轩辕尔桀对这个话题非常排斥，见洛千凰兴致盎然，他随口解释："阴气重不重朕不知晓，死过很多人倒是真的。严格说来，死在长乐宫中的那些女人，都是皇祖父宫中的妃子。为了争宠，这些妃子用尽心机、使尽手段，害死了不少无辜的冤魂。最后落得被打入冷宫的下场，也是她们咎由自取、罪有应得。"

洛千凰忽然想到了周向真，那个为了夫君的江山筹谋一世，最后却被亲手扶持到皇位之上的夫君凌迟处决的可怜女人。

"朝阳哥哥，你学识丰富、见闻颇多，可曾听说过周向真的事迹？"

轩辕尔桀对周向真这个名字似乎并不陌生，下意识地反问："你说的是不是历史上那个心狠手辣、恶名昭彰的一代刁后？"

洛千凰对"心狠手辣、恶名昭彰"这八个字并不认同，义正词严地说出自己的想法："我不认为周向真有多恶毒，她天生聪慧、本性纯良，为了夫君苦心谋划、清扫障碍。可以毫不夸张地说，她夫君最后能坐上帝王的位置，是周向真一个人的功劳。可是最后，她夫君非但没有给予她应有的回报，反而在权势和美色的诱惑下，一次又一次背叛他们的感情。最可笑的是，周向真为她夫君做了这么多事情，最后被她夫君视为生命中唯一真爱的却是他人。"

轩辕尔桀并不接受这个说法，蹙眉说道："洛洛，你怎么会同情周向真这种恶毒的女子？死在她手中的冤魂不计其数，甚至包括尚未出生的无辜婴儿。她嫉妒自己夫君身边的其他女子朕可以理解，但她不能残忍到连不懂人事的婴孩都下手谋害。"

洛千凰拔高声音说出自己的观点："难道周向真的残忍和恶毒，不是被她那负心的夫君一步一步逼出来的吗？身为男人，就该一言九鼎、信守承诺。周向真帮他夺位时他对天发誓，此生只娶她一人为妻。上位之后他却变卦，将立下的诺言抛之脑后。她丈夫不仁在先，周向真凭什么忍气吞声，看着自己深爱的夫君与别的女人卿卿我我、白首偕老？"

轩辕尔桀正色地警告："洛洛，你这个想法非常危险。正因为周向真无法控制自己的理智，她才会一步一步走向灭亡。如果她懂得适可而止，任何女人都无法撼动她皇后的位置。知道她夫君最爱的女人如贵妃为何得宠一辈子，仍是贵妃的位分吗？那是因为，她夫君并没有背弃承诺，直到周向真被处以极刑，皇后的位置依旧空缺。你只看到周向真可怜的一面，为什么不想想，她落得如此下场，是她作孽太多，罪有应得。"

洛千凰直接被他的话气笑了："我从来不认为，皇后这个位置有多么至高无上。周向真要的不是皇后的名分，她要的是丈夫的忠心和专情。身为九五至尊，一朝天子，居然连自己发过的誓言都可以轻易背弃，这种负心的男人最后还能遇到命中真爱，老天爷真是不公平。"

见她越说越气愤，轩辕尔桀忍不住摇头："你们女人就是喜欢为了鸡毛蒜皮的小事斤斤计较。"

洛千凰一下子参了毛："你处处偏帮那个负心汉，难道也想效仿于他，为自己日后背叛誓言找寻借口？"

轩辕尔桀有些生气："这与朕何干？"

洛千凰比他更生气地问道："如果有一天，我弄死了别的女人给你怀的孩子，你是不是也要给我扣一个残忍恶毒的罪名将我凌迟处死？"

"朕怎么可能会给别的女人怀孕的机会？"

"我是说如果。"

"你说的这个如果并不成立。"

"世事难预料。"

轩辕尔桀被她气极，怒道："朕不想为了不可能发生的事情跟你吵。"

洛千凰深深看了他一眼："我知道你的答案了。"

轩辕尔桀没好气地问："你知道什么？"

洛千凰不想理他，冷着脸，撩开门帘进了内室。

轩辕尔桀被她无故耍小脾气的行为气得无言以对，实在搞不明白，他的妻子为什么会为了莫须有的事情跟他闹脾气。

为了这个谈不上矛盾的矛盾，洛千凰居然生了两天闷气。

轩辕尔桀并不认为自己有错，拒绝与无理取闹的洛千凰道歉认错。

于是，夫妻俩开始闹冷战。

这场冷战并没有持续太久，便传来骆逍遥和墨红鸾夫妇准备离京的消息。

洛千凰为了给父母饯行，专门在景阳宫设了一场宴席，轩辕容锦和凤九卿夫妇自然不会错过这个送行的机会，亲自来到景阳宫与好友共饮离别酒。

前来赴宴的，都是朝中身居高位的大臣及其家眷，贺连城与轩辕灵儿夫妇也在其列。

身为凤九卿传说中的外甥女，伤势已经有明显好转的陆清颜也有幸作为受邀客人，与贺连城、轩辕灵儿夫妻二人一同来到了景阳宫。

众人只知道贺连城不久前救下的这位陆姑娘是凤九卿的亲戚，并不知道她的另一个身份是灵犀阁阁主的养女。

当陆清颜以娇弱的姿态出现在众人眼前时，景阳宫的众宾客，无不被陆清颜的美貌所倾倒。

用手如柔荑、肤如凝脂、领如蝤蛴、齿如瓠犀、螓首蛾眉这样的词语形容陆清颜并不为过。

与耀眼华丽、锋芒毕露的凤九卿相比，陆清颜这种娇嫩得被风一吹可能就会碎掉的弱女子，更容易引起男人的占有欲和保护欲。

无视众人频频投来的惊艳目光，陆清颜彬彬有礼地给上位者们行礼问安。

轩辕容锦因为凤九卿的关系，对陆清颜这个失散多年的晚辈颇为礼遇。

轩辕尔桀第一次看到这位活在传说中的姨亲表妹，态度也还算和善。

倒是骆逍遥看到陆清颜的第一眼，目光中流露出些许警惕之意。

好在他懂得隐藏，并没有情绪外放，以免泄露太多心中的想法。

整场送别宴的气氛十分融洽，彼此间如同亲人一样的相处方式，让洛千凰感到温馨的同时，也为即将与父母分别而流露出淡淡的忧伤之意。

与妻子冷战两天的轩辕尔桀看出洛千凰面色不佳，明白她心中肯定不舒服，哪里还有心情继续与她闹矛盾。

两人并排而坐时，他关切地握住洛千凰的手，感受到她指尖的冰凉，用力握了握，将自己掌心的温度传给她。

洛千凰偏头看了他一眼，轩辕尔桀冲妻子露出一个安抚的笑容，低声说："岳父岳母很快就会回来的。"

在他的安慰下，洛千凰沮丧的心情略有好转。

两人仿佛同时淡忘了几日前的争吵，袖袍下，十指紧握，之前的别扭和矛盾，在这一刻已经变得不再重要。

第一百零〇章

送至亲心有离伤

作为长辈眼中的开心果，轩辕灵儿向来不吝于在万众瞩目之下说些有趣的事情给众人解闷。

吃宴的过程中，轩辕灵儿见众人和乐、气氛融洽，便兴致勃勃地开口说道："我想起之前听过的一则笑话，内容十分有趣，说从前有一个僧人，博学通文，十分聪明。某日，一个秀才问他，秃驴的秃字如何写？僧人回答，秀才的秀字，屁股略弯掉转就是。秀才刁难不成反被骂，甩着衣袖便被气走了。"

反应过来的客人们闻言笑成一团。

轩辕容锦故意笑骂："已经是嫁了人的大姑娘，讲起话来怎么还是这么没羞没臊。又是秃驴，又是屁股，仔细被你爹听到了教训你。"

轩辕灵儿嘿嘿一笑："皇伯父有所不知，这笑话就是我爹讲给我听的。"

轩辕容锦无奈皱眉："你爹一把年纪的人，仍像长不大的小孩子一样没个正形。"

凤九卿笑着说道："保持一颗童真之心，日子才会过得无忧无虑。"

轩辕灵儿讨好地说："还是皇伯母懂我。"

骆逍遥调侃道："灵儿，你和连城成亲已经有些日子，什么时候要个娃娃，给我家小丞做个玩伴。"

轩辕灵儿俏脸一红："骆叔叔，您就爱取笑我。"

凤九卿问道："逍遥，今天这么重要的场合，怎么没把小丞一并带过来？"

骆逍遥连忙摆手："那小子是个不消停的主儿，稍一吵闹，就会哭个不停，抱他过来，我怕给在座的诸位心中添堵。"

说着，他便冲轩辕容锦露出一个挑衅的笑容，仿佛在说，我儿女双全，你嫉妒不嫉妒？

与他斗了数十年的轩辕容锦哼笑一声："再过个一年半载，看你挺不挺得住。那个年纪的小孩子最是调皮闹腾，你这个当爹的，就做好心理准备被你儿子欺负吧。"

骆逍遥不甘示弱地回道："瞧你这话说的，你儿子小时候难道让你这个当爹的应付不了了？"

洛千凰听得忍俊不禁，轻轻扯了扯轩辕尔桀的衣袖，小声问："你小时候顽皮吗？"

轩辕尔桀俊容微窘，故作严肃地否认："朕幼时乖巧懂事，从不曾让父母忧心。"

轩辕灵儿落井下石："皇兄，你快说些实话吧。咱们幼时一同长大，你那时有多调皮，别人不清楚，我可是一清二楚，也不知整日让皇伯父和皇伯母操心的那个人究竟是谁。"

轩辕尔桀瞪了妹妹一眼："闭嘴，就你话多。"

轩辕灵儿冲他吐了吐舌："我句句属实，绝无虚言。"

众人闻言忍俊不禁。

轩辕尔桀轻咳一声，对贺连城说道："管管你媳妇，真是胆大妄为、无法无天。"

贺连城宠溺地看了轩辕灵儿一眼，当众说道："臣的媳妇儿就是臣的小祖宗，刁蛮霸道着呢，可招惹不得！"

墨红鸾笑着打趣："不愧是从小一同长大的青梅竹马，快瞧瞧，连城与灵儿之间的感情真是越来越亲厚了。可惜七王夫妇与贺相夫妇都不在京城，这样的画面若是被他们看到了，不知道要高兴成什么样子。"

轩辕灵儿甜甜一笑，看向自家夫君的眼神也充满幸福和满足。

从头到尾，静静坐在位置上的陆清颜始终像看客一样暗中观察着众人的互动。

一直以来，她对深宫内院心生敬畏，总觉得这里人心复杂、规矩繁多，稍有不慎可能就会命丧黄泉。

没想到这些皇权贵胄非但没有摆架子，反而像普通人一样互相调侃，亲密十足。

她尤其羡慕轩辕灵儿，出身高贵，备受宠爱，还在最好的年华与容貌家世样样出众的贺连城结为夫妻。

所谓的天之骄女，说的就是轩辕灵儿这种人吧。

在贺府养伤这段时间，她前前后后与贺连城接触过几次。

印象中的贺连城，温润如玉、谦逊有礼，是那种无论从哪方面都挑不出任何瑕疵的完美贵公子。

可就在刚刚，她心目中男神一样高不可攀的人物，竟在众目睽睽之下声称，他的妻子是他得罪不起的小祖宗。

她无法想象，这样露骨的情话，会出自贺连城之口。

除了出身高贵之外，她并不觉得轩辕灵儿哪里值得这么多人宠爱。

无论容貌还是身材，她样样不输轩辕灵儿。

如果一定要按地位来算，轩辕灵儿是当今天子的嫡亲堂妹，她陆清颜是当今天子的嫡亲表妹。

假如她和轩辕灵儿一样自幼与贺连城青梅竹马一同长大，那么，最后被贺连城娶进家门的幸运儿，会不会变成她陆清颜？

当这个大胆的想法在脑中浮现时，陆清颜看向贺连城的目光中，泄露出一丝连她自己都察觉不到的独占欲。

相谈甚欢的众人并没有发现陆清颜的变化，倒是不经意扫向这边的洛千凰，无意中瞥见，陆清颜正肆无忌惮地打量着贺连城。

洛千凰是品味过恋爱滋味的过来人，几乎一眼就可以判断出陆清颜对贺连城心生爱慕，甚至到了连掩饰都不想掩饰的地步。

大大咧咧的轩辕灵儿并没有意识到此时此刻，坐在她身边的夫君已经被别的姑娘惦记上了。

洛千凰有心想要提醒几句，无奈场合不对，她实在不知该如何开口。

身为女儿奴的骆逍遥警惕地察觉到宝贝女儿神色不安，顺着女儿的视线望过去，正好将陆清颜的一举一动捕捉到眼底。

心思通透的骆逍遥瞬间便明白了女儿的担忧，当着众人的面轻咳一声，将矛头指向陆清颜："听说陆姑娘进京寻亲途中遭人劫杀，被救进贺府之后，是灵儿那丫头尽心竭力地照顾你。等陆姑娘日后康复，可不能忘了灵儿的恩情。"

言下之意就是提醒陆清颜，切莫恩将仇报，肖想不该有的事情。

陆清颜并不是傻瓜，岂会听不出骆逍遥话中的隐含意思。

她淡然一笑，落落大方地说道："郡主的恩情不敢忘却，贺大人当日对小女子的救助也自会铭记于心。如果没有贺大人的出手相帮，恐怕小女子已经惨死在那些暴徒手中。小女子向来是知恩图报之人，救命之恩，永生不忘。"

这番话虽然说得滴水不漏，聪明人还是听得出，陆清颜真正想要感激的，只有贺连城，并没有轩辕灵儿。

骆逍遥勾唇一笑，并未多言。

贺连城忽然说道："当日所为于我而言只是举手之劳，陆姑娘不必放在心中时时挂怀。况且太后对我贺家有知遇之恩，你是太后失散多年的亲人，在那种情况下出手相救，就等于我还了太后一个人情。"

这番话，听得陆清颜心里很不是滋味。

她一心向贺连城示好，贺连城却丝毫不为所动。

细心观察多时的墨红鸾冲陆清颜露出一个和善的笑容："陆姑娘容貌出众、谈吐有度，看得出来自幼受过良好的教养。如今来到京城，又有太后从旁照拂，将来一定可以嫁个好人家，前景不可限量。"

其他宾客听了这话，也纷纷跟着开口奉承，七嘴八舌地将陆清颜吹捧了一通。

这些朝廷大臣都是人精，知道凤太后虽然身为一介女流，却在朝中拥有相当大的影响力。

甚至有几个心眼比较多的大臣在暗自估测，如果将陆清颜娶进自己的家门，会不会对他们的仕途起到促进作用。

陆清颜仿佛听出这些人话中的意思，一脸正色地说道："小女子养父刚过世不久，短时间内，不想与人谈婚论嫁。"

某位大臣趁机捧道："陆姑娘一片孝心，值得我等好好效仿。既然凤太后寻到失散多年的远亲，为了弥补这些年亏欠的亲情，臣提议，可以给陆姑娘封个县主或是乡君，抬一抬陆姑娘的身份地位。"

陆清颜双眼一亮，忍不住想，一旦她的地位有所提高，会不会像轩辕灵儿一样受到众人的追捧？

洛千凰忍不住白了那位大臣一眼，心中暗骂，这些老狐狸，小算盘打得真是噼啪直响。

一旦陆清颜因为他的提议被抬高身份，势必会对他心生感激。

如果陆清颜日后得势，这位大臣的官位说不定也会跟着水涨船高。

本以为这样的提议会得到太后的认同，凤九卿听后却当场反驳："李大人怕是对朝廷的封赏制度知之甚少，县主也好，乡君也罢，作为皇族的外姓亲眷，必须在取得一定成就或功劳的情况下才有资格被封官加爵。依陆清颜的情况来看，她暂时还不具备被加封的资格。"

轩辕容锦为讨妻子欢心，笑着说："什么外姓不外姓，只要你愿意，这些都不是问题。"

凤九卿警告地看了轩辕容锦一眼，义正词严地说："礼不可废，切莫落人口实。"

轩辕容锦自然不愿违背妻子的意愿，凤九卿说什么，他便应什么，已经到了毫无原则的地步。

原本志得意满的陆清颜见此情形，知道自己刚刚空欢喜了一场。

她只是不太明白，既然黑阙的这位太后娘娘承认自己是她的外甥女，为何要用这种方式来打压自己，难道凤九卿不希望她娘家的亲眷在朝中得势吗？

这一刻，陆清颜对凤九卿暗暗生出几分怨怼。

人人都传凤太后聪明干练、懂得筹谋，如今看来，也不过如此。

送别宴结束之后，即将远行的骆逍遥和墨红鸾在宫中与女儿做最后的道别。

一家三口难得在宫中团聚，作为外人，凤九卿等人并没有出面打扰。

洛千凰将父母带去她不常居住的凤鸾宫，这里是她的宫殿，也是只属于她一个人的领地。

将宫中的闲杂人等全部打发走，洛千凰再也按捺不住心中的躁动，扑进墨红鸾怀中撒娇："娘，明日你们便要启程离京，我舍不得你们离开。"

墨红鸾将女儿抱了个满怀，忍不住湿了眼眶："好孩子，快别这样。如果不是万不得已，爹娘也不想离你远去。这一走最少半年，没有爹娘在京城庇佑，也不知你会不会被人给欺负去。"

骆逍遥看着娘俩哭成一团，心情变得颇为狂躁，当下便说："早知道异姓王要守的规矩这么多，我当初就不该被容锦诓骗，去接这个棘手的位置。你们两个也不要哭了，我这就辞去官职，这王爷的头衔我不要了。"

墨红鸾和洛千凰双双震惊。

见父亲作势要离开，洛千凰一把揪住骆逍遥的衣袖："爹，这个位置是你好不容易争来的，怎么能说放弃就放弃？"

墨红鸾也跟着劝道："逍遥，你说话做事能不能冷静一些，自从你坐上王爷的位置，朝中多少大臣对你眼红嫉妒。这些年，被你得罪的同僚数不胜数，他们莫不是忌惮你的身份不敢招惹。一旦你辞去官职，那些踩低捧高之人定会想尽办法给你难堪。你就算不为自己着想，也得为我们娘仨着想。"

洛千凰用力点头："娘说得没错。爹，你可不能冲动行事。"

骆逍遥满不在乎地哼了一声："就算没有王爷这个身份加持，我就不信哪个活得不耐烦的敢在我的头上动土，真当我骆逍遥是个好欺负的软柿子？"

墨红鸾嗔怒地抱怨："你啊，已经是两个孩子的父亲，怎么还像小孩子一样瞎逞能。咱们只是暂时离京，又不是永远不回来，至于你跳着脚跑去辞官吗？况且小千这边有太后照拂，以太后的行事作风，绝对不会让小千受半点委屈。"

这一点，洛千凰倒是颇为赞同："母后待我确实极好。有她照顾我，其他人不敢欺压到我的头上。爹，你和娘亲放心离京，我不会让自己受委屈的。"

洛千凰可不敢再刺激她爹，她只是掉了两滴泪，她爹就嚷嚷着辞官归隐、久居京城。

能够与爹娘永不分离确实是她最大的梦想，但她不会为了自己的私心，让爹娘为她做出牺牲。

在妻子和女儿的劝阻之下，骆逍遥总算找回了理智，不再重提辞官一事。

一家三口又简单聊了几句家常，骆逍遥忽然想起一事，提醒洛千凰："洛洛，爹娘离开之后，你凡事都要小心一些。尤其是那个陆清颜，别看她外表弱柳扶风一般，看似温柔无害，凭爹多年来识人的经验，这位陆姑娘可不是一位好惹的主儿。明知道连城与灵儿是天造地设的一对儿，还敢在大庭广众之下说出那样一番话，可见是个有心机的，你得有所防范，难保有朝一日不被她算计。"

洛千凰微微一惊："爹，你也看出陆清颜有问题？"

墨红鸾哼笑一声："小姑娘年纪不大，心思倒是十分复杂。但凡有些眼力的，谁会看不出她的动机。小千，你以为太后为何会当众拒绝李大人的提议给陆清颜抬高身份？太后是个明白人，恐怕早已看出端倪。"

洛千凰皱了皱眉："可不管怎么说，陆清颜也是母后娘家那边的亲戚。"

骆逍遥满脸的不在意："亲戚也分亲疏远近，就算血缘上有羁绊，长达二十几年不曾联系，又能亲厚到哪里去？"

洛千凰嘟着嘴挽住骆逍遥的手臂："爹，这话我可不认同。咱们父女也是长达十几年不联系，认亲之后，还不是将彼此视为真正的一家人。难道在爹爹心中，女儿并没有那么重要吗？"

骆逍遥立刻炸毛："那怎么能一样？你可是我的骨血，与太后和陆清颜之间的关系完全不同。"

洛千凰忍不住笑出声："爹，我跟你开玩笑的，你还当真啦。"

骆逍遥惩罚性地捏了捏女儿的脸颊，故意凶道："这样的玩笑，以后可不准再开。不过话说回来，爹让你防着陆清颜，不为别的，只因为她可能与奉安曹家结有私仇。曹家隐退已久，多年来不问政事，突然之间派那么多杀手出没京城，背后藏着怎样的动机目前尚不明朗。据我所知，曹北辰御下有方，军纪甚严，绝对不可能在毫无理由的情况下做出出格之事。陆清颜嘴上说她对曹家的事情一无所知，是否有意隐瞒什么，一切还是未知数。"

墨红鸾问道："之前出现在法华寺的那些杀手，说不定是某个神秘组织故意打着曹家的旗号伪装出来的。"

骆逍遥神色凝重地摇摇头："当年我与曹家军打过交道，直觉告诉我，那些杀手就是曹家的羽翼。"

洛千凰满脸担忧："难道曹家想造反？"

骆逍遥安慰："造反倒是不至于。这些年，曹家势力锐减，手中所能调动的兵马已从当年的三十万，减到不足十万。况且，朝廷对曹家并无亏欠，他们没有造反的动机。另外，那些杀手想要击杀的目标是陆清颜，说明她与曹家之间应该有不为人知的恩怨与矛盾。从她矢口否认与曹家素不相识的那一刻，我就觉得，背后的真相应该不简单。"

说着，骆逍遥拍了拍女儿的肩膀："洛洛，你是个小事糊涂、大事聪明的孩子，爹相信以你的判断力，不会轻易让自己吃亏。爹娘离京之后，你凡事多留个心眼，无法做出判断时，就让太后帮你拿主意。偌大的京城，唯一值得爹信任的，只有太后了。"

墨红鸾掐了骆逍遥一把："皇上与小千在一起经历了那么多大风大浪，他对小千情深义重，自会保护好她。你刚刚那番话若是被皇上听到，看他还认不认你这个岳父。"

骆逍遥非常坚持自己的观点："大是大非面前，谁也不能保证自己没有私心。总之，咱们做父母的，必须为女儿考虑周全，万一将来出了变故，也好找到万全之策加以应对。洛洛，听爹的，准没有错。"

洛千凰乖巧地点头："我知道了。"

夫妻二人在凤鸾宫留到天色将黑才依依不舍地与女儿道别。

第二天，骆逍遥和墨红鸾带着襁褓中的骆千丞准备离京。

离别前，骆逍遥郑重其事地将宝贝女儿交给前来送行的凤九卿代为照顾。

凤九卿忍不住调侃骆逍遥这个女儿奴："你我相交多年，对彼此的脾气秉性早已了若指掌。你把小千奉为掌上明珠，如今你们夫妻暂离京城，无论是作为长辈，还是作为小千的婆母，我都会将她当成亲生女儿一般来照顾。逍遥、红鸾，你们安心回封地小住，我向你们保证，只要我在世一天，绝不会让小千受半点委屈。"

有了凤九卿的承诺，骆逍遥和墨红鸾终于放心地坐上了离京的马车。

得知父母已经出城，已经做好心理准备的洛千凰还是难受得哭了一场。

轩辕尔桀担心妻子无法承受这样的离别之痛，比往日早了整整两个时辰回到寝宫。

见洛千凰顶着一双明显哭过的眼睛，他心疼地劝道："又不是一辈子都无法见面，你至于把自己折腾成这个样子吗？"

说着，他对门外吩咐："取些冰袋过来，给娘娘敷敷眼睛。"

不一会儿，月眉捧着冰袋进门，轩辕尔桀亲自接过冰袋帮洛千凰冷敷。

他边敷边安慰："别难过了，朕会在近日抽出几天时间，陪你去外面走一走。听明睿说，邻省的玉矿出了不少极品玉石，朕带你过去玩玩，顺便从外省挑几块美玉回来。"

听说可以出宫散心，洛千凰的心情瞬间好转了不少："朝阳哥哥，你要说话算话，到时候可不许赖皮。"

为了安抚妻子失落的心情，轩辕尔桀暂时放下手边所有的公务，留在龙御宫与洛千凰共同度过了一个美好的午后。

夫妻俩难得有这样的时间和雅兴，吩咐厨房准备了一顿丰盛的午膳，一边吃，一边商讨几天后出宫游玩时要走的路线。

洛千凰对即将出宫一事充满期待，喋喋不休地计划着出行时需要将哪些必备之物带在身边。

千凰令

（九）

步步成谋

QIAN HUANG LING JIU
BUBU CHENG MOU

100

轩辕尔桀非但没有阻止妻子的一腔热血，反而颇有兴致地与她一起商讨出游事宜。

午膳过后，两人趁着阳光正好，双双来到御花园消食散心。

御花园繁花锦簇、景色宜人，清澈的池塘内养着无数条体形肥硕的红色锦鲤。

在洛千凰的一声号令下，鱼儿们兴奋地涌到池塘边上下跳跃，喷溅出无数晶莹的水花，给这炎热的季节带来些许清凉之意。

见妻子像个长不大的孩子一般玩心大起，轩辕尔桀的眼底溢出满满的柔情和宠溺。

他从不吝于在外人面前表现出对妻子的在意和疼爱，在他看来，只有堂而皇之地向外界宣布他对洛千凰的所有权，才能将那些心怀不轨之人，逼到不敢再对他的女人有任何痴心妄想的念头。

毕竟天底下像洛千凰这种拥有神奇天赋的女子凤毛麟角，万一有那胆大妄为之辈暗施阴险手段将洛洛占为己有，破坏两人婚姻的同时，朝廷的安危也将面临巨大的威胁。

所以像洛千凰这种万年难得一见的宝贝，他必须严加保护。

他知道很多大臣在私下盛传，他这个霸主国的九五至尊，丝毫不在意自己大丈夫的颜面，经常在外人面前做出宠妻的行为，简直毫不顾及皇族的门面。

轩辕尔桀对这种传闻只是付之一笑，一个真正有能力的男人，根本无须在心爱妻子的面前大摆威风。

妻子是用来宠爱的，而不是用来奴役的，那些在背后说三道四之人，根本不明白家和万事兴的真谛所在。

趁今日天色不错、兴致正浓，轩辕尔桀很是高调地带着妻子在御花园大秀恩爱。

在宫中当差的内侍们看到皇上拉着皇后的手，悠闲自在地游逛御花园，两人说说笑笑，恩爱甜蜜，让人羡慕的同时，也为帝王家的夫妻能有这样真挚的爱情而感到动容。

直到天色渐暗，两人才手拉着手回到寝宫。

轩辕尔桀将许多朝廷的趣闻当成乐子讲给洛千凰，洛千凰也毫不吝啬地与他分享后宫琐事。

一个是统御江山的年轻帝王，一个是管理后宫的当朝国母，关起门来，却可以像普通夫妻一样叙家常、聊闲话，满心憧憬畅想着未来将会发生的种种。

夜色暗沉，两人各自聊起幼时的往事。

有挫折、有苦痛、有欢笑、有眼泪。

不知不觉已到深夜，两夫妻却像热恋期的小情侣，在毫无睡意的情况下，滔滔不绝地讲述着发生在各自身上的种种经历。

直到天色将亮，两人才在周公的召唤下昏昏欲睡。

眼看临近上早朝的时间，身为内务大总管的小福子早早来到门口等候。

本以为他主子会像往常一样极有自律地更衣洗漱，结果在门口站了好一会儿也不见房内有动静传出。

为了不耽误皇上上早朝，小福子壮着胆子在门外轻唤几声，试图引起皇上的注意。

轩辕尔桀和洛千凰都睡得极沉，根本没有醒来的迹象。

昨晚负责守夜的月眉对小福子说道："福公公，您有所不知。皇上和娘娘昨晚聊家常聊到寅时才睡，恐怕是太过乏累，一时半会儿醒不过来。"

小福子惊讶不已："皇上和娘娘聊家常竟然聊到寅时？"

月眉甜甜一笑："可不是嘛，奴婢昨晚当值，一直候在寝宫门口，就听到皇上和娘娘在殿内笑语不断，比那刚成亲的小夫妻还要恩爱。"

对月眉来说，自家主子得到皇上这样的宠爱是求都求不来的大好事，她们这些奴婢能够跟在这样的主子身边，自然也与有荣焉。

小福子的心思和月眉这种内宅女子可不一样，他着急地说道："再过半个时辰，大臣都要进殿了。往常这个时候皇上已经起床洗漱，今日迟迟不起，大臣们那边可如何交代？"

就在小福子不知该如何是好时，门内传来轩辕尔桀的声音："去给大臣报个信，今日早朝延迟两个时辰。"

小福子的声音虽然不大，却还是将睡梦中的轩辕尔桀吵醒了。

因为睡得太晚，他异常疲惫，不太想动，便决定多睡一会儿，等养足了精神再上早朝。

登基以来，他在作息方面向来自律，除了因为不得已的原因必须离京，多数情况下，他都会以身作则，谨守朝廷规矩，每日卯时三刻会准时赶到议政殿听政。

偶尔因为身体原因坏一次规矩，相信大臣们应该不会有所怨言。

小福子自然不敢怠慢，应了一声后，便一路小跑地去前殿通知众臣了。

小福子前脚刚走，轩辕尔桀很快便又沉入梦境。

这一睡，便是整整两个时辰。

醒来时，已是日上三竿。

睁开眼后，闯进他视线的，是洛千凰笑意盈盈的俏丽面孔，她就像一个顽皮的孩子，双手支着下巴，正目光灼灼地看着自己。

轩辕尔桀亲昵地在她额上印下一吻，笑着问："看什么呢？"

洛千凰心情不错地说："看你啊，因为你好看。"

如此幼稚又直白的答案，将轩辕尔桀逗得笑出声来。

他哑着声音问："你醒多久了？"

洛千凰翻了个身，打了一个大大的哈欠，懒懒地说道："我也是刚醒，醒来后发现你居然躺在我身边，还真是让我挺意外的。往日我醒来时，你已经去上朝了，为何今天睡到这个时候还未起床？"

轩辕尔桀捏了捏她的鼻子，笑骂："朕醒得这么晚，还不是你这个小缠人精祸害的。昨天抓着朕东聊西扯，睡下的时候已是寅时，难道你想让朕顶着两只黑眼圈去议政殿听政？既然醒了，就起来洗漱，别忘了你今天还要上朱尚宫的课。"

想到朱尚宫那个老古板，洛千凰摇着他的胳膊撒娇："上课没意思，我一点也不想上课。"

"不要任性，快起来。"

洛千凰故意为难他："你伺候我更衣洗漱，我就起来。"

轩辕尔桀被她孩子气的行为弄得哭笑不得，笑骂："敢让皇帝伺候更衣洗漱的，你洛千凰绝对是天底下的第一人。"

虽然口中夹杂着斥责，他还是让月眉取来洛千凰的外衣，颇有耐心地伺候着他的妻子一件一件穿了上去。

月眉掩去眼中的震惊，不敢相信堂堂天子，竟然无下限地将妻子宠到了这种地步。心中暗暗羡慕，她家娘娘可真是好命，竟嫁得这样一位如意夫君。

洛千凰心安理得地享受着夫君的伺候，好一番折腾，轩辕尔桀总算将妻子打理得漂漂亮亮。

他笑着拍了拍洛千凰娇嫩的脸颊："早膳已经准备妥当，随朕去用膳。"

洛千凰玩心大起，穿完衣服，伸开双臂做出求抱抱的姿态："你背我去。"

轩辕尔桀一向不在后宫拘着洛千凰，他轻而易举地把身材纤细的妻子背在背上，将她背到外殿。

此时，恪守规矩的朱尚宫已经来到龙御宫准备给皇后上课。

进宫的时候才被婢女告知，皇上皇后昨天歇息得晚，今天的课时要延后。

朱尚宫并没有立刻离开，而是兢兢业业地候在门口等待皇后的出现。

就在她苦等的时候，皇上亲自背着皇后来到外殿。

两人一路有说有笑，哪有半点皇家夫妻该有的尊仪。

朱尚宫被这一幕深深刺激到了，一时间，各种祖宗家训涌入喉间，恨不能拿教尺好好给皇后立立规矩。

轩辕尔桀和洛千凰沉浸在夫妻间的小情趣中难以自拔，吃饭的时候，你喂我一口，我喂你一口，完全将两旁伺候的宫人视为透明。

原本一刻钟就能用完的早膳，在洛千凰的缠磨无赖下整整拖了半个时辰。

眼看外面的天色越来越晚，轩辕尔桀说道："朕可不能再跟你闹腾下去了，大臣们该等急了。"

洛千凰见他急着离开，故意闹脾气："你昨天才答应过我，近日会放下手边的公事陪我去玩，这才过了一个晚上，怎么又急吼吼地去上早朝？"

轩辕尔桀睐道："朕答应陪你出去玩，具体还没定下哪日。你再等等，最晚不会超过三天，朕肯定会实现对你的承诺。"

洛千凰伸出一根手指："最多一天。"

轩辕尔桀伸出两根手指："两天！"

见洛千凰垮下脸色，他忙又改口："好好好，一天就一天，等朕今日下朝之后，便向大臣告假，多陪你出去玩几日。"

洛千凰眼中露出喜意："答应了可不许反悔，我晚些时候就让月蓉和月眉整理出行之物。如无意外，咱们最晚后日便启程上路。"

轩辕尔桀急着去上朝，自然是满口答应她的一切条件。

匆匆离宫时，他才瞥见朱尚宫正面无表情地站在门口处一动不动。

见皇上来了，朱尚宫屈膝行礼，神色不卑不亢，一脸的正气凛然。

轩辕尔桀只略微点头便急急离开，他前脚刚走，朱尚宫便自动起身，对洛千凰说道："娘娘，上课的时间已经过了半个时辰，所以今天的课时会在往日基础上往后延半个时辰。"

洛千凰对这个朱尚宫实在是喜欢不起来，碍于她是朝阳哥哥派来的人，她还是给了朱尚宫几分薄面，点头说道："时间就随你定吧。"

吩咐月眉撤去碗筷，起身走向书桌处，从朱尚宫之前送来的那些书中挑出一本，洛千凰说道："今天就讲讲这本《千字文》。"

朱尚宫刚正不阿地说道："臣觉得，娘娘应该先从妇德女诫这些书从头学起。"

洛千凰拔高声音："妇德？女诫？"

"没错！"

朱尚宫像个准备教训学生的严师一样对洛千凰说道："身为国母，臣觉得，皇后与皇上之间的相处方式有悖伦常。往大了说，作为后宫之主，皇后与皇上一样，代表着朝廷的尊容。虽然名义上您与皇上是夫妻，可实际上，皇上为君，皇后为臣，自古尊卑有别，皇后实在不该仗着皇上的宠爱，便自毁形象，让旁人看去笑话。"

洛千凰被朱尚宫的这番话惊呆了，不由得反问："难道我的所作所为让旁人看去笑话了？"

朱尚宫并没有将洛千凰的不悦放在眼中，振振有词地说出自己的观点："后宫与朝廷一样，是个庄严肃穆的地方，既然娘娘嫁入帝王家，就该恪守宫规，约束自己，成为人人敬仰的表率。"

洛千凰不悦道："你倒是给我说说，要如何做这表率？"

朱尚宫一本正经地说："所谓妇不贤则无以事夫，妇不事夫则义理坠废。若要维持义理之不坠，必须使女性明析义理。"

洛千凰听得一头雾水："什么妇不妇，贤不贤，你说的话，我一句也听不懂。"

朱尚宫简直对皇后娘娘失望透顶，语气严厉道："清闲贞静，守节整齐，行己有耻，是为妇德；择辞而言，适时而止，是为妇言；穿戴齐整，身不垢辱，是为妇容……"

洛千凰不耐烦地打断她的话："说来说去，你真正想表达的意思，就是要我这个皇后无论人前还是人后都要恪守宫规，不能有半点逾越之举。哪怕在自己最亲密的夫君面前，也要像臣子对待君上一般卑躬屈膝，小心逢迎，对吧？"

朱尚宫点头："娘娘所言极是。"

洛千凰翻了一个大白眼："我凭什么要按你说的去做？什么夫为天、妻为地，这种男尊女卑的思想对我来说简直可笑至极。既然两人结为夫妻，关起门来便是相亲相爱的一家人。如果在自己的丈夫面前也要轻声细语，处处小心，我嫁他做甚？我找的是共度一生的伴侣，而不是给我当祖宗的大爷。况且，皇上娶我入宫之前有言在先，不会拿宫规礼仪约束于我。我与皇上怎样相处是我们夫妻之间的事情，你只是一个教习女官，有什么资格妄加置喙？"

换作别人，被皇后怒斥，定要求饶告罪，自请责罚。

朱尚宫却十分坚持自己的原则，振振有词地说道："娘娘此言不合礼法，如果您继续在皇上面前这样不分尊卑，早晚有一天会成为他人眼中的笑柄，被黎民百姓所不容。"

洛千凰瞬间怒了，起身喝道："我做了什么天怒人怨的事情，让百姓不容？朱尚宫，别把你那套顽固不化的理论用在我身上，我不接受。"

朱尚宫说道："历任皇后从来如此。"

洛千凰冷笑："从来如此，就一定是正确的吗？"

朱尚宫回得不疾不徐："莫非娘娘想要挑战宗法、背道而驰？"

就在洛千凰被朱尚宫逼得无言以对时，凤九卿淡漠的声音从宫外传来："将这么一顶帽子扣在皇后头上，是要置皇后于不忠不义的境地吗？朱尚宫，你有些言过其实了吧？"

朱尚宫敢在乳臭未干的洛千凰面前耀武扬威，却不敢在风华绝代的凤九卿面前妄自尊大。

见凤九卿不请自来，朱尚宫"扑通"一声跪在地上，恭恭敬敬地请安："奴家见过太后。"

凤九卿垂眸看了朱尚宫一眼，并没有立刻命她起身。

太后不叫起，朱尚宫自然不敢动。龙御宫的气氛陡然变得有些可怕。

洛千凰原本并不觉得自己的言论有错，听完凤九卿的一席话，她忽然意识到，如果朱尚宫真的给她扣上一个挑战宗法的罪名，恐怕她还真是有理说不清。

她可怜兮兮地看向凤九卿，小声唤道："母后。"

凤九卿冲洛千凰微微点头，转而对朱尚宫说道："你先退下吧。"

朱尚宫颇为不甘，跪在地上说道："奴家是奉了皇上的旨意，每日花两个时辰教娘娘功课。"

凤九卿微微皱眉，沉声反问："所以呢？我让你走，你偏不走？"

朱尚宫有些为难，仍跪在地上一动不动。

凤九卿勾唇一笑："朱尚宫，既然你时刻将宫规挂在嘴边，为何本宫对你下令时，你不服从？你拿教条规矩规范别人，自己却将这些视为无物，像你这种严以律人、宽以待己的做法，本宫很好奇，你有什么资格留在这里教导皇后？"

凤九卿很少在外人面前自称本宫，当她自称"本宫"时，说明她已经动了怒气。

宫中谁人不知皇宫中最让人惧怕的不是太上皇轩辕容锦，也不是执掌江山的荣德皇帝，而是将丈夫和儿子拿捏得不敢有任何反抗之心的当朝太后凤九卿。

凤九卿与夫君恩爱有加，并且育儿有方，这是她进宫二十几年来众人有目共睹的事实。

宫里宫外的人都知道，得罪了太上皇和皇上罪不至死，得罪了太后，太上皇和皇上会无所不用其极地将那个胆大妄为的人送上黄泉路。

朱尚宫胆子再大，面对凤九卿这个太后也会心里发怵。

她忙不迭地磕了一个头，做低伏小地说："奴家遵命！奴家告退！"

起身后，朱尚宫灰溜溜地离开了龙御宫。

这是洛千凰第一次看到凤九卿不怒自威时的样子有多慑人。

她爹不止一次跟她讲过，凤九卿年少时，是个天不怕地不怕的活阎王，她智勇双全，谋略滔天，随便动动手指，便能将偌大的朝廷搅得狂风不止，掀起万丈狂澜。

在此之前，她一直以为她爹在夸大事实。

毕竟凤九卿对她实在太好了，好到连她亲娘墨红鸾有时候都自叹不如。

久而久之，凤九卿在她心中一直是温柔亲和的。

直到刚刚，凤九卿不费吹灰之力便将天不怕、地不怕的朱尚宫喝退出宫，那雷霆万钧的气势，让洛千凰既羡慕又崇拜。

朱尚宫离开之后，凤九卿一改之前的严厉，冲洛千凰露出一个亲切的笑容："别将朱尚宫的话放在心上，这天底下，没人有资格拿祖宗家法来治你的罪。"

洛千凰忍不住笑出声来，笑了一会儿，又露出一脸委屈的模样扑到凤九卿怀中撒娇："母后，你再晚来一步，我就让那朱尚宫给欺负了。我爹娘刚刚离京，宫里这些人便要拿祖宗家法约束于我，不但逼我做一个三从四德的女人，还让我学习女诫女德，那些东西，简直比那五百八十条宫规还要可恶。"

凤九卿揉了揉洛千凰的头发，笑着点头："女诫女德这些东西不过是那些当权得势的男人拿来压迫女人的，你不想学，不会有人逼你去学。"

"可朱尚宫是朝阳哥哥派来的，她今日被母后吓走，明日还会再来。"

凤九卿问道："你就这么讨厌朱尚宫？"

洛千凰点点头："确实喜欢不起来。我知道朝阳哥哥让我多学一些知识是为我着想，可我对书中那些难懂的句子不感兴趣。我当初之所以选择进宫，是因为我喜欢的男子是我在江州城爱上的秦朝阳。如果爱上他之前我知道他还有另一个身份，就算躲到天涯海角，我也不愿意与身为皇帝的他有半分牵扯。但是怎么办，当我想及时止损时，一切都已经来不及了。"

看着这样的洛千凰，凤九卿忽然想起自己刚嫁进皇宫时的那段过往。

喜爱自由、讨厌束缚的自己，曾几何时与洛千凰一样对这座华丽的宫殿厌恶至极。锦衣玉食从来都不是她追求的人生目标，嫁人生子也不是她愿意履行的责任。

只有她自己知道，不管是作为妻子，还是作为母亲，她都不是一个合格的女人。

在婚姻面前，她随心所欲。合则聚、不合则散，始终是她坚守的人生信条。

对于儿子，她疏于管教，很少会利用母亲的身份强迫儿子去学习所谓的帝王之道。可以毫不夸张地说，轩辕尔桀能有今日的名望和帝业，都是他爹手把手调教出来的。既然轩辕家的男人在感情上这么执着又死心眼，就该心安理得地接受他们选择的另一半有不完美的一面。

想通这一点，凤九卿霸气地对洛千凰说道："你是皇后，这整座后宫的真正主人，有足够的资格将你不喜欢的人拒之门外。朱尚宫再来的时候，你直接告诉她，这功课，你不学了。"

洛千凰小心翼翼地问："这样真的可以吗？"

凤九卿反问："为什么不可以？既然你男人给了你至高无上的身份，你就该活出自己想要的样子，不用在乎别人的看法。如果贵为皇后的你连一个五品女官都搞不定，这皇后的身份要来何用？"

洛千凰冲凤九卿竖起一根大拇指："母后，您永远是我崇拜的偶像。"

有了母后给自己撑腰做主，洛千凰顿时觉得底气十足，不再将朱尚宫当一回事。

傍晚，轩辕尔桀回宫时，洛千凰霸气地宣布："我已经下令将朱尚宫辞退了，明日起，她不用再来教我功课。"

轩辕尔桀正要说些什么，洛千凰一句话堵住他的嘴："母后说了，如果你执意反对，就去她那里讨公道。"

见洛千凰一脸挑衅地看着自己，轩辕尔桀很想将这个仗势欺人的小女人揪过来修理一顿。

"洛洛，你不要拿母后来压朕。她对你毫无原则的宠爱在朕看来不是为你好，而是间接将你培养成一只无用的大米虫。"

洛千凰不怒不恼，笑眯眯地说："我就愿意做一只没用的大米虫，你不服气的话，去找母后理论，反正那朱尚宫的课，我是不会再上了。"

换作从前，轩辕尔桀肯定要与之理论一番。可此时，他却并没有与洛千凰计较这个。叹了口气，他认命地说道："你不想学，朕也不会勉强你。谁让你有本事，将母后给抬了出来，连父皇都不敢得罪母后，朕自然也不会在母后面前自讨没趣。"

轩辕尔桀的妥协令洛千凰扬扬得意，见他不再揪着朱尚宫的事与自己理论，她急切地转移话题："出宫的事情你与大臣们谈妥了吗？"

轩辕尔桀面露愧疚："朕正要与你说起此事。"

洛千凰眨着晶亮的双眼："哪日出发？"

"出发不成了。"

洛千凰脸色一变："为何？"

"连城下朝的时候跟朕说，陆清颜愿意与朝廷合作，将她在灵犀阁所获知的情报，分享给朝廷。"

洛千凰有些不解："她分享她的，并不影响我们出城吧？"

轩辕尔桀解释道："朝中几位要员对陆清颜所要提供的情报非常重视，因此接下来一段时间里，朕会在早朝结束之后，专门抽出时间与大臣们接见陆清颜，再根据陆清颜所提供的信息进行下一步商讨。"

想起父亲出京前对自己的那番告诫，洛千凰下意识地对陆清颜生出警惕心。

"朝阳哥哥，你别怪我多想。如果陆姑娘这么轻易便将她养父经营多年的灵犀阁出卖得干干净净，她的动机和所作所为很值得我们怀疑。"

轩辕尔桀挑眉："你怎么会这样想？灵犀阁已经解散，江湖上已再无灵犀阁。在这种情况下，陆清颜选择与朝廷合作，难道不是最佳的自保方式？"

洛千凰不由得反问："你如何判断，陆清颜透露给朝廷的情报，一定是准确的？"

轩辕尔桀也反问："准确与否，只作为参考。洛洛，你是不是对陆清颜有意见？"

洛千凰坦白承认："她明知连城与灵儿是夫妻，还赖在贺府不肯离开，在我看来，人品很有问题。"

轩辕尔桀取笑她："到底是小女人的心思，总爱为这些无关紧要的事情斤斤计较。你和灵儿一样，只顾眼前，不顾以后，也不知什么时候才能真正长大。"

见洛千凰闷闷不乐，轩辕尔桀好言相劝："好啦，这次算朕欠了你。等忙完这件事，朕一定会好好补偿你的。"

第一百〇二章

费心机抢占风头

千凰令
（九）
步步成谋
QIAN HUANG LING JIU
BUBU CHENG MOU

110

曾经，灵犀阁在江湖中具有举足轻重的地位。

即使现在灵犀阁已经宣布解散，有关于灵犀阁的种种传言仍被世人津津乐道。

就连朝廷也对灵犀阁的大名如雷贯耳，不为别的，只因为灵犀阁获取的情报涉及甚广并且颇具价值。

大臣们万没想到，凤太后流落在外的外甥女，居然会是灵犀阁阁主的养女。

黑阙皇朝除了三省六部之外，还设立了一个非常特殊的部门，叫作皇城司。

皇城司的主要职责除了执掌宫禁、保卫皇城，还兼顾刺探情报、打探军情。

这个部门直接归皇帝所管，等同于天子的耳目，内部成立了专门的侦察机构，时刻探查军中情况，以预防外敌侵扰、阴谋作乱。

当陆清颜做出与朝廷合作的决定时，大臣们既震惊又期待，急不可待地想要从陆清颜口中问询出于朝廷有利的重要信息。

这日早朝结束之后，轩辕尔桀将几位重要的大臣召集到御书房。

须臾工夫，陆清颜在贺连城的带领之下出现在众人面前。

一番行礼问安之后，陆清颜被赐了座位。

虽然陆清颜不是第一次进宫，却是第一次如此近距离地看到皇帝。

之前被邀去景阳宫参加逍遥王夫妇的送别宴时，她所身处的位置与帝后相隔甚远，只隐隐看到皇帝的大概轮廓，并没有看清皇帝的真实长相。

今日被请进御书房才赫然发现，她这位传说中的皇帝表兄不仅年纪轻轻，还生了一副无可挑剔的英俊面孔。

到底是久居皇位的掌权者，即便外表生得再如何优秀，周身上下所散发出来的凌厉气势，也会让人退避三分。

只偷偷打量了几眼，陆清颜便收回视线，不敢再看。心中暗想，还是像贺连城这种温润如玉的男子相处起来更亲切一些。

轩辕尔桀并没有将陆清颜的小心思放在眼中，简单为众人引见一番，他开门见山地说道："陆姑娘，朝廷对你愿意合作的行为非常感激，只要你提供的情报对朝廷有利，朕愿意代表朝廷，给予你一定的赏赐和奖励。你有什么愿望和要求，也可以与朕商讨，只要不超出纲常，朕会极力满足你的一切条件。"

陆清颜连忙回道："可以为朝廷尽绵薄之力，是小女子的义务和福气。至于赏赐和奖励，小女子不敢索求。能够在那场劫难中活下来，对小女子来说已经是不幸中的万幸。俗话说，大难不死，必有后福。经过此次劫难，小女子只有一个俗气的愿望，平平安安地留在京城度过下半生。"

陆清颜进退有度的举止，令御书房的几位大臣颇为欣赏。

一个四十岁出头的中年官员笑着说道："陆姑娘能有这样的觉悟，倒让臣等深感汗颜。"

这个中年官员是主管皇城司的邹大人，官居正二品，在朝中颇为得势。

坐在邹大人身边的一个中年武将，五官生得甚是粗犷，一看就是那种在沙场上摸爬滚打多年的粗蛮汉子。

他抚着下巴上的一把络腮胡大笑了一阵，朗声说道："陆姑娘是凤太后的娘家亲戚，一旦她为朝廷立了功，就算皇上不封赏陆姑娘，凤太后也会好好对待她的外甥女，给予你应有的福泽和恩赐。陆姑娘尽管放心，属于你的好日子，都在后头等着呢。"

说话的这个武将名叫冯白起，因为战功赫赫，很受轩辕尔桀的倚重，在朝中具有很高的地位。

冯白起是个粗人，说话办事学不来文臣那般斯文讲究，表达观点的方式也非常直接坦率。

话里话外，冯白起只想提醒陆清颜，只要你让大家满意，大家一定不会亏待你。

简单的一番寒暄之后，不想浪费时间的贺连城直切主题："陆姑娘，既然有皇上在这里为你做主，你可以大胆地说一说对奉安曹家的看法。他们千里迢迢追杀你到京城，究竟有什么隐情？"

虽然陆清颜不止一次辩解她与奉安曹家并无瓜葛，贺连城还是觉得法华寺的那起杀戮背后藏着不为人知的秘密。

面对贺连城提出的这个尖锐问题，陆清颜不禁面露难色："贺公子，不是我不想说，而是我真的不知道那些人为何要置我于死地。养父在世时，将我保护得密不透风，很少带我到外面与人接触，就怕心存不轨之徒会利用我来对付灵犀阁。如果一定要为那些杀手找一个杀我的理由，我只能怀疑，养父生前与他们发生过龃龉，他们没机会找养父报仇，只能将报复的目标对准我。"

轩辕尔桀与贺连城对视一眼，仿佛在权衡这番话的真实性。

冯白起忽然说出自己的观点："如果陆姑娘所猜无误，臣是不是可以理解为，奉安曹家心怀不轨，可能已经生出了叛国的念头。"

邹大人接口说道："应该不至于。曹家已不问政事多年，一直处于归隐状态，况且他们的兵力已经锐减到连十万都不到，这种情况下叛国，无疑是自寻死路。"

冯白起哼笑一声："万事不要过于绝对，当年带领曹家走上巅峰的曹太后，是奉安王曹北辰的亲姑母。曹太后故去之后，曹家门楣一落千丈，曹北辰作为曹家的现任家主，是否会因为此事对朝廷生出异心，咱们作为外人，谁都不敢拍胸脯保证。假如曹北辰咽不下这口气，私底下运筹帷幄，伺机造反，恐怕朝廷会防不胜防。"

他对轩辕尔桀说道："依臣之见，皇上不如派些暗探，前去奉安打探情况。"

邹大人说道："此事无须冯将军操心，作为皇城司的主要负责人，我已经派了人马赶去奉安了。"

贺连城打断二人："两位大人一直在曹家可能会叛国的话题上打转，似乎并没有意识到问题的真正所在。曹家是否有叛国之心，与曹家为何要派人追杀陆姑娘，应该是毫不相干的两件事。"

冯白起不悦地皱眉："贺大人，你这话我怎么就听不懂呢？在我看来，这分明就是同一件事。陆姑娘是灵犀阁阁主的养女，而灵犀阁是收集情报的民间组织，所以我猜，定是灵犀阁收集到的某些情报，触及了曹家的秘密，他们才无所不用其极地对陆姑娘赶尽杀绝，意图将她灭口。"

这番话，听上去很有道理，可贺连城却并不认同。

"冯将军，你忽略了一件很重要的事。假如曹家真的因为灵犀阁探听到了他们的秘密而追杀陆姑娘，陆姑娘为何不当着皇上的面坦承，灵犀阁与曹家是有恩怨过节的？陆姑娘在重伤中醒来之后，我不止一次询问过她，是否与曹家产生过恩怨，陆姑娘始终回答说没有，既然没有，是不是可以说明冯将军所得出的那番结论，是完全不成立的？"

冯白起被贺连城这番话绕晕了，有心想要争辩几句，却又不知从何处辩起。

轩辕尔桀顿时听出了贺连城话中的重点，他看向满脸无辜的陆清颜，直接问道：

"你将要上报给朝廷的情报中，有没有关于奉安曹家的？"

陆清颜斩钉截铁地摇头："没有。"

冯白起有些懊恼："如果没有，曹家的人为何要追杀你？"

话题又绕到了最初，陆清颜无辜地说："我真的不知道。"

每当众人问起她与曹家的恩怨时，她的答案永远都是这一句：不知道。

轩辕尔桀与贺连城对此颇为无奈，陆清颜这个答案有两种可能，其一，她真的对曹家一无所知；其二，她故意隐瞒与曹家的关系，抵死不想承认这件事。

嘴巴长在她的鼻子下，她矢口否认，别人也没办法。

邹大人忽然说："既然陆姑娘愿意与朝廷合作，便意味着，陆姑娘手中应该有大料可曝。曹家的事情咱们先放下不提，陆姑娘，说说你们灵犀阁最值钱的消息都有哪些。"

在邹大人的提议下，话题总算转到了别处。

众人齐齐向陆清颜投去期待的目光，陆清颜沉吟片刻，看向众人："恕小女子不才，虽然身为灵犀阁中的一分子，平日里对阁内的事情却并不关心。若非养父临终前留下几句遗言，小女子恐怕会在后半生蹉跎度日。"

冯白起瞠目结舌："所以陆姑娘该不会什么情报都不知道吧？"

贺连城轻咳一声："冯将军，你听人说话怎么只听一半。陆姑娘刚刚不是说了，灵犀阁阁主临终前留下了遗言给她，阁主的遗言，便是陆姑娘即将与朝廷分享的情报。"

冯白起尴尬一笑："误会误会。"

陆清颜向贺连城投去一记感激的笑容，温声细语地说道："我依稀记得养父弥留之际曾说过一件事，朝廷有一镇国之宝，名叫混元珠。据说我黑阙能有如今的国运，混元珠占据了主要的功劳。灵犀阁最新收集来的情报提到，不少国家对黑阙的混元珠心生觊觎，派出无数高手潜入黑阙，试图将混元珠占有己有，以振国运，压倒黑阙。"

在朝中身兼要职的大臣几乎没有人不知道混元珠的重要性，传闻混元珠是天地所生，经过高僧加持，寓意深远。

自从轩辕尔桀当年亲自将混元珠带回京城，放进太庙，黑阙的国运便越来越旺，说它是镇国之宝毫不为过。

从陆清颜口中得知其他国家想要将混元珠占为己有，冯白起顿时怒了："好大的胆子，连我黑阙的镇国之宝都敢惦记。陆姑娘，你快说说，都有哪些国家敢生出这种狂妄的念头？"

贺连城微微皱眉："就算知道有哪些国家，难道咱们黑阙还能把人家全灭了不成？"

"为何不能？"

冯白起的态度十分嚣张："侵我黑阙者，虽远必诛。"

皱大人理智地反驳："就算黑阙国力强盛，也不能在毫无根据的情况下随便去灭其他国家。发动战争不但会劳民伤财，而且会让皇上留下恶名。冯将军，你不要为了一时痛快，说出这种不负责任之言。"

贺连城很赞同邹大人的观点："和平年代，尽量不要发起战争，陷黎民于水火。"

冯白起被众人挤对得有些憋闷："这也不行，那也不行，难道傻等着那些心怀不轨之徒用下作的手段将咱们的镇国之宝从太庙偷走？"

说到这里，他忽然灵机一动："不如将混元珠藏起来吧。"

轩辕尔桀当即否决："混元珠必须放在太庙供奉，才能起到镇国的作用。"

此言一出，众人全都沉默了，这的确是一个棘手的难题。

陆清颜小心翼翼地说道："我有一个提议，不知当说不当说？"

轩辕尔桀冲她挑挑眉："说！"

陆清颜说道："养父暗地里的身份是灵犀阁阁主，明面上还有另一个身份，他是个锁匠。被养父收养之后，他教了我一些傍身的本事，其中就包括如何制作万机锁。"

邹大人好奇地问："万机锁是何物？"

陆清颜耐心地解释："万机锁锁如其名，在没有钥匙的情况下，需要至少一万步机关方可解锁。虽然制作过程十分复杂，被锁进万机锁内的贵重物品却可以得到万全的保障。哪怕是最厉害的飞天大盗，在万机锁面前也束手无策。"

冯白起激动地说："既然陆姑娘会制作万机锁，那还等什么？"

陆清颜有些为难："我虽然会做万机锁，但万机锁需要一些特殊的材料，这些材料中最难找到的，便是坚硬无比的玄铁。"

轩辕尔桀微微蹙眉："玄铁的确世间稀有，极难得到。"

贺连城忽然说道："臣想起，几个月前因公出京，曾在邻县听闻有人高价出售玄铁。如果陆姑娘愿意为朝廷效力，臣愿领命去邻县寻找玄铁的踪迹。"

陆清颜双眼一亮："贺公子，我对玄铁颇有研究，你去邻县时，可否将我一起带上？"

龙御宫内，洛千凰提着蘸满墨汁的毛笔在宣纸上记录下自己此刻的心情。

五月初三，天色阴沉沉的，我现在的心情也与天气一样非常沮丧。朝阳哥哥原本承诺过今日要带我出京游玩，结果本该一言九"丁"的他居然食言了。

因为一言九鼎的鼎字对洛千凰来说有些复杂，勾勾画画了好几次始终没有写出来，于是用了一个比较简单的"丁"字来代替。

无视满篇歪歪扭扭又略显丑陋的字迹，洛千凰接着写：我不明白，为什么天底下有那么多女子对皇后这个位置如此向往，她们不会知道，其实做皇后真的、真的、真的一点乐趣都没有。

为了突出此刻的心情，洛千凰在连续三个"真的"上面画了重点。

这时，月眉从殿外走了进来，冲洛千凰福了福身，轻声说道："娘娘，皇上派福公公过来传话，今日午膳赶不回来，让娘娘自行在宫中用膳。"

得知轩辕尔桀赶不回来用午膳，洛千凰的心情更显失落，憋闷了一会儿，她对月眉吩咐："让厨房准备一份食盒，给皇上送去御书房。"

月眉露出一脸为难："福公公说，皇上宴请几位大臣及陆姑娘在月华殿用午膳，午膳过后，还要继续去御书房商讨公务。"

洛千凰微微皱眉："陆姑娘进宫了？"

月眉回道："早朝结束之前，就被请进宫了。"

洛千凰连忙又问："贺大人是否也在？"

月眉点头："正是贺大人将陆姑娘带进的皇宫。"

洛千凰低声咕哝："连城与陆姑娘朝夕相处，也不知灵儿现在是什么心情。"

月眉劝道："贺大人与郡主之间伉俪情深，外人不会有机会破坏他们的感情。而且贺大人与陆姑娘并非单独相处，有皇上及诸位大人在场，又能做出怎样出格的事情？娘娘不必为此担忧，奴婢相信，贺大人言行谨慎、举止得宜，绝做不出伤害郡主的事情。"

洛千凰未再多言，毕竟这是别人的家事，就算她的身份是皇后，也管不了别人的家务事。

只希望连城能够坚守本心，忠于感情，别受不了一时的诱惑而做出后悔莫及的事情。

洛千凰在龙御宫为了灵儿和连城的感情担忧时，一心想着可以与贺连城同桌而席的陆清颜并没有得偿所愿，在御书房与皇上及几位大臣说完公事，太后宫中服侍的婢女便来到御书房传太后口谕，请陆清颜去圣和殿走一趟。

连皇上都不敢忤逆太后的命令，陆清颜只能有些不情愿地在婢女的带领下，只身来到圣和殿。

圣和殿是轩辕容锦退位后与妻子在宫中居住的宫殿，无论位置还是占地并不比龙御宫相差多少。

这里环境清幽雅致，周围栽种着树木绿植，庭院内繁花锦簇，池塘内鱼儿成群。

陆清颜不禁在心中感慨，传说中的世外桃源也不过如此吧。

婢女将陆清颜请进殿内，轻声细语地说道："陆姑娘稍等片刻，太后一会儿就来。"

陆清颜局促地点点头，目送婢女离去。

落座后，她偷偷打量殿内的环境，屋内设施豪华、每一件摆设都价值不菲。

屋外景色宜人，偶有鸟儿落在枝头，发出清脆悦耳的鸣叫声。

凤九卿穿了一件普通的家居长裙从内殿走出来，虽然打扮随意、穿着朴素，但从骨子里透出来的凌厉与霸气，让陆清颜不由自主地对其心生畏惧。

她也解释不出为何会这样，明明这位凤太后待她和善亲切、从未说过半句重话，陆清颜就是从心里对凤九卿十分忌惮。

醒过神时，凤九卿已经来到面前，陆清颜连忙起身行礼，给太后请安。

凤九卿冲她做了一个起身的动作，笑着说："这里没有外人，你尽可随意一些，不必拘束。"

说着，凤九卿吩咐门外伺候的婢女端茶上点心，待客之道很是周全。

陆清颜起身之后，在客位上落座，小心翼翼地问道："不知太后请小女子来此，有何赐教？"

凤九卿坐在主位，随意端起一只茶碗浅啜一口，关切地问："你的伤现在恢复得如何？"

陆清颜连忙说道："回太后，已经不影响日常生活，不过伤患处仍旧隐隐作痛。大夫说，想要恢复正常，还要休养两三个月。"

凤九卿笑着说："回头我让人给你备一些滋补的药材，只要坚持服用，你的身体很快便会痊愈。"

陆清颜一脸的恭敬："多谢太后抬爱。"

"你我之间何必见外？"

凤九卿肆无忌惮地打量着陆清颜，忽然问道："你对自己亲生爹娘还有几分印象？"

陆清颜垂眸片刻，细声说道："在爹娘膝头环绕时，我年纪还小，除了一些零星的记忆，许多往事都已经忘了。只记得我爹娘生前感情极好，虽然日子过得很普通，但我爹对我娘极为呵护，家里的重活都是我爹在做，街坊邻居都说我娘是个有福之人，嫁给我爹之后几乎没受过什么苦。"

凤九卿轻轻点头，转而又问："那么陆这个姓氏，是随你亲父，还是养父？"

时隔多年，她对姐姐凤美瑶的印象已经非常模糊，包括姐姐当年不顾一切要嫁的那个侍卫姓甚名谁都不知晓。

如今回想过去种种，凤九卿觉得自己对姐姐还真是心中有愧。

不管怎么说，她曾经也是位高权重的一朝国母，娘家那边的亲戚非但没有借到她的势，唯一的姐姐还惨死在一场洪灾之中。

如今想来，着实令人唏嘘不已。

陆清颜诚实地回道："我亲生父亲和养父正好都姓陆，所以被养父收养之后，并没有改过名姓。"

世上姓陆的人数不胜数，凤九卿觉得姓氏相同并不是什么稀奇的事情，便没再纠结这个问题。

简单寒暄了几句，凤九卿开门见山地说道："既然你是我姐姐膝下唯一的女儿，作为姨母，我不会再让你流落在外。除了物质上的补偿之外，我唯一能为你做的，便是替你许一户好人家，让你后半生有一个安稳的依靠。清颜，之前在景阳宫参加逍遥王的送行宴时，你已经见过朝中几位得势的大臣。这些大臣府中都有未娶的儿郎，不但年纪与你相仿，容貌才华也十分过人，随便挑出哪一位，都是托付终身的不二人选。今日叫你过来，便是想问问你的意见，有没有心仪之人，我可以为你做主赐婚，给你许一门好姻缘。"

陆清颜的俏脸瞬间白了几分，忙不迭地说道："婚姻大事岂能儿戏？还请太后容我思量一番再做决定。"

凤九卿淡淡一笑："听说你今年已满十九岁，这个年纪的姑娘还待字闺中，传出去难免会被人说三道四。如果你是与我素不相干的陌生人，你的终身大事自然轮不到我来操心。可你偏偏是我姐姐留下的唯一血脉，你已故的生母不能为你操办婚事，作为姨母，总不能看着自己的外甥女流落在外，孤苦无依。"

陆清颜连连摇头："我初到京城，还没做好嫁人的准备。"

凤九卿耐心劝说道："当然不是让你现在就嫁，而是让你多多留意身边的良人，遇到合适的，便不要错过大好的机会。你之前说过，看相的先生提点过你养父，莫要心急你的婚事，因为你日后将要嫁的夫君，可能贵为朝堂一品。现在想想，那看相的未必在说大话，上天将你安排到我身边，便是要借我之手，为你谋得一户好人家。京城最不缺的便是贵胄子弟，只要好好培养，日后必会前程似锦。清颜，趁你现在还未满二十，好好珍惜眼前的机会。如果你自己没有主意，我可以为你物色一二。"

陆清颜对这个话题颇为抗拒，除了贺连城以外，她根本看不上其他人。

她吞吞吐吐地说："这个……这个不急。"

凤九卿勾了勾唇："姑娘家不好意思面对这种事情也是人之常情，没关系，这里只有你我二人，有什么想法，你可以敞开心扉尽诉于我。"

"我……"

在凤九卿面前，陆清颜的脑子变得不太活络，支支吾吾不知该如何应答。

凤九卿放下茶杯，笑着说："在终身大事面前，不用过于拘泥。你若信得过我，我可以为你推荐几位。户部李大人家的二公子是嫡母所出，现在军中当差，虽然官职不高，只要他肯好好表现，不出五年，定会有所成就。还有翰林院许大人家的六公子也是年少有为，可担大任。"

见陆清颜眉头紧锁，一脸不快，凤九卿不解地问："我方才提到的几位公子，你一位都没有看中吗？"

陆清颜苦着一张脸，小声说道："听说官宦之家规矩繁多，像我这种没有见过大世面的民间女子，恐怕配不上那些豪门贵胄出身的公子和少爷们。"

凤九卿恍然大悟："原来你在担心这个。规矩可以慢慢学，这个不急。你聪明伶俐，悟性极高，只要找人提点一番，恐怕比那些千金名媛还要优秀。另外，你也不要将豪门贵胄出身的公子少爷们想得那么高不可攀，看看连城，他出身富贵，家境优越，小小年纪便在朝中担当重任，娶妻之后，性格更是稳重许多。京城亦有很多像他这种在仕途上有进取心、在婚姻上有责任心的男子。就算找不到连城这种十全十美之人，至少也不会比他差太多的。"

陆清颜茫然地点点头："贺公子的确样样优秀、令人欣赏。"

凤九卿颇有深意地看了她一眼："如果连城不够优秀，七王怎么放心让自己的掌上明珠嫁进贺家。两家当初联姻时，七王可是有言在先，如果连城这辈子敢做对不起灵儿的事情，他会毫不犹豫地带人拆了贺府。有七王这座大山压着，连城自是对灵儿忠贞不贰、不敢造次。"

言下之意就是在提醒陆清颜，不要觊觎别人的丈夫。

陆清颜露出一个勉强的笑容："贺公子与郡主之间的感情的确令旁人羡慕。"

凤九卿顺势说道："既然伤势已经恢复到活动自如，你可以趁现在搬出贺府，进宫居住。有我这个姨母在宫中照应你，总比在贺府寄人篱下要舒服一些。"

陆清颜哪肯离开贺府，忙不迭地说道："贺家上下待我极好，贸然搬去新的环境，一时之间恐难以适应。烦请太后多给我一些时间，等我慢慢适应了京城的生活，再考虑这些事情。"

凤九卿并未当面揭穿陆清颜的小心思，既然她执意往歪路上走，无论别人说什么，对她来说都是多余的。

陆清颜离开之后，同样身穿家居常服的轩辕容锦从内殿走了出来。

看着陆清颜已经远去的背影，轩辕容锦问道："你就让她这么走了？"

凤九卿瞥他一眼，反问："难道我还要花团锦簇送她一程？"

轩辕容锦哭笑不得："你明知道我不是这个意思。九卿，她是除了你爹之外，唯一有资格被你称为亲人的人。我希望你身边这样的亲人可以多一些，这样你才会多些牵挂。"

凤九卿颇有些无语："瞧你这话说的，好像我已经患上厌世症一样。"

"难道你以为我看不出你这几日心情有多低落？"

"我心情低落，是有原因的。"

轩辕容锦没好气地问："是不是因为骆逍遥？"

凤九卿大方地承认："对！逍遥和红鸾远赴封地，这确实让我很不开心。"

轩辕容锦阴阳怪气地问："他远赴封地，你有什么不开心？"

凤九卿在他胸口戳了戳："别整日为了这些鸡毛蒜皮的小事斤斤计较，咱们与逍遥相识这么多年，彼此间是什么关系，难道还要我从头向你解释一遍？逍遥和红鸾好不容易与失散多年的女儿团聚，才在京城住了没几日，便要赶回封地，与女儿离别。思来想去，我觉得这对逍遥和红鸾很不公平。"

轩辕容锦有理有据地说："这是朝廷定下的规矩，根本没得更改。如果逍遥不遵守这个规定，所有有封地的异姓王都跑来京城长期居住，日后会酿成怎样的后果，你我心中都很清楚。"

凤九卿仍然闷闷不乐："可如果这条规定一直存在，逍遥和红鸾就要不停地在往返京城和封地的途中浪费时间。容锦，我没有责怪你的意思，毕竟你已经离开那个位置，几乎很少去管朝廷的事情。我只是可怜小千，幼时经历那么多磨难，好不容易苦尽甘来，却不得不面临与父母分别的局面，对她来说何其残忍。"

轩辕容锦作为男人，在感情上并没有凤九卿那么细腻敏感，所以体会不到她的忧虑。

他理所当然地说道："小千既已嫁进了皇宫，就安心留在这里做她的皇后。她爹娘只是暂离京城，又不是天人永隔，有什么好感伤的？当年你嫁进皇宫时，也与你爹分居两地，怎么不见你这么感伤？"

凤九卿被轩辕容锦这番话气得无言以对，忍不住笑骂："我和小千能一样吗？"

轩辕容锦觉得自己很冤枉："有什么不一样？不都是嫁给了皇帝，做了至高无上的皇后？皇后的责任并不比皇帝轻松多少，每天有那么多事要忙，哪有时间伤春悲秋？"

轩辕容锦对除了凤九卿以外的任何异性都不关心，在他看来，关照一个人，只要给对方足够的权势和荣耀就已经足够了。

当然，如果哪天他儿子做了对不起儿媳妇的事情，作为父亲，他也不会袖手旁观、坐视不管。

这就是凤九卿经常感到无力的地方，她与容锦的观点常常会不一致。争争吵吵二十几年，这点并没有随着年纪的增长而有所改变。

面对轩辕容锦的不解风情，凤九卿干笑一声："你高兴就好！"

说着，她倚着象牙榻，从桌边取过一本书随手翻看起来。

见妻子懒得理会自己，轩辕容锦厚着脸皮追过去，好言劝道："你实在舍不得逍遥夫妇离开，咱们可以挑个好日子，去他封地那边转一转。反正京城有尔燊主持大局，咱们也乐得轻松自在。"

凤九卿意兴阑珊地翻了几页书，兴味索然地说道："我最近不想出远门。况且陆清颜到底是不是凤美瑶的女儿一事，现在还没有查清楚。"

轩辕容锦微微皱眉："你到现在还在怀疑她的身份？"

凤九卿点点头："她出现得太突然，让我不得不对她的动机产生怀疑。如果她是普通人家养大的孩子倒还好说，现在的问题是，她与灵犀阁扯上了关系。能在江湖上混下来的，岂是简单角色，且观察看看再说吧。"

轩辕容锦忙又问道："你父亲那边呢？要不要派人去太华山给他老人家送个信，将陆清颜可能是他外孙女一事告知于他？"

凤九卿摆摆手："这个不急，等所有的事情水落石出后再派人去送信也不迟。"

这时，一个暗卫行色匆匆地踏进房门，单膝跪地，对轩辕容锦和凤九卿说道："主子，出事了！"

贺府的正厅内传出轩辕灵儿的一声怒喝，当着贺连城的面，她指着表情无辜的陆清颜说道："是我耳朵不灵，听错了吗？你要与她双双出城，共赴邻县？"

陆清颜仿佛被轩辕灵儿刁蛮的娇吼声吓到了，脚步不自觉地向后挪动，像个寻求庇佑的小可怜一般躲到贺连城的身后。

陆清颜这个下意识的举动，令轩辕灵儿更加懊恼，脸上的愤怒和眼底的戾气也在无形中加重了几分。

贺连城将陆清颜挡在身后，好言好语地对轩辕灵儿解释："灵儿，你冷静一点，别这么冲动。我与陆姑娘出城不是去玩，而是去办一件很重要的事情。你这样不分青红皂白地大声吵嚷，被外人听去，还以为咱们府里出了什么了不得的事情。"

轩辕灵儿更加生气："你就要跟别的女人双宿双飞，作为你明媒正娶的妻子，我还不能过问了？"

"什么双宿双飞？"

贺连城神色变得略显严厉："都说了我与陆姑娘出城是有正事办，你怎么能有这么奇怪的想法，把我与陆姑娘的关系想得如此不堪？"

轩辕灵儿强行按捺住心中的怒火，直截了当地说道："好，既然你们不是双宿双飞，那此次出城，我也要跟着一起去。"

贺连城直接否决："你不能去！"

轩辕灵儿怒问："我为什么不能去？"

贺连城耐心劝道："灵儿，你能不能懂事一些，此次出城并非只有我与陆姑娘二人，还有不少随行的侍卫。而且陆姑娘随我出城一事是皇上下旨同意的，此次出城涉及朝廷的利益与安危，知道的人越少越好。你若贸然跟去，非但帮不上忙，我还得抽出精力照顾你。一来二去，恐怕会拖慢办事的效率。"

为了安抚轩辕灵儿，贺连城将手臂搭在妻子的肩上，放柔声音："灵儿，你的身份不仅是郡主，也是贺府的主母。府中大小事务繁多，我走了，很多事情就要由你这个主母来分忧操劳。你留在府中乖乖听话，我保证会快去快回，绝不会做对不起你的事情。"

陆清颜一脸娇弱地从贺连城身后走过来，冲轩辕灵儿福了福身："还请郡主放下芥蒂，不要处处提防于我，我与贺公子之间，真的是清白的。"

已经渐渐放下防备的轩辕灵儿，被陆清颜这神来一笔的解释再次勾起了怒火。

不是她蛮不讲理，而是陆清颜的言行举止就像一个饱受正妻欺凌的小妾一般可怜又无辜。

她从小就对这种"在人前善于伪装，在人后搞尽破坏"的心机女子厌恶至极。

这让她想起当年享有"京城第一才女"之称的云锦瑟，在众人面前将最有欺骗性的一面表现得滴水不漏，趁众人不防，便在暗地里对她下死手。

在她看来，陆清颜和云锦瑟的手段简直如出一辙。

轩辕灵儿天生就是火暴脾气，岂能容忍这样的心机女在自己眼前作妖。

她没好气地瞪向陆清颜，不客气地说道："陆姑娘，有些事情我始终不明白。你身上的伤势已经痊愈，为何不肯听从太后的安排住进宫里，非要赖在咱们贺府不肯离开？太后是你的亲姨母，就算你要找亲人投靠，也该投靠与你有亲缘关系的长辈才对。厚颜无耻地在别人府中安家落户，传扬出去，人家还以为你堂堂陆大小姐，是咱们贺府新添的小妾呢。"

她故意加重"小妾"二字的读音，就是想逼陆清颜知难而退，赶紧走人。

陆清颜被骂得面露委屈泫然欲泣，将一副饱受欺凌的姿态表现得惟妙惟肖。

她越是可怜柔弱，轩辕灵儿便越发显得刁蛮任性。

贺连城对妻子故意难为人的行为表示不满，忍不住呵斥："灵儿，你说这番话的时候，有没有想过你皇伯母？从小到大，太后待你如何，你心中比谁都清楚。太后视你如亲生女儿那般疼爱，你怎么就容不下太后的外甥女在咱们贺府小住几日？要是被太后知道你用这种无礼的方式刁难陆姑娘，今后你还有什么颜面在太后面前撒娇任性？"

贺连城的一番斥责，将轩辕灵儿骂得火气更旺。

她愤怒地抬起食指，在贺连城和陆清颜的脸上指来指去，最后憋出一句："总之，我不同意你们两个一起出城。"

贺连城一改之前的好言好语，当机立断道："皇命不可违，你有意见，就找皇上理论去。"

轩辕灵儿气上心头："找就找，我这就进宫，让皇兄收回成命。"

贺连城想要拦住时已经晚了，只能眼睁睁看着轩辕灵儿一阵风似的推门而出。

他担心灵儿的冲动会惹怒皇上，忙不迭地对小厮吩咐："立刻派人进宫给皇后递个信，就说郡主擅闯御书房要找皇上闹事，让皇后娘娘帮忙拦着，千万别让郡主被皇上责罚。"

小厮领命离去。

陆清颜向贺连城身边凑过去，露出一脸委屈的神色："贺公子……"

贺连城现在无心应付陆清颜，只草草安抚几句，便匆匆出了厅门。

看着贺连城离去的背影，陆清颜跺了跺脚，露出满脸哀怨之色。

御书房里，轩辕尔桀针对混元珠一事正在与朝中几位大臣商讨。

就在众人说到陆清颜设计的万机锁能否保证混元珠不被外人偷走时，轩辕灵儿风风火火地闯进御书房，无视诸位大臣的存在，冲到轩辕尔桀面前愤愤不平地问道："皇兄，连城和陆清颜一起出城这件事，是你亲自下令允许的吗？"

轩辕尔桀对堂妹的突然闯入感到不满，忍不住训斥："灵儿，真是越大越没规矩了。未经通传便擅闯御书房，你知道这种任性妄为的行为该当何罪吗？"

轩辕灵儿气不打一处来地反驳："皇兄，别动不动就想治我的罪。刚刚的问题你还没有回答我，连城说他与陆清颜共同离京的决定是你应允的，此事可是真的？"

轩辕尔桀忍住怒气："连城与陆清颜出京有正事要做，这件事，的确是朕亲口允诺。"

"我反对！"

轩辕灵儿大声说道："连城是我的夫君，凭什么与别的女人出双入对？亏你还是我皇兄，居然做出这么荒谬的决定，你就不怕他们两个日久生情，在我看不到的地方做出对不起我的勾当？"

见左右大臣垂眸不语，脸上流露出对轩辕灵儿这种肆意妄为的行为不满的神色，轩辕尔桀也意识到多年来对堂妹的纵容和宠爱，让她变得无所顾忌。

他懒得与妹妹理论这些男女之事，厉声骂道："贵为郡主，却连一点规矩都不懂，简直丢尽皇家的脸面。趁朕还没发火之前赶紧出去，你再赖在这里喋喋不休，休怪朕不念兄妹之谊狠狠责罚。"

正在气头上的轩辕灵儿哪里听得进去对方的警告，她高声嚷道："管他什么规矩，我夫君都快要被人抢走了，哪还有心情顾虑这些？皇兄，我不管，如果你还拿我当妹妹，就收回成命，别让那个姓陆的来破坏我与连城之间的夫妻感情。"

轩辕尔桀不是第一次被轩辕灵儿气到吐血，却是唯一一次想要狠狠收拾一顿这个不懂规矩的妹妹。

他指着轩辕灵儿说道："好，既然你无视朕的命令，朕就让你尝尝惹怒朕的苦头。来人，将郡主拖下去，杖责十大板！"

听到要挨板子，轩辕灵儿有些傻眼。

她不敢相信，从小将她疼到大的皇兄，居然要下令打她板子。

在场大臣无不露出幸灾乐祸的神色，多年来，他们早就受够了这个刁蛮跋扈的灵儿郡主。

仗着太上皇和太后的宠爱，以及一向护短的七王在旁保驾护航，将这个祖宗惯得飞扬跋扈、无法无天，不知有多少人在她的"欺凌"之下有口难言。

如今皇上总算为民除害，想要狠狠收拾灵儿郡主，大臣们无不露出看好戏的姿态，等着看这个刁蛮任性的丫头被揍得屁股开花。

虽然十大板是最轻的责罚，但宫中的板子威力惊人，像轩辕灵儿这种养尊处优的小姑娘，生生受下十板，怎么也要在床上趴个十天半月。

门外的侍卫们正要执行皇命，将轩辕灵儿拉下去时，洛千凰在一众宫女的簇拥下赶来救场。

无视御书房内紧张的气氛，洛千凰笑着打圆场："灵儿，既然进了宫，怎么没去龙御宫找我，御书房这种到处都是男人的地方有什么好玩的。走，随我去逛逛园子，别在这里给你皇兄添乱。"

说着，她便要将轩辕灵儿从御书房带走。

正准备看好戏的冯白起不依不饶："皇后来得恐怕不是时候，郡主顶撞皇上，犯下过错，按照律例应该受罚。就算娘娘想将郡主带走，也该等郡主挨完板子再离开这里。"

说起冯白起与轩辕灵儿之间的恩怨，还要追溯到许多年前。

冯白起没坐上将军的位置之前，曾效命于已故太傅云四海麾下。

那时，冯白起受云四海所托，负责府中两位小姐的人身安全。

轩辕灵儿从小便与云家两姐妹是天生的死对头，只要见面就会吵架，冯白起在维护云家两位小姐的时候，无意间触了轩辕灵儿的霉头，于是她利用自身的医术天赋，给冯白起的茶水中下了泻药。

误食茶水的冯白起在那起事件中被折腾得生不如死，在床上养了整整一个月才算彻底康复。

虽然云家已经退出了政治舞台，冯白起也在仕途上越走越远，可每当他看到轩辕灵儿时，旧时一些不美好的回忆，还是会勾起他心中的懊恼和愤恨。

凭什么生于皇家之人，犯错之后就可以逃避惩罚？他今天一定要让这个不知天高地厚的轩辕灵儿尝尝挨板子的苦头。

洛千凰戏谑地看了冯白起一眼，笑着说："皇上和郡主闹着玩呢，冯将军怎么还当真了？"

冯白起不依不饶："正所谓君无戏言……"

他看向轩辕尔桀："皇上不会因为皇后的求情，便对郡主法外开恩吧？"

轩辕尔桀的确很想教训教训轩辕灵儿，刚要点头，就被洛千凰抢白了一句："说到君无戏言，我记得皇上几日前承诺过我，会暂时放下手中的公务，抽几天时间与我出宫散心。结果呢？"

洛千凰挑衅地看向轩辕尔桀："皇上食言了，我是不是也要当着诸位大臣的面，问皇上一句君无戏言？"

轩辕尔桀顿时理亏，这件事，的确是他不对在先。

冯白起见事情出现转机，有心想要再辩解几句，就见皇上不耐烦地挥了挥手，和稀泥道："朕还有重要的事情与臣子们相商，你们两个赶紧出去，别赖在这里耽误国事。"

受尽委屈的轩辕灵儿还欲争辩几句，被洛千凰掐了一把，直接将她拉出了御书房。

第一百〇三章
出意外横生波澜

洛千凰将轩辕灵儿带去了她的私人领地凤鸾宫。

进了宫门，轩辕灵儿再也按捺不住心中的憋屈，气呼呼地嚷道："小千，你拉我出来做什么，我要留在御书房与我那无良的皇兄好好理论一番……"

洛千凰挥退宫女，掩好房门，将轩辕灵儿按在凳子上嗔怪道："你是不是缺心眼，闹到那种地步还不溜之大吉，难道傻等着你皇兄当着众人的面罚你一顿板子？"

轩辕灵儿噘高嘴巴："我就不信他真的敢打我！"

洛千凰戳了戳灵儿的额头，骂道："他是皇上，这世上有什么事情他不敢做？而且当时的情况他骑虎难下，你觉得他还有退路可选？他心里已经盘算得明明白白，十大板，既不会要了你的命，又可以让你受到惩罚，就算事后被你皇伯父、皇伯母知道了，最多也就是训斥他几句。难道你皇伯父皇伯母还会为你报仇，命人打你皇兄一顿？灵儿啊灵儿，你这冲动的性子真该改一改。要不是连城派人进宫送信，让我赶去御书房救你，恐怕你现在已经屁股开花，被人抬回贺府了。"

想到自己差点被丢到院子里挨揍，轩辕灵儿又憋闷，又委屈，忍不住破口大骂："皇兄要是真敢打我，看我以后还理不理他。"

洛千凰笑道："净说小孩子一样的浑话，理不理他只在其次，难道你愿意在人前丢脸，生生受下那十板子，然后再被人抬回贺府，平白让那陆清颜看去笑话？"

想到陆清颜，轩辕灵儿火气更甚，她一把拉住洛千凰的手急着告状："小千，我跟你讲，那陆清颜外表看似纯良无害，其实她心机深着呢。"

回想起近日发生的种种，轩辕灵儿真的快要被府中发生的事情气疯了。

"你知道吗，陆清颜在贺府居住的这些日子，趁我不备，暗中收买了不少家丁婢女为她所用。起初我以为是我多心，时间长了我才发现，家丁婢女们经常在连城面前称赞陆清颜，说她知书达理、乖巧懂事，琴棋书画样样精通，虽然不是出生在大富之家，但言谈举止上比真正的千金小姐还要尊贵。"

洛千凰挑眉问道："竟有这事？"

轩辕灵儿气不打一处来地说道："不然你以为，我为什么要处处防着陆清颜。她本就是一个外人，却偏要干涉府中的内务。几日前，府中两个婢女因为鸡毛蒜皮的小事吵了起来，我本要治她们的罪，结果陆清颜却跳出来做好人替她们求情。她们犯下的过错明明该罚，被陆清颜一搅和，倒全成了我的不对。府中上上下下都觉得我这个主母刁钻刻薄，一个一个争着抢着往陆清颜身边靠。好像不久之后，她便会成为贺府的第二位女主人。"

洛千凰原本就对陆清颜颇为忌惮，听灵儿这么一说，心中更是忧虑了几分。

多年相处下来，她对轩辕灵儿的脾气秉性了若指掌。

外人都说灵儿郡主刁蛮跋扈，仗着长辈和兄长的宠爱为所欲为。

洛千凰却明白灵儿心思单纯、本性纯良，她从无害人之心，只有面对威胁的时候才会伸出利爪反击回去。

就因为她的身份是郡主，所以无论做什么，都要被人指摘、受人责备。

想起冯白起在御书房中对灵儿的刁难，洛千凰担忧地问："灵儿，你当年是不是得罪过那位冯将军？"

提到这个，轩辕灵儿便满腹牢骚："快别提了，冯白起当年是云四海的门生，我与云家那两姐妹素来不和你应该知道，这本是姑娘家的闺阁之事，冯白起一个大老爷们非要干涉，我一怒之下，便给他的茶里下了泻药。因为没拿捏好药量，冯白起拉了三天三夜，差点就被阎王召走。打那之后，他就记恨上我了。皇兄今日要打我板子，冯白起肯定幸灾乐祸地想看我出丑。哼！一把年纪的大男人，心胸竟狭窄到这种地步，我看他根本不堪担任这将军之职。"

一时间，洛千凰不知该如何回答。

冯白起是心胸狭窄，不过轩辕灵儿害得人家险些丧命也确实有错在先。

谁对谁错，还真是说不明白。

她拍了拍灵儿的肩膀，安抚道："经此一事，你也该长个心眼。既然你已经知道陆清颜心机颇深，日后与她相处时便要小心谨慎，千万不要再着了她的道。你是皇上的妹妹，人家陆清颜也是皇上的妹妹，真把他给惹急了，你觉得他会偏帮哪一个？"

在洛千凰的劝说下，轩辕灵儿总算冷静下来。

她喃喃说道："这次的确是我大意了，陆清颜入府之前，我从未想过，连城会为了别的姑娘惹我生气。我以为，他这辈子只会对我一个人好，哪承想，陆清颜在他人

千凰令
（九）
步步成谋
QIAN HUANG LING JIU
BUBU CHENG MOU
130

面前扮柔弱，他和皇兄便将天平偏向了陆清颜。看来在心机手段这方面，我确实不是她的对手。"

洛千凰并不这么认为："灵儿，你应该是误会了连城。无论到何时，连城都是在乎你的。如若不然，他怎么会派人进宫给我送信，求我去御书房救你。你啊，回府之后与连城好好聊一聊，别因为莫须有的事情跟他闹脾气。"

轩辕灵儿委屈地说："他即日便要与陆清颜双双出城，孤男寡女朝夕相处，你让我如何接受这样的局面？"

换作洛千凰，也无法接受自己的夫君与别的女子出双入对。

所以，这件事还真是把洛千凰给难住了。

轩辕灵儿抱着洛千凰哭道："小千，你说我怎么就遇到陆清颜这种难缠的人物了。明眼人都看得出来她故意在连城面前与我争宠，可我却拿她毫无办法，这种感觉真的快要让我窒息了。"

洛千凰将轩辕灵儿揽入怀中轻轻安抚："如今你能做的，只有无条件地相信连城。只要他能守住那道防线，你和连城之间的婚姻才不会遭人破坏。"

轩辕灵儿失魂落魄地点点头，回想起近日发生的种种，她的心情始终压抑难以恢复。

洛千凰见她闷闷不乐，为哄她开心，从箱柜中翻出一个雕花的小方盒子，当着轩辕灵儿的面将盒盖打开，从里面取出一只做工精致的小哨子。

"灵儿，这个送给你。"

轩辕灵儿满脸不解地接过哨子，上上下下打量了一番。

从材质来看，小哨子是用牛角打造而成，外形圆滚滚的，看上去十分可爱。

她对着哨口吹了一声，发出一道清脆的声音。

轩辕灵儿忍不住问："小千，你无缘无故送我一只哨子做什么？"

洛千凰笑着说："这只牛角哨是我义兄端木辰先前在我大婚之初送来的礼物之一，外表虽然普通了一些，实际作用却不可小觑。你偶尔不是会去山里采药吗，山林中有一种会说话的鸟，可以与人类进行简单的交谈。这种鸟非常聪明，为了避免被射杀抓捕，它们感知到人类出现时都会躲得远远的。我送给你的这只哨子，可以召唤出这种鸟。它们对山里的环境十分熟悉，如果你不小心在山里迷了路，或是想要摘采某种名贵的草药，只要召唤出这种鸟，它就可以帮你解决眼前的难题。"

轩辕灵儿无比惊讶地看着手中这只不太起眼的小哨子："当真如此？"

"我干吗骗你！"

轩辕灵儿忙不迭地将哨子还了回去："这么珍贵的东西，我哪好意思据为己有，小千，还是还给你吧。"

洛千凰将哨子推给轩辕灵儿："这东西对我来说毫无用处，就算你今日不进宫，我也要派人将它送去贺府讨你开心。所以你啊，就别跟我客气了。"

收到礼物的轩辕灵儿总算一扫之前的阴霾，露出阔别已久的开心笑容。

她无比郑重地将哨子挂到胸前，发自内心地说道："小千，谢谢你，这份礼物我很喜欢。"

晚膳时分，轩辕尔桀踏着夜色回到龙御宫。

洛千凰起身迎了过去，主动帮他褪去外袍，关切地问："我带灵儿离开御书房之后，大臣们没有为难你吧？"

洛千凰对大臣们如何看待自己并不在乎，她在乎的是轩辕尔桀会不会被那些大臣刁难。

总有那么一群人，喜欢拿道德标准来约束别人。

就算轩辕尔桀贵为天子，也不能为所欲为，以免落人话柄。

轩辕尔桀不在意地笑着道："朕如果连这点小事都处理不好，又有什么资格在那个位置上继续久坐。放心吧，他们为难不到朕头上的。不过话说回来……"

想到轩辕灵儿的种种行为，他沉下脸色："灵儿那丫头说话做事越来越没规矩，再胡闹下去，即便今日不罚，朕早晚也要寻个机会教训她一顿。"

洛千凰为灵儿叫屈："她没有胡闹，只是担心连城会被陆清颜抢走，才会在冲动之下闯进御书房与你吵架。"

轩辕尔桀哼道："连城又不是货物，岂会被人轻易抢走？明明是她胡思乱想，非要将责任推到别人头上。况且，连城与陆清颜出城是去办正事，灵儿就知道胡搅蛮缠，简直不可理喻。"

洛千凰小心翼翼地问："此次出城，连城一定要将陆清颜带在身边吗？"

"陆清颜来自江湖，有些事情由她出面更为稳妥。此次出城意义重大，灵儿实在不该为了自己的私心当众闹成这个样子。"

轩辕尔桀叹了口气："今日幸亏你来得及时，如若不然，朕可能真的要当众收拾她一顿。"

洛千凰取笑他："这个时候知道心疼妹妹了。"

"朕知道她心思单纯，容易被情绪所左右，但胡闹也该看看场合，私底下怎么闹都行，外人面前绝不能乱了规矩。你当嫂嫂的，也要多劝着她点，别仗着郡主的身份为所欲为，朕能护她一时，不能护她一世。"

洛千凰说道："放心吧，我已经劝过灵儿。她后来也意识到了事情的严重性，应该不会再闹了。"

用过晚膳，小福子将一碗熬得浓香的人参鸡汤端进房门，放到了书案上面。

轩辕尔桀捧过汤碗，揭开上面的盖子闻了闻，随后一饮而尽。

不远处正在交代月眉去办差的洛千凰转过身时，正好看到轩辕尔桀将喝得一滴不剩的汤碗放回桌案。

空气中弥漫着浓浓的汤汁味，与殿内燃放的龙涎香混杂在一起，味道变得十分怪异。

她缓步走到书案附近，拿起喝剩的汤碗闻了闻。

洛千凰的这个举动，令轩辕尔桀有些不解："洛洛，你在闻什么？"

洛千凰蹙眉说道："这人参鸡汤的味道好鲜啊！"

轩辕尔桀不置可否："御膳房新来的厨子手艺不错，尤其在煲汤方面颇有研究。朕也觉得最近的鸡汤味道鲜美，临睡前喝上一碗，夜里会睡得十分安稳。"

见洛千凰捧着汤碗看来看去，他忍不住问道："洛洛，你是不是也想喝？想喝的话，朕这就命人去给你盛一碗过来。"

洛千凰摆了摆手："你知道我向来不喜荤食，对鸡汤更是没有半点食欲。就是觉得这汤的味道过于鲜美，鲜美得有些……"

她想说"鲜美得有些不太正常"，思忖了一会儿，又改口说道："鲜美得令人难以忘怀。"

许是她多心了，才会生出刚刚那种荒谬的想法。

凡是被送到皇上面前的膳食，都是经过无数道关卡，层层检查之后才有资格被送到御案之上。

一旦出现纰漏，很多无辜的宫人都会受到牵连。

况且，洛千凰只觉得这碗鸡汤过于鲜美，除了鲜美之外，她并没有发现其他问题。

无端怀疑鸡汤有问题，必会在宫内引发一场轩然大波。有什么疑问，等查验之后再做决定也不迟。

轩辕尔桀并未读懂洛千凰的小心思，冲她勾勾手指，说道："坐在这里陪朕看折子。"

回想起上次因为奏折没读好而惨遭被罚一事，洛千凰对奏折这种东西生出了巨大的反感，她忙不迭地向后退了几步，想趁空当溜走，却被轩辕尔桀揪住手腕，顺势将她拉到身边。

"让你陪朕看会儿折子，你躲什么？"

洛千凰小声咕哝："我怕你又要让我读奏折。"

轩辕尔桀笑了出来："上次明明是你主动提出要给朕读折子，朕几时强迫过你？好了，别摆出一副朕要把你吃掉的样子躲得那么远，朕知道你讨厌朱尚宫，你且放心，从今以后朕不会再让她来这里惹你不快。"

洛千凰干笑一声："其实我对朱尚宫也不是很讨厌，她为人的确顽固了一些，比起那些只会阿谀奉承的阴险之辈，我反倒觉得朱尚宫这种人更令人尊重和敬佩。唯一遗憾的就是，她的某些观念与我相悖，大家立场不同，相处起来定会生出许多摩擦。我实在不想因为我的任性和自私，与朱尚宫生出嫌隙，闹得不快。"

轩辕尔桀赞赏地说道："灵儿但凡有你一半乖巧懂事，朕也不会每次都被她气得暴跳如雷。"

洛千凰替灵儿辩解："她是因为太在乎连城，才会当着那么多人的面闹出笑话。"

"那也要分清场合、搞清立场。已经嫁作他人妇，还像小孩子一样不懂事，长此以往，谁受得了？"

洛千凰微微皱眉："朝阳哥哥，难道你觉得灵儿维护自己的感情，维护错了吗？那陆清颜……"

话刚起了个头，就被轩辕尔桀打断："你不要总和灵儿一样，对陆清颜心存成见。按下她与母后的关系不提，就冲陆清颜肯为朝廷分忧解难，在大局面前，也该给陆清颜几分薄面。不要总将她视为假想敌，处处与人家作对。"

洛千凰不悦地反问："所以你就眼睁睁看着陆清颜肆无忌惮地住在贺府挑衅灵儿？"

被避开的矛盾又绕了回来，轩辕尔桀也跟着皱眉："洛洛，朕知道你与灵儿相识已久、感情深厚，无论她说什么，你都认为她是对的。可你有没有想过，哪怕是圣人，也有自私自利的一面，灵儿担心连城被抢，因此对陆清颜心生忌惮，所以她在与你陈述陆清颜的为人时，难免会将负面情绪带入进去。作为旁观者，你真的相信陆清颜人品低劣，灵儿就全然无辜吗？"

洛千凰回道："陆清颜的人品是否低劣我不清楚，但灵儿的人品如何我心知肚明。我相信灵儿没有夸大事实、造谣生事。她在感情上受了委屈，凭什么不能发泄情绪？"

"她受委屈？"

轩辕尔粲哼笑一声："作为高高在上的黑阙郡主，你问问京城里那些被她欺负过的公子小姐，哪个活得不耐烦，敢让她轩辕灵儿受委屈？朕与她自幼一同长大，她什么脾气秉性，朕心里明镜似的。"

"可是……"

"好了！"

轩辕尔粲不耐烦地打断她的话："连城和灵儿都是成年人，他们的感情让他们自己处理，我们外人就没必要干涉了，朕也不想在这个话题上继续跟你争执。你只要记住一句话，朕所做的每一个决定，都是以朝廷的立场为出发点。如果不小心伤及某些人的利益，那也是事出无奈。"

这番话，听得洛千凰有些心凉。

她还来不及分析这番话背后的真正含义，小福子的声音便在门外响起："太后派人过来传话，请皇上和娘娘去圣和殿走一趟。"

轩辕尔粲和洛千凰面面相觑，不明白母后这个时候叫他们去圣和殿有何要事。

来到圣和殿时，轩辕容锦和凤九卿两人都在。

一番行礼问安之后，轩辕尔粲率先问出心中的疑问："这个时辰叫儿臣过来，莫不是朝中发生了什么事？"

轩辕容锦有些为难地看了洛千凰一眼，很快便收回视线，佯装出一副云淡风轻的样子笑了笑："叫你二人过来没别的意思，只想告诉你们，我与你们的母后临时决定出宫走走，行李已经收拾好了，再过一个时辰就会出发。"

轩辕尔粲和洛千凰双双震惊，异口同声地问道："半夜出宫？"

轩辕容锦面不改色地解释："夜里人少，适合出行。"

洛千凰隐约察觉到不对劲，看向一直未作声的凤九卿，试探地问："母后与父皇是要出宫游玩吗？"

心里有个声音在提醒她，事情应该不会这么简单。

凤九卿坦然地点点头："对，宫中生活寂寥无趣，我与你们父皇商议之后，决定出宫走走，去外面散散心。小千，我不在京城这段时间，你要好好照顾自己。遇到不好解决的难题，可以暂时搁置到一边，等我回宫之后再来解决。"

轩辕尔桀听得眉头直皱："母后，就算您想与父皇出宫，也没必要半夜出行吧？"

凤九卿淡淡地看了儿子一眼，随口说道："你知道我和你父皇的脾气，最不耐烦应付那些多事的大臣。半夜出行，是我们共同商讨后的结果。车马和行李已经备好，叫你们过来，就是当面知会一声。你父皇本想留封书信直接走人，担心你们会多想，所以还是决定当面告别。"

轩辕尔桀迫不及待地问："那父皇母后意欲去往何处？"

凤九卿给出的答案十分模糊："边走边看。"

洛千凰的心情瞬间变得无比糟糕，她爹娘前脚刚离开没几天，父皇母后又要离开，这让她生出了浓浓的离愁，有一种可以依靠的亲人全都弃她而去的无助感。

凤九卿看出她眼中的彷徨，柔声安慰："小千，你无须多虑，我和你父皇只是出宫走走，用不了几日便会回来。你天赋异禀，又贵为皇后，想做什么，不想做什么，全由你自己决定。就算是你的夫君，也不能逼迫你做不喜欢的事情。"

她故意当着轩辕尔桀的面说出这番话，就是想给洛千凰一个保证，让她安心留在宫中做她的皇后。

话已经说到这种地步，洛千凰知道自己再多说无益，只能说些吉利话，祝父皇母后出行的途中一路顺风。

将该交代的交代了一通，凤九卿摆了摆手："时候不早了，我和你们父皇就要出门，你们回去休息吧。"

轩辕尔桀点了点头，正要拉着洛千凰转身离开，轩辕容锦忽然叫住他："尔桀，你命人先送小千回去，有些朝堂上的事情，我要单独交代于你。"

轩辕尔桀并未多想，对候在门外的小福子吩咐："送娘娘回寝宫。"

洛千凰无心插手朝堂的事情，在小福子的护送下离开了圣和殿。

洛千凰前脚刚走，轩辕容锦便挥退殿内众人，对轩辕尔桀说道："几个时辰前我和你母后接到暗探密报，逍遥王在赶往封地途中遇到埋伏，一家三口如今下落不明，消失无踪。"

轩辕尔桀听得瞠目结舌:"岳父岳母出事了?"

凤九卿神色凝重地点点头:"此事原因尚不明朗,逍遥和红鸾究竟遭遇了什么不测还有待追查。为了避免引起恐慌,我与你父皇决定出宫一探究竟。至于小千那边……"

犹豫再三,凤九卿说道:"她刚刚与父母分别,心情还很低落,这件事情查明之前,先不要让她知道。我和你父皇会尽最大的努力寻找逍遥和红鸾的下落,争取在小千知道真相之前,确保逍遥和红鸾一家平安。"

轩辕尔桀惊魂未定地点点头:"我……我会想尽办法不让岳父岳母出事的消息传到洛洛耳中的。"

"另外……"

凤九卿又接着说道:"关于陆清颜的真正身世,你要接着查下去。她是否是你姨母的亲生女儿,现在还是个未知数。那支凤头簪只是一个物件,证明不了任何事情。皇家不比寻常百姓家,凡事都要拿铁证说话。你已执政数年,该做什么,不该做什么,心中应该自有盘算。至于我与你父皇离京的理由,你看着安排,尽可能不要引起外界的注意。"

轩辕尔桀拱手说道:"儿臣明白,请母后放心。"

"还有……"

凤九卿不放心地嘱咐:"对小千好一些,莫伤了她的心。"

"儿臣知道!"

轩辕尔桀匆匆回到龙御宫时,洛千凰还没有睡。

她坐在烛台前提着笔,在一张纸上写写画画,不知在忙些什么。

听到脚步声由远及近,洛千凰忙不迭地将纸折起,顺手塞进抽屉里。

轩辕尔桀好奇地问:"神神秘秘的,莫不是有什么事情瞒着朕?"

"没有没有,我练字呢。"

洛千凰绕过桌案,走到他面前,说出心中的疑虑:"朝阳哥哥,父皇母后选在这个时候离开皇宫,你不觉得奇怪吗?他们真的是出去游玩散心?"

想到父皇母后离宫的真正原因,轩辕尔桀忽然觉得他的小妻子有些可怜。

父母和弟弟下落不明,久居深宫的她却被蒙在鼓里。

如果岳父岳母安然无恙倒还好说,万一出了什么变故,他不敢想象洛洛是否承受得住那样的打击。

当着洛千凰的面，他自然不会说出事实，于是给父母离京找了一个借口："洛洛，你应该知道我母后最讨厌被宫廷束缚，你爹娘留在京城的时候还好一些。如今你父母回了封地，父皇母后没了志同道合的玩伴，便想着四处走走打发时间。至于他们为何会选在夜里出行，母后已经解释过，她听不得那些大臣啰唆，担心他们会以外面不太平为由出言制止，这才决定和父皇偷偷离宫。且放心吧，父皇母后都是有勇有谋之人，且有数名暗卫一同随行，等他们在外面玩够了，自然会回宫与咱们团聚。"

洛千凰傻傻地问："不用给他们举办送别宴吗？"

轩辕尔桀笑道："办什么送别宴，你知道的，父皇母后最讨厌参加这样的场合。不但劳民伤财，还要应付那些大臣和家眷。"

见洛千凰仍是一脸纠结，轩辕尔桀好言劝道："你就别多想了，天色已晚，早些睡吧。"

轩辕容锦和凤九卿离宫"游玩"的消息传到大臣们耳中时，并未在朝中引起太大的轰动。

自从轩辕容锦退位之后，便在诸位大臣心中树立下一个甩手掌柜的形象，经常带着喜爱自由的妻子游山玩水，一走就是好几个月，其间毫无音讯的情况比比皆是。

对于太上皇和太后这种"不负责任"的行为，大臣们早就见怪不怪、习以为常。

因此，夫妻俩悄无声息地离开京城，远赴外省一事，并没有在朝中掀起太大的水花。

龙御宫内，洛千凰手执木梳，蹲坐在教主身边小心翼翼地帮它梳理虎毛。

她一边梳，一边对着闭眸小憩的教主小声咕哝："爹娘还有父皇母后先后离京，这种没有亲人在身边的日子真是孤单又无趣。早知如此，我那时就该强硬一些，求朝阳哥哥准我与父母一同去封地逛一逛的。说起来，我爹在奉阳的府邸，我还没去过呢。听说奉阳山好水好，有趣的地方数不胜数，所以我猜，父皇母后突然离宫，定是去奉阳找我爹娘去了。"

说到这里，洛千凰灵机一动，生出一个大胆的想法："教主，你说我现在溜出宫去寻父皇母后，能不能追上他们的脚步，与他们一同赶往奉阳？"

教主闻言忽然睁眼，伸出湿答答的舌头在洛千凰的手背上舔了几口，还亲昵地用它的大脑袋在洛千凰的小腿上蹭来蹭去。

教主蹭人的力气很大，洛千凰防备不住，被教主蹭得一屁股坐在地上，被迫接受教主的热情。

洛千凰连忙笑着安抚："好啦好啦，跟你开玩笑的。我就是嘴上说说而已，怎么可能真的出宫？被朝阳哥哥知道我有这个小心思，肯定又要数落我不识礼法、不懂规矩。说不定他还会对我下达禁足令，这辈子都不准我再离开宫门。"

教主仍不停地用毛茸茸的大脑袋蹭着洛千凰，喉间发出哼唧的声音，洛千凰抱住它的大虎头用力亲了一口，像哄小孩一样哄道："我明白你的意思，你是不是想说，就算爹娘以及父皇母后他们纷纷离京，还有你这个乖宝宝留在宫中陪我做伴。教主，我知道你对我最好了。"

仿佛听懂了她的话，教主这才躺回原地，依偎在她脚边继续休息。

就在洛千凰抱着教主诉说心事时，月眉一脸焦急地从殿外小跑进来："娘娘，贺府的玉阮姑娘过来传话，说灵儿郡主下药毒杀了借住在贺府的陆姑娘。"

"你说什么？"

洛千凰闻言如遭雷击，腾地起身抓住月眉："陆清颜被灵儿给杀了？她死了吗？"

月眉惊惶地摇头："具体情况奴婢也不知晓，玉阮姑娘拿着郡主的令牌进宫报信，看她的样子，应该也被吓得不轻。"

洛千凰对月眉提到的这位玉阮姑娘并不陌生，她是轩辕灵儿的陪嫁婢女，对轩辕灵儿很是忠心。

忽然发生这样的变故，洛千凰来不及多想，匆匆踏出殿外，就见玉阮正神色焦急地在院中踱步。

见洛千凰出了殿门，玉阮快步走来，"扑通"一声跪在地上，哭着说："求娘娘救救我家郡主，所有人都说是郡主杀了陆姑娘，可奴婢相信，郡主是无辜的。"

洛千凰一把扶起玉阮，急切地问道："事情的经过到底怎样？"

玉阮语无伦次地说道："今天一早，负责伺候陆姑娘的婢女推开房门，就见陆姑娘口鼻流血，脸色乌青，显然是中了毒。据说她被婢女发现时，还留着一口气。请进府的大夫过来诊治时，在陆姑娘药碗的残渣中发现了箭毒木的成分。"

"箭毒木"这三个字，听得洛千凰头晕目眩。

箭毒木还有一个非常慑人的绰号——见血封喉，是木本植物中最毒的一种树，毒性可怕到几乎无药可解。

如果陆清颜服用的药汁中真的被加入了箭毒木，她几乎可以想象，陆清颜的小命十之八九要保不住。

思及此，她连忙又问："陆姑娘现在还活着吗？"

玉阮哭着说道："奴婢离府之前，据说还吊着一口气。陆姑娘房中伺候的婢女一口咬定，陆姑娘昨晚临睡前喝的那碗药，是郡主派人送过去的。所有的矛头全部指向郡主，郡主有口难言、无从辩解。她猜到事发之后肯定会惊扰皇上，担心皇上会公事公办治她的罪，慌乱之中派奴婢进宫向娘娘求救。郡主说，现在能帮她的，只有娘娘了。"

洛千凰问道："贺大人呢？他也相信是郡主害了陆清颜？"

玉阮回道："人证物证俱在，贺大人也对郡主的动机心存疑虑。"

洛千凰意识到此事背后隐藏着阴谋，立刻吩咐月眉去取她的药箱。

在玉阮的陪同下，她提着药箱匆匆出宫，须臾工夫，她踏进贺府大门。

进门之后，就见贺连城正与几位大夫周旋，见洛千凰不请自来，贺连城忙迎出门："怎么连娘娘也被惊动了？"

看到洛千凰身边的玉阮，贺连城瞬间了然。

洛千凰开门见山地问道："灵儿呢？"

贺连城并未隐瞒："作为嫌疑人，我暂时命人将灵儿看管起来了。"

洛千凰不悦地皱眉："连你也怀疑灵儿会下毒？"

贺连城一脸正色地说道："昨天晚上，灵儿与陆姑娘为了宅中琐事吵了一架。陆姑娘有理有据地驳斥灵儿几句，让灵儿在家仆面前丢了面子。之后，就传来陆姑娘中毒的消息。"

洛千凰蹙眉说道："连城，你这番话，已经从主观上判定灵儿有罪了。"

贺连城神色微变，试图要解释什么，被洛千凰直接打断道："陆姑娘现在情况如何？"

贺连城按下心中的忧虑，回道："情况仍旧很危急，我派人进宫去请御医，希望御医可以救她一命。"

洛千凰提着药箱朝陆清颜的房间走去，边走边问："这件事，皇上知道吗？"

贺连城不敢隐瞒："此事涉及人命安危，我不敢对皇上有所隐瞒。一刻钟之前，派人进宫报信了。"

洛千凰未再言语，踏进陆清颜的房门之前，对贺连城下令："派人劫住御医，此事先不要大肆声张。陆姑娘那边，我会想办法挽救。"

推开陆清颜居住的房门，一股浓郁的中药味扑面袭来。

屋内围着几个婢女，陆清颜脸色暗沉地躺在床上一动不动，嘴角处残留着没处理干净的血丝。

洛千凰伸出两根手指探了探她的鼻息，气息虽然微弱了一些，好在尚未断气。

从药箱中取出一枚黑色的药丸，捏住陆清颜的下颌，顺着她张开的嘴巴塞了进去。

尾随进门的贺连城担忧地问道："陆姑娘还有得救吗？"

洛千凰冷笑着反问："在你心中，是灵儿的清白重要，还是陆清颜的性命重要？"

贺连城面不改色地回道："只有陆姑娘安然无恙，我才能确保灵儿无罪。"

洛千凰语带讥讽："所以你已经认定灵儿有罪？"

贺连城不知该如何回答这个问题，变故发生得太过突然，作为一家之主，他只想将损失降到最小。

洛千凰一边用银针给陆清颜施针解毒，一边说出自己的见解："灵儿虽然性格冲动，以我对她的了解，她绝做不出下毒杀人之事。连城，我明白你肩负重任，背负着很多的不得已。作为外人，我本不该插手你的家务事，但灵儿已经不止一次对你们的婚姻生出忧虑之心，在此期间，你非但没有给她足够的安全感，出了这种事情之后，你居然还命人将她关押起来。假设你与灵儿立场对调，心中会是何种滋味？"

贺连城沉默不语，似乎在沉淀洛千凰话中的含义。洛千凰点到为止，便专心给陆清颜解毒。

解毒的过程并不复杂，一套针法走过之后，陷入昏迷中的陆清颜身子一歪，忽然吐了几口黑血。

两旁婢女忙不迭地围过来，又是拍背，又是擦嘴，其中一个身穿粉衣的婢女最是贴心，忙前忙后，就差将陆清颜当成祖宗供起来。

洛千凰神色复杂地看了那粉衣婢女一眼，并未多言。几口黑血吐完之后，陆清颜乌青的脸色渐有好转。

不过她仍未清醒，吐完之后，又沉沉地睡了过去。

贺连城担忧地问道："娘娘，依眼下这种情况，陆姑娘是不是已经渡过了难关？"

洛千凰先是打量了一眼银针针尖的颜色，沉默半晌，皱眉说道："箭毒木中的乳汁毒性十分可怕，正常人误食之后，活下来的机会都微乎其微。陆姑娘吐完毒血，脸色也已经恢复红润，说明我刚刚塞给她的化毒丹已经起了药效。不过……"

洛千凰有些惊奇："陆姑娘这恢复的速度，未免太快了一些。"

贺连城皱眉不解："此言何意？"

洛千凰不知该如何向贺连城解释自己心中的疑虑。

从陆清颜的病情来看，的确是中了剧毒的表现。可从她多年从医的经验来判断，陆清颜在这么短的时间内吐出毒血，脱离危险，有些不太正常。

就好像，她事先已经服下解药，在中毒之后的一段时间内，解药自行发挥了药效，以确保她性命无忧。

这个大胆的想法在脑海中形成之时，洛千凰自己都被吓了一跳。

因为洛千凰对自己的医术和塞给陆清颜的那枚化毒丹非常了解，化毒丹不是神药，她也不是神医，不可能在这么短的时间内，让陆清颜的病情恢复得如此之快。

不明真相的人，会将这一切视为理所当然。

只有洛千凰自己知道，理所当然的背后，藏着太多解释不通的巧合。

事情没查明之前，洛千凰不敢妄下结论。

毕竟陆清颜中毒是千真万确的事情，箭毒木毒性可怕，没人会傻到用这种毒来演苦情戏。

探了探陆清颜此时的脉搏，洛千凰对贺连城说道："从目前的脉象来看，陆姑娘已经度过了危险期。稍后我给你开个方子，按照方子去药房抓药，早午晚坚持服用三天，她体内的残毒便可彻底清除。"

贺连城长长松了一口气，连忙说道："有劳娘娘了。"

解了陆清颜的毒，洛千凰这才言归正题："连城，趁皇上还没发作之前，最好将陆姑娘中毒一事查探清楚。听玉阮说，陆姑娘身边伺候的婢女一口咬定，陆姑娘是喝了灵儿派人送来的汤药才身中剧毒。既然那位婢女对此事如此笃定，我倒想当面听听她对此事的说辞和看法。她现在人在何处？"

话音刚落，先前在陆清颜身边伺候的粉衣婢女突然扑通跪下。

粉衣婢女颤声说道："奴婢芳草，便是娘娘要找之人。"

洛千凰上上下下打量了自称芳草的婢女一眼，并没有立刻发问，而是对贺连城说道："可以将当事人灵儿请过来吗？"

贺连城并未反对，吩咐下人将轩辕灵儿叫了过来。

红着双眼的轩辕灵儿看到洛千凰时，一脸委屈地扑了过来，抱住洛千凰："小千，你终于来了。所有的人都怀疑是我要杀陆清颜，可我真的什么都没有做！"

洛千凰安抚地拍了拍灵儿的肩膀，柔声说道："我相信你。"

平凡无奇的四个字，却听得灵儿热泪盈眶。

从事发到现在，她整个人一直处于混沌之中，实在无法相信，这种莫须有的罪名，怎么就落到了她的头上。

她哀怨地看了贺连城一眼，像寻求保护的小动物般偎依在洛千凰身后。

贺连城又是无奈，又是懊恼，天底下最不希望灵儿出事的人便是自己，可灵儿非但没有感知到他的良苦用心，还对他露出如此深的敌意，这让他心中很不好受。

见人已到齐，洛千凰这才将目光落到芳草脸上："芳草，你如此笃定是郡主想要毒害陆姑娘，拿得出确凿的证据吗？要知道，污蔑皇族，乃是死罪，所以在回答这个问题之前，你一定要考虑清楚。"

芳草肩膀微微一抖，看了看病床上昏迷中的陆清颜，她跪地说道："奴婢虽然没有亲眼看到汤药中的毒是郡主所下，但箭毒木这种毒世间稀有，寻常药房根本没有售卖。郡主擅长医术药理，私人药房中收藏了许多奇花异草，奴婢当日去药房打扫时曾在架子上看到过箭毒木。陆姑娘中毒之后，大夫在药碗的残渣中发现箭毒木的毒性时，奴婢便由此猜到，下毒之人必是郡主无疑。"

轩辕灵儿指着芳草破口大骂："你血口喷人！"

芳草吓得伏跪在地，摆出一副被强权压制的姿态不敢抬头。

明眼人一眼就看出，轩辕灵儿这是在仗势欺人。

芳草越是胆怯畏惧，轩辕灵儿便越是暴跳如雷，她怒声说道："我没害过任何人，你胡说八道，故意冤枉我。"

芳草可怜兮兮地缩在地上小声说道："奴婢只是陈述事实，绝对不敢冤枉郡主。"

轩辕灵儿大声吼道："你不敢冤枉我，现在又是在做什么？"

洛千凰扯扯灵儿的衣襟，示意她不要轻举妄动。

她看向伏跪在地的芳草，不紧不慢地问："既然箭毒木世间少有，你是怎么认出它的？"

芳草不卑不亢地回道："奴婢自幼便在王府伺候郡主，与玉阮一样，是郡主的陪嫁丫鬟。郡主幼时与七王学医时，奴婢跟在一旁也学过一些皮毛，因此识得箭毒木的模样。"

洛千凰不解地看向轩辕灵儿："芳草也是从七王府出来的？"

轩辕灵儿点了点头："我的陪嫁婢女一共是八位，芳草便是其中一个。当日陆清颜被救回府上时，因为身受重伤，我担心别人照顾得不够妥当，便将略懂一些医术的芳草派到她身边日夜伺候。没想到……"

轩辕灵儿瞪向芳草："我的婢女，有朝一日竟会反咬我一口。"

芳草哭诉："郡主，奴婢不敢！"

轩辕灵儿狠声说道："我看你分明就是大胆得很！"

洛千凰径自开口："府中人人都知道，郡主受太后所托，帮身受箭伤的陆姑娘调养身体。陆姑娘每日的汤药由郡主熬制，这是众所周知的事实。在这种情况下，一旦郡主送到陆姑娘房中的汤药出了问题，所有的人都会将罪名指向郡主，郡主再怎么愚蠢，也不可能会留下这样的把柄。芳草，仅凭药渣中掺杂了箭毒木，便说凶手是郡主，这未免有些过于武断。"

芳草振振有词地回道："陆姑娘中毒之前，曾因一些小事惹怒郡主，郡主为此与陆姑娘发生争执，被贺大人撞见，贺大人为此说了郡主几句，郡主心中不平，难免会对陆姑娘心生怨恨。奴婢从小便在郡主身边伺候，深知郡主不肯吃亏的秉性。怒极之下做出冲动之事，这也是在所难免。"

听到这里，洛千凰忍不住笑了："芳草，有一件事你恐怕还不知道。就算陆姑娘喝的那碗药真的被郡主下了毒，以郡主在京城的地位，证据确凿的情况下，她最多被皇上申斥几句，严重的情况下责罚一顿板子，闭门思过，不会有人让郡主以命抵命。可你却不同，你不留余力地将下毒的罪名冠在郡主头上，皇上与贺大人或许会听你的一面之词，护女心切的七王要是知道他的宝贝女儿被人陷害，你可得细细斟酌一下你的下场。七王向来不将皇权放在眼中，连太上皇太后甚至皇上都拿他毫无办法，你觉得他能随便放过你吗？"

无视芳草越来越惨白的脸色，洛千凰接着又说："作为郡主的陪嫁丫鬟，你本该处处维护郡主的利益。可在这起事件中，你却表现出一副要将郡主置于不义的姿态，很难让人不猜测你的动机。我始终相信，有资格被七王夫妇当作陪嫁送进贺府的婢女，肯定不是没脑子的蠢货。你是个聪明人，做出这样的选择，一定有你的目的和隐情。芳草，不如说说，你究竟是受何人指使，决定背叛你的主子？"

故作冷静的芳草在听了这番话之后，整个人抖如筛糠，吓得浑身发颤。

贺连城察觉到事件之后另有隐情，厉声逼问："芳草，你若不说实话，我会将你递交刑部，由刑部来亲自审问。你可知刑部大牢的厉害，进去走一遭，不死也会脱层皮。你若不想受皮肉之苦，就实话实说，不许隐瞒。"

芳草惊慌失措地看向众人，最后将目光落在轩辕灵儿的脸上，她跪爬几步，一把抱住灵儿的小腿，哭着说："奴婢见郡主处处瞧陆姑娘不顺眼，以为郡主容不下陆姑娘，便自作主张在陆姑娘的药中下了毒，想替郡主除掉陆姑娘。奴婢没想到事情会发展到这种地步，非但没有帮到郡主，反而还给郡主惹来一身麻烦。奴婢罪该万死，愿意用自己的性命为郡主赎罪。还请郡主看在奴婢服侍您多年的分上，不要迁怒奴婢的家人。"

一口气说完，芳草忽然起身，在众人反应不及的情况下撞向门框，当场毙命。

事情发生得猝不及防，当洛千凰反应过来时，芳草已经停止了呼吸。

看着芳草血流如注的额头，轩辕灵儿惊在当场。

她从未想过，前一刻还鲜活的人命，眨眼之间，便猝然而逝。

最糟糕的就是，芳草死得不明不白。

表面看着，她将所有的罪行全部揽到自己身上，可实际上，还是隐隐将矛头指向了轩辕灵儿。

芳草的意思非常明确，是轩辕灵儿暗示她毒死陆清颜，如今事情败露，芳草作为婢女，愿意为主子担下一切罪责。

芳草这一死，轩辕灵儿简直有口说不清。

洛千凰看向贺连城："连城，你觉得芳草之言可信吗？"

贺连城摇了摇头："疑点太多，死得蹊跷。"

洛千凰哼笑一声："不但死得蹊跷，而且十分可笑。前一刻无所不用其极地将毒害陆清颜的罪名扣在灵儿头上，下一刻便改口说是自己下的毒，死前还不忘咬灵儿一口。看来这个叫芳草的婢女，隐藏了太多说不出口的秘密。她突然死掉，线索等于断了一半。"

轩辕灵儿又气又怒，忍不住骂道："究竟是哪个遭天谴的浑蛋想要害我？"

这时，昏迷中的陆清颜缓缓睁眼，无视旁人存在，痴痴地看向贺连城，娇声唤道："贺公子……"

轩辕灵儿翻了个白眼，小声咕哝："声音可真够娇嗲的。"

"灵儿！"

贺连城不认同地训斥了一声，转而看向陆清颜："陆姑娘，你感觉怎么样？"

陆清颜一脸虚弱："浑身无力。我……我这是怎么了？"

洛千凰走到床边，将贺连城挡在身后，居高临下地对气若游丝的陆清颜说道："你中毒了，目前中毒的原因尚未知晓。不过你放心，我会派人彻查此事，无论是谁在背后搞事情，我都会想尽办法，将真正的凶手绳之以法。绝不冤枉一个好人，也绝不会放过一个坏人。陆姑娘，你尽管安心养病，静候佳音。"

虽然芳草的死暂时给这起下毒事件画上句号，轩辕灵儿却并没有从麻烦中抽身。

贺府发生的事情传到轩辕尔桀耳中时，他派人下旨，以轩辕灵儿喜欢惹是生非、不安于室为由，斥责了她一顿，又罚她闭门思过，抄写经书，胆敢违抗圣令，绝不姑息。

轩辕灵儿再一次被她皇兄给气到了，明明是她受尽了委屈，皇兄不问是非便下旨责罚她，简直不把她这个妹妹当回事。

离开贺府之前，洛千凰安抚轩辕灵儿，让她少安毋躁，不要在这种情况下跟她皇兄打擂台。

在背后搞小动作的人段位太高，事情水落石出之前，她建议轩辕灵儿按兵不动。

回宫之后，洛千凰将贺府发生的事情事无巨细地讲给轩辕尔桀听。

说到最后，洛千凰得出结论："总之我相信灵儿是无辜的，陆清颜中毒，一定是另有隐情。"

轩辕尔桀对洛千凰处处维护灵儿一事深表不满，忍不住呛声："不管这毒是谁所下，只要发生在他们贺府，贺家上下都难辞其咎。洛洛，你不要处处为灵儿讲话，就算灵儿不曾亲自给陆清颜下毒，也不能代表她就是无辜的。"

洛千凰态度坚定："灵儿不会在自己的府中搞这样的事端。"

轩辕尔桀冷笑一声："她不搞事情，难道是陆清颜自己给自己下毒，故意上演的这出苦肉计？"

洛千凰勾了勾唇："未必没有这个可能！朝阳哥哥，有些人，为了达到心中的目的，真的可以不择手段。真相出来之前，一切皆有可能。"

轩辕尔桀第一次发现，他的洛洛，好像一下子变聪明了。

第一百〇四章

争风头用尽心机

千凰令
（九）
步步成谋
QIAN HUANG LING JIU
BUBU CHENG MOU

148

陆清颜虽然大难未死，脱险之后的身体却非常虚弱。

洛千凰开的方子还算有效，几服汤药下去，陆清颜的脸色已经有明显的好转。

留在房中养病期间，陆清颜左等右等，始终没有等到贺连城过来探望。

按捺不住心中的奢念，她让伺候的婢女以有重要事情与贺大人相商为由，将贺连城请过来。

大概过了一炷香的时间，终于等到贺连城在外敲门的声音。

下一刻，她听到贺连城磁性悦耳的声音在门外响起："陆姑娘，我来了。"

陆清颜听得心尖儿微颤，捏着柔弱的嗓音对门外说道："贺公子，快快请进。"

随着开门声"吱呀"作响，高大俊美的贺连城迈过门槛，踏进屋内。

屋子里，未施粉黛的陆清颜披着一件薄薄的外套坐在桌边，她身形消瘦，面容苍白，眨着一双水汪汪的大眼睛，小心翼翼地看向贺连城。

神色羞怯、眼神勾人，没有几分定力的男子，看到这样一张柔情似水又楚楚可怜的绝色容颜，定会生出将她揽入怀中的渴望与冲动。

不知是有意还是无意，陆清颜仿佛将男人的心思摸得很透。

她知道外表越柔弱的女子，越容易激起男子的保护欲和占有欲。

因此故意在贺连城面前将脆弱和苍白的一面表现出来，就是想让这个令她钟情的男人欣赏到她的美。

让陆清颜失望的是，进门后的贺连城只淡淡扫了她一眼，便开门见山地问道："听府中婢女转诉，陆姑娘有重要的事情与我相商，现在我来了，姑娘可以直言相告。"

陆清颜没想到贺连城的态度这么生硬，心中不由得生出一阵委屈，面上却不露半点声色。她向贺连城做了一个请的手势，柔声说道："贺公子请坐。"

贺连城站在门口处负手而立，客气而又不失疏离地说道："陆姑娘待字闺中尚未嫁人，孤男寡女共处一室实为不妥。有什么话，陆姑娘在这里但说无妨。"

贺连城拒人于千里之外的态度让陆清颜颇为失落。

不过，贺连城越是这样谦逊有礼，她心底便越是对其赞赏有加。

贺连城称得上是好男人的典范，多日相处下来，她在贺连城身上几乎看不到半分缺点。

除了英俊逼人、位高权重之外，他谈吐得宜、冷静睿智、是非分明，堪称所有女子想嫁夫婿的不二人选。

陆清颜从不否认，她之所以赖在贺府不肯离开，是因为，她对贺连城动心了。

明知道这份被深埋于心中的爱意一旦大白于天下，势必会掀起一场巨大的风浪。

可她控制不住内心的情感，哪怕招来全世界谩骂，也想自私地留住这份美好。

见贺连城目光灼灼地看着自己等待下文，陆清颜只能退而求其次地寻了个话题："此次请贺公子过来，是想问一问，前日我中毒昏迷，险些丧命，具体情况究竟如何？虽然皇后娘娘那日离府之前曾留下承诺，会抓到凶手，还我公道。可我还是想通过贺公子了解当日事件的经过。"

停顿片刻，陆清颜小心翼翼地说道："外人都说，给我下毒之人，是灵儿郡主。贺公子，此事当真吗？"

贺连城淡淡一笑："陆姑娘多虑了，这件事与灵儿无关。至于给陆姑娘下毒的凶手究竟是谁，目前尚在调查之中。调查结果出来之后，我定会给陆姑娘一个满意的交代。"

陆清颜不肯草草结束这个话题，迫不及待地又问："可我听说，之前日日在我房中伺候的芳草，在事发之后撞门自尽了。据我所知，芳草是郡主的陪嫁婢女，她在我中毒之后忽然自尽，此事后来为何不提不念？就算她只是一个婢女，也是一条鲜活的人命。如今这么不明不白地死掉了，贺公子难道不想解释些什么？"

贺连城态度不变："芳草言行不一、动机可疑，自尽的理由十分蹊跷，为了避免陆姑娘多想，她的所言所行暂时无法被列为证词。"

陆清颜急急说道："可我听说，芳草质疑给我下毒之人，正是府中的主母，灵儿郡主。"

她紧紧凝视着贺连城："贺公子对此事秘而不宣，是不是想寻私保全郡主清白？"

贺连城对陆清颜咄咄逼人的态度心生厌恶，语气变得十分笃定："陆姑娘不要相信外面那些污蔑之言，作为灵儿的夫君，我对妻子的为人十分了解。她虽然性情乖张了一些，却做不出杀人害命这种腌臜之事。"

陆清颜对他处处维护轩辕灵儿的行为深感嫉妒，按捺不住地露出本性，不依不饶地质问："若最后调查出来的结果真的是郡主所为，贺公子又当如何？"

贺连城若有所思地看向陆清颜："你为何坚信凶手一定是灵儿？"

陆清颜理所当然地说道："自从我被贺公子救回贺府，郡主时不时便怀疑我与贺公子之间关系不洁，不但处处与我针锋相对，还公然跑到皇上面前讲我是非。我身中剧毒的前一晚，曾与郡主发生过激烈的口角，郡主离开前曾放下狠话，她会给我一些颜色瞧瞧。然后，我便被人下了毒。若非皇后娘娘医术高明，及时将我医治好，恐怕我现在已经遭遇不测、被人谋害。此事若发生在贺公子身上，你当如何猜想这其中缘由？"

贺连城不疾不徐地说道："陆姑娘，你不要忘了，真正将你从黄泉路上带回来的不是我，也不是皇后，而是在你身受箭伤之时，衣不解带守在你床边帮你疗伤的灵儿。所有行医之人皆有同一个信念，她们只会救人，不会杀人。所以当你问出这个问题时，我的答案只有一个，我是绝不会对自己的救命恩人心生疑虑。"

"那是因为……"

陆清颜据理力争地说出自己的观点："郡主第一次救我时，并没有误会你我之间有私情存在。"

贺连城冷笑着反问："难道你我之间现在有见不得人的私情吗？"

这个问题，着实将陆清颜问愣了。

一直以来，都是她一厢情愿地爱慕着贺连城。

可从始至终，贺连城并未给过她任何回应。

即便她住在贺府，与贺连城碰面的机会也少之又少。就算偶尔在府上遇到，贺连城的立场始终很坚定，礼貌而疏离，绝不对她逾矩半分。

见陆清颜被自己问得无言以对，贺连城继续说道："太后与太上皇离京之前将陆姑娘交给我来照顾，为了不辱使命，贺府上下对陆姑娘几乎处处关照、有求必应。我懂的道理，灵儿也懂，所以她再如何糊涂，也断然做不出毒害陆姑娘的事情。你是聪明人，应该有判断是非的能力。在真相查明之前，希望陆姑娘能放下成见，安心养病，时机到时，我自会给陆姑娘一个满意的答复。"

贺连城不想在这个话题上与陆清颜浪费太多唇舌，自从他当日多管闲事，将这尊大神救进家门，前前后后发生了许多不愉快，尤其影响到他与灵儿之间的夫妻感情，这让他心中非常难受。

若不是顾及太后的恩情，贺连城无论如何也不想与陆清颜这种人继续打交道。

陆清颜并没有察觉到贺连城言语中的不耐烦，她沉浸在自己被害的情绪中哀怨地追问："贺公子是不是不敢回答我的问题？假如最后的调查结果证明，真的是灵儿郡主想要杀我，贺公子是依律查办，还是徇私枉法？"

贺连城被这个问题气笑了："陆姑娘既然这么执着于这个问题的答案，我也不介意说出自己的观点。灵儿生于皇家，受众星捧月，先不说太上皇和太后容不得灵儿有半点闪失，即便是当今帝后，你觉得他们会让灵儿被冠上杀人的罪名？"

陆清颜不敢置信地问道："可如果罪证确凿，郡主等于是犯了国法！"

贺连城反问："你倒是说说，她究竟犯了哪条国法？"

"她……她想杀我！"

"你死了吗？"

这四个字，贺连城问得极其无情。

他上上下下打量着陆清颜："能走能坐，能说能喊，我看陆姑娘的身体康健得很。在你性命无忧的情况下，你希望灵儿受到怎样的惩罚？被送进刑部择日处死吗？更何况……"

就在陆清颜被问得无言以对时，贺连城转而说道："种种证据表明，给你下毒之人并不是灵儿。你非要将此事赖在灵儿身上，很难不让人怀疑你的用心。"

陆清颜有些慌神儿，忙不迭地解释："贺公子，你……你误会了。"

贺连城双眼微眯，语气加重："既然陆姑娘提到下毒一事，有一个疑问我很是不解。箭毒木毒性惊人，几乎达到见血封喉的地步。中此毒者，就算不命丧黄泉，也会被折磨得求生不能、求死不得，绝不可能像陆姑娘这般恢复得如此之快。所以我很好奇，究竟是陆姑娘体质特殊，百毒不侵？还是另有隐情，不想告知？"

贺连城能深受皇上的倚重，绝对不是泛泛之辈。

洛千凰临走之前只稍稍提点了他几句，他便揣摩出此事背后肯定藏着什么阴谋。

陆清颜没想到他会提出这么尖锐的问题，色厉内荏地反问："贺公子这话是什么意思？难道贺公子认为是我给自己下毒，想要用毒死自己的方式去栽赃郡主？"

不给贺连城反驳的机会，陆清颜急切地说道："我疯了吧，这么做，对我究竟有什么好处？我再怎么想不开，也不可能拿自己的性命开玩笑。贺公子，你不能为了保护郡主，便将这盆脏水泼在我身上。"

贺连城似笑非笑地说道："陆姑娘不必急着解释，事情的真相还在调查当中，究竟是何人在背后搞鬼，早晚有一天，会水落石出、真相大白。"

思忖片刻，他接着又说："若最后查明下毒的凶手是我妻子，作为夫君，我会代替灵儿接受一切责罚。这样，陆姑娘应该满意了吧！"

陆清颜手足无措地说道："贺公子于我有恩，我从未想过让贺公子受到责罚……"

贺连城没兴趣在这个话题上与她浪费唇舌，打断她的话，径自说道："此次前来，我还有另一件事要当面告知陆姑娘。出城寻找玄铁一事由我一人全权负责，便不劳陆姑娘费心了。"

陆清颜神色大变："咱们不是说好了明日清晨一同启程？"

贺连城说道："陆姑娘身中剧毒，身体羸弱。这种情况下，我怎么能劳烦姑娘随我一同外出奔波。你且留在府中安心养病，其余的事情不必忧心。"

无视陆清颜懊恼的神色，贺连城冷声说："我还有公务要忙，便不留在这里打扰陆姑娘休息了。"说完，贺连城扬长而去，留下神色哀怨的陆清颜，怒也不是、骂也不是，只能恨恨地跺了跺脚，独自承受这样的结果。

离开陆清颜的院子之后，贺连城并没有赶去自己办公的书房，而是踏进了他与灵儿居住的内院。

内院的偏院设了一间小佛堂，玉阮守在佛堂门口，见贺连城大步走来，玉阮赶紧屈膝行礼。

贺连城低声问道："郡主还在里面抄写经书？"

玉阮点点头："皇上派人传旨意过来，如果郡主敢偷懒，自会想办法让郡主付出代价。"

说到这里，她压低声音对贺连城说道："送旨的人偷偷告诉我，皇上派了暗卫在贺府附近监视着郡主的一举一动。郡主敢欺上瞒下，皇上的惩罚将会加倍。"然后，她冲佛堂里面努努嘴："郡主许是被吓到了，吃过早饭之后，一直在佛堂内抄经。"

贺连城听后莞尔一笑，对玉阮说道："难得你家郡主也有被吓到的时候。你别在这里守着了，吩咐厨房备些午膳，稍后去佛堂拿给郡主。"

玉阮应了一声："奴婢这就过去。"

打发了玉阮，贺连城推门而入。

只见小佛堂内，轩辕灵儿跪坐在蒲团上，正一笔一画写着毛笔字。

听到门声响动，轩辕灵儿并未抬头，她语气哀怨地说道："玉阮，说了多少次，不要再来打扰我。"

贺连城轻咳一声，引起轩辕灵儿的注意。

正在写字的轩辕灵儿听到咳声，看到贺连城不请自来，嘴巴顿时嘟得老高："你怎么来了？来看我的笑话吗？"

贺连城走到桌前，打量着轩辕灵儿抄写的字迹，故作严肃地说："我是奉皇上之命，过来监督你有没有偷懒。皇上说了，你刁蛮任性、不服管教，趁太上皇和太后不在宫中，他要抓住机会，好好收拾你一顿。让你吃些苦头，从今以后不敢再为所欲为，横行霸道。"

轩辕灵儿瞬间参毛，将毛笔丢得老远，腾地从蒲团上站了起来，高声叫骂："皇兄他还是不是人？"

因为跪得太久，起得太急，她刚站起身，又狼狈地摔了回去。

就在轩辕灵儿差点摔坐在地上时，贺连城眼疾手快地将轩辕灵儿抱了个满怀。

贺连城关切地询问："摔到没有？"

轩辕灵儿气急败坏地想要将他推开，贺连城却死死抱着她不肯松手。

他嗔怪地骂道："你已经不是小孩子了，说话做事怎么还像从前那般冲动易怒。也不仔细想想，你这火暴的性子，让你吃了多少苦头。"

轩辕灵儿红着眼眶抱怨："我有今天，都是谁害的？"

贺连城反问："是我害的吗？"

轩辕灵儿恨恨地说道："没错，就是你！"

贺连城无辜极了："罚你抄经的人明明是你皇兄，你不怪他，倒将怨气全发泄到我的身上。灵儿，你还讲不讲道理了？"

轩辕灵儿恨恨地在他胸口处掐了一把，生气地说："如果不是你随便往府中乱捡人，我会落得这般下场吗？自从陆清颜住进贺府，府里就没消停过，最可笑的就是，我明明没有害过她，可府中上上下下的人都觉得我任性善妒，甚至还下毒谋害陆清颜。发展到如今这个地步，所有的人都不信我。皇兄也跟着添乱，不但罚我禁足，还逼我抄写经书……"

想到尚未抄写完，轩辕灵儿推开贺连城，一瘸一拐地将自己丢掉的毛笔又捡了回来，哀怨地说道："皇兄派人下旨警告我，三日内不抄完十遍经书，就派人打我十大板，还说这十大板是我先前就欠下的，他正愁没机会发落。"

贺连城忍俊不禁地笑出声："你皇兄吓唬你的话，你也相信？"

说着，他将轩辕灵儿拉到身边，帮她按摩着跪麻的膝盖："也不想想，这些年你做了多少让你皇兄头痛的事情，他嘴上对你喊打喊杀，哪次付诸过行动，伤过你一根头发？也不知道你是真傻还是装傻，随便在外人面前做做样子就好，你倒还死心眼地较起真来。"

轩辕灵儿小声问："皇兄真的只是吓吓我？"

贺连城笑着说："骗你做什么？"

闻言，轩辕灵儿长长松了一口气，再一次将毛笔丢远，一屁股坐在蒲团上，没好气地抱怨："我还以为他真的要趁皇伯父和皇伯母不在的时候修理我呢。"

忽然想到什么，她一把揪住贺连城的衣襟，用下巴指指门外："咱们贺府周围有皇兄派来监视我的暗卫吗？"

贺连城实在见不得曾经飞扬跋扈的郡主殿下整日活在忧虑之中，直言说道："暗卫忙着呢，哪有多余的时间来监视你？你皇兄就是想让你吃些苦头，等他的气消了，你再进宫跟他认个错，这件事也就翻篇了。"

轩辕灵儿不服气地问道："我何错之有？凭什么向他道歉认错？难道皇兄也听信一面之词，认为是我要毒杀陆清颜？"

贺连城摇头否定："皇上不是是非不分之人，在各种证据不足的情况下，怎么会怀疑你是杀人凶手。"

"那他为何罚我禁足抄经？"

贺连城戳戳灵儿的额头："他只是不希望你在腹背受敌的情况下出去惹是生非。明为责罚，实为保护，你皇兄为了你用心良苦，你可不能辜负他的一片心意。"

贺连城的一番解释，倒让轩辕灵儿稍稍舒心。

她转而看向贺连城，问道："你呢，你相信我根本就没害过陆清颜吗？"

贺连城的目光忽然变得无比深邃，他神色严肃地点了点头："哪怕全天下的人都不信你，我也会信你。"

这句话比任何甜言蜜语都让灵儿感到开心，她偎进他怀中，故意撒娇："那你能不能答应我，明日一早和陆清颜出城途中，一句多余的废话都不要同她讲？"

贺连城忍住笑意对她说道："明日一早随我出行的只有侍卫，没有陆清颜。"

轩辕灵儿神色一喜："真的吗？你不与她一同出城了？"

贺连城笑着哄道："郡主殿下这么不喜欢我与她在一起，我当然要识趣一些，讨好郡主。免得郡主哪日看我不顺眼，一怒之下休了我可就得不偿失了。"轩辕灵儿被哄得心花怒放，多日以来积压在心头的阴霾，顿时烟消云散，不复存在。

夫妻俩冰释前嫌的消息很快便传到了陆清颜的耳朵里。

陆清颜听下人讲述事情经过时不动声色，下人前脚刚走，她便气急败坏地撕破手帕，并在心中暗暗发誓，她想要得到的东西，哪怕付出再大的代价，也要据为己有，绝不退让。

第二天一早，天还未亮，贺连城便带着八名随行侍卫出了皇城。

轩辕灵儿目送夫君带人离去，直到贺连城一行人马渐渐消失，玉阮才轻声劝说："郡主，晨风寒凉，快回房吧，万一受寒，大人回来后会怪罪奴婢的。"

看着连城的背影消失在空荡荡的街头，轩辕灵儿神情落寞地咕哝："他这一去，也不知要几日才归。留我一人在府好生无趣，玉阮，你稍后回房整理一下，我想搬进皇宫找皇后做伴。"

玉阮笑道："郡主莫不是糊涂了，皇上罚您禁足留府，别说进宫，就是想踏出这道府门也要得到皇上的恩准。大人出府前千叮咛、万嘱咐，他离京这段时间，不准您惹是生非，一定要乖乖留在府中等他回来。若您贸然离府，岂不是让大人难做？"

轩辕灵儿嗔怪地瞪了玉阮一眼，笑骂："你是我的婢女，怎么处处替别人讲话？"

玉阮扶着轩辕灵儿回了院子，边走边打趣："奴婢是为了郡主着想，郡主可要体恤奴婢对您的一片苦心。况且大人去的地方距京城不远，事情办得顺利的话，两三日也就回来了。"

在玉阮的劝说之下，轩辕灵儿这才打消了进宫的念头。

没想到辰时刚过，带着月蓉和月眉两个婢女的洛千凰竟主动来到了贺府，这让倍觉无趣又懒得抄经的轩辕灵儿十分开怀。

洛千凰给自己来贺府找的理由很是正大光明，以皇嫂的身份亲自来监督招惹兄长动怒的小姑接受惩罚。

轩辕灵儿对皇嫂的"监督"自是欣然接受，将身边不相干的人打发出去，她神神秘秘地将房门掩好，拉住洛千凰的手神采奕奕地说："小千，你来得真是时候，我正琢磨着寻些借口进宫找你，你便主动登门替我解决了这桩难事。"

洛千凰忍不住取笑她："这种特殊时期，你进宫做什么？是要被你皇兄逮到你抗旨不遵，找借口收拾你一顿吗？"

不给轩辕灵儿反驳的机会，洛千凰好言劝道："既然被禁了足，你就安心留在府中消停几日。给陆清颜下毒一事，你皇兄已经派人在查了。虽然种种矛头直指向你，可我相信，你一定是被人冤枉的。"

提起这件事，轩辕灵儿便心中发堵，忙不迭地为自己辩解："我真的没有给陆清颜下毒。"

洛千凰拍拍她的手背以示安抚："我今日来，便是为了这件事情。灵儿，你我皆懂药理，应该了解箭毒木的毒性有多慑人。依你推断，中此毒者，生还率大概是多少？"

轩辕灵儿蹙眉凝思，半晌后给出答案："几乎为零。就算侥幸生还，心肺功能也会迅速衰竭，不出数日必会死亡。"

洛千凰勾唇一笑："可是身中此毒的陆清颜非但没死，从她的脉象来看，她的心肺功能照比常人并无异处。"

轩辕灵儿恍然大悟："小千，你是不是已经猜到了什么？"

犹豫片刻，洛千凰说出心中的疑虑："目前我有两个猜测，其一，陆清颜所食之毒，并非真正的箭毒木，而是与箭毒木毒性相似的其他毒药。如果这个假设成立，那么，具体是什么毒，现在还有待考证，需慢慢调查。至于第二个猜测……"

停顿片刻，洛千凰压低声音对轩辕灵儿低语："我怀疑陆清颜在喝下那碗药之前，应该服用过解药。只有事先喝下解药，她的身体情况才会好转得那么神速。"

轩辕灵儿不敢置信地问道："你怀疑陆清颜自己给自己下毒？"

洛千凰摇了摇头："这只是我的个人猜测，目前尚无确凿的证据。"

"可是……"

轩辕灵儿神色惊惶："箭毒木毒性可怕，万一出什么纰漏，便会搭上一条性命。就算陆清颜想借机冤枉我，也没必要拿自己的生命开玩笑。"

洛千凰并未回答这个问题，转而问道："你与自尽的芳草主仆多年，对她有几分了解？"

这个问题真把轩辕灵儿难住了，她蹙眉思忖片刻，愧疚地说："当日陪嫁过来的八名婢女，只有玉阮是留在我房中贴身伺候的。至于芳草，她对医理方面略有天赋，平时可以帮我打个下手，人还算机灵懂事，所以陆清颜被救回贺府之后，我便安排芳草过去伺候。没想到……"

接下来的话，轩辕灵儿不想再提。

她无论如何也没想到，芳草不但背叛了自己，还在那种情况下选择自尽。

芳草一死，所有的线索全部中断，这让轩辕灵儿的立场变得非常被动。

就算身边的亲人都相信她是无辜的，还是有一部分不明真相之人会将杀人的罪名扣在她头上，让她有口难辩、十分委屈。

洛千凰知道轩辕灵儿心里难过，安慰道："别担心，我会调查到底，还你清白。"

轩辕灵儿苦笑一声："如果芳草真的被人收买，只能证明我这个做主子的做人太过失败，才会让服侍我十几年的婢女心生背叛。也许外界对我的评价并没有错，我刁蛮跋扈、任性无理，久而久之，便失了人心。"

"不许这样妄自菲薄。"

洛千凰打断她的话："灵儿，做人最重要的是自己开心。如果处处都要站在别人的立场去着想，究竟是为自己而活？还是为别人而活？"

"可是小千，为自己而活的下场，并没有我以为的那么快乐。自我嫁入贺府以来，多多少少也知道府中的下人对我这个郡主并不服气。因为我出身于皇家，所以众人顺理成章地认为我高傲自负、不辨是非。他们表面上对我毕恭毕敬，私底下却处处议论我的是非。若非如此，陆清颜入府之后，也不会在那么短的时间内收买人心，让所有的人都偏向于她。"

洛千凰微微皱眉："这件事，你可曾与连城提过？还有你公婆，他们知道吗？"

轩辕灵儿叹息一声："公婆经常出门，留在府中的日子少之又少。至于连城，他整日早出晚归，忙前忙后，我怎么能拿后宅琐事来烦他的心。之前倒是与他抱怨过几句，连城却说是我小肚鸡肠，爱斤斤计较，根本没将我的烦恼当一回事。"

在处理人情方面，洛千凰也是菜鸟一只，她和灵儿一样，活得过于随性，导致无形中得罪了人都不自知。

正因为她们不懂八面玲珑，那些心胸狭窄之人才会对她们心存偏见。

想到近日发生的种种，向来开朗自信的轩辕灵儿难得露出了一脸的伤感。

因为心情过于沉重，脸色也较之从前变得苍白了几分。

洛千凰敏锐地察觉到轩辕灵儿面色有异，关切地问："灵儿，你是不是哪儿不舒服？脸色怎么白成这样？"

轩辕灵儿手捂胸口，蹙眉说道："最近胃口有些差，大概是心情郁结所致，吃什么都不香，见什么人都烦。"

话至此，轩辕灵儿连忙解释："小千，你别误会，你是我最好的朋友，我一辈子也不会烦你。"

灵儿孩子气的言辞让洛千凰不由得发笑，她之所以喜欢与灵儿做朋友，正是因为灵儿有一颗纯良之心，才会让她以诚相待。

她关切地拉过灵儿的手，开玩笑地说："就算你烦我，我也要做你最好的朋友。来，我帮你查查你的脉象，是不是染了风寒生病了。"

探过脉象之后，洛千凰脸色忽然一变。忙不迭地抓起轩辕灵儿的手又仔细检查一番，情绪渐渐变得激动起来。

轩辕灵儿担忧地问："小千，你怎么了？"

洛千凰惊讶地说道："这句话该由我来问你才对吧。灵儿，你知不知道自己已经怀了身孕？"

"啊？"

轩辕灵儿满脸的不敢置信："我怀孕了？"

她又惊又喜，抚摸着自己平坦的小腹急切地看向洛千凰："小千，你没诊断错，我真的怀孕了吗？"

洛千凰对自己的医术极为自信："我怎么会拿这种事情跟你开玩笑。从脉象来看，你的身孕已经超过两个月。灵儿，你自己也懂医术，怎么连这么大的事情都没发现？"

轩辕灵儿语无伦次："我……我月事向来不准，多年来已经习以为常。我以为……我以为……"

她不知该如何形容自己的心情，突然降临的这个小生命让她惊喜交加、手足无措。这种初为人母的感觉让轩辕灵儿既紧张又期待。

洛千凰打心底替灵儿高兴，连忙说道："这可是天大的喜事，等我回宫告诉你皇兄，他就要做舅舅了。"

轩辕灵儿一把拉住洛千凰："先别告诉皇兄，这件事，我希望连城第一个知道。他因公出差，两三日后便会回京。小千，我想给连城一个惊喜，他知道自己要做父亲了，肯定会非常开心。"

洛千凰笑着点头："好好好，等连城回来，你亲自将这个好消息告知于他，再让连城对外公布，贺府即将有喜了。"

洛千凰是真的替灵儿开心，这个小宝宝来得可真是时候，有了孩子的牵绊，连城一定会更加珍惜灵儿，那些想从中搞破坏的人，恐怕要计划落空了。

屋内相谈甚欢的两人并没有发现，一门之隔的外面，有人将她们之间的对话一字不漏地听入耳中。

时光匆匆，又到月末，洛千凰不可避免要以一国之母的身份出席景阳宫的宴会。

出席宴会的人照例是以往的朝廷重臣及家眷，包括当日跪求洛千凰帮忙解除婚约的陈二小姐陈美瑜也在其列。

虽然刚退亲那会儿，陈美瑜的闺誉受了不小的影响，随着时间的流逝，人们已经将此事淡忘了。作为当事人，陈美瑜并不后悔当日的决定。她向往的是郎才女貌、天作之合，而不是将自己的终身幸福托付在一个残废身上。

说得现实一些，陈美瑜对另一半的外在条件非常在意。哪怕对方的家世不比陈家显赫，只要人长得顺眼，便可以满足她的择偶条件。除了以往的那些宾客之外，陆清颜作为刚入场的新贵小姐，也出现在景阳宫的大殿之上。

不得不说，陆清颜在做人方面很有城府，她不但懂得察言观色，笼络人心方面也是个中翘楚。

与贵妇千金们周旋片刻，陆清颜便成功虏获了众人的好感，好多人围在她身边说说笑笑，差点就要将洛千凰这个准皇后的风头盖过去。

轩辕灵儿对这些人奉承的嘴脸很有些看不上，忍不住向洛千凰抱怨："看到了吧，陆清颜就是这么有心机。故意在这种场合笼络人心，争抢风头，不知道她又在憋着什么坏。这种行为和做法，跟她在贺府的行径一模一样。用不了多久，京城的这些贵妇千金，就会被她的外表蒙骗，一个个地拿她当亲生姐妹来对待。"

洛千凰笑着安抚："她们愿意以姐妹相称，由着她们去便是。你平日里素来不喜欢与那些名门千金打交道，又何必在意她们亲疏远近。"

说着，她抬头看了与众人相谈甚欢的陆清颜一眼："这些人极力讨好陆清颜也不是全无道理，现在人人都知道陆清颜是太后的外甥女，有太后为她保驾护航，定会为她寻一门好亲事。在她高嫁之前与她打好关系，日后说不定可以借她的风头为自己造势。灵儿，你不肯给别人亲近的机会，她们自然会将主意打到陆清颜身上。"

轩辕灵儿对此深感不屑："就算高嫁又如何，夫君人品不行的情况下，嫁过去也只是吃苦受罪。"

洛千凰说道："你这样想，别人未必这样想。锦衣玉食、位高权重，是天底下很多人追逐的目标。像你这种生下来就含着金汤匙的天之骄女，自然不必操心这个问题。还有啊……"

洛千凰低声说道："你初怀身孕，不但要注重日常饮食，还要时刻保持愉快的心情，这样生出来的宝宝才会健康活泼。"

想到自己即将成为人母，轩辕灵儿眼底露出一抹笑意，她有些期待，当连城知道她怀上他骨肉的时候，该有多么开怀。

就在轩辕灵儿陷入幻想中时，不远处传来陈美瑜略显拔高的声音："天子脚下，有几人不知镇国之宝混元珠。正因为有了它的加持和保佑，我黑阙皇朝的国运才会日渐鼎盛。听我爹说，混元珠是一位高僧送给朝廷的礼物，当年为了将混元珠请进京城，皇上亲自赶往外省去迎接混元珠，途中经历了许多不为人知的险阻与艰辛……"

这个话题，令在场众人生出了共鸣。

大家七嘴八舌地说出自己的观点，将混元珠说得神乎其神，简直堪比绝世法宝。

陈美瑜并不吝啬自己的赞赏，公然说道："凤太后名望惊人，作为凤太后的外甥女，陆姑娘的能力也不遑多让。为了守护镇国之宝，陆姑娘愿意倾尽全力去打造万机锁，一旦万机锁被打造成功，就等于为朝廷做出重大贡献。"

陆清颜客气地说道："诸位不必如此大惊小怪，这都是我应该做的。"

众人你一言我一语地夸赞陆清颜，说她身为女流之辈，却甘愿像个男子一样为朝廷分忧解难，简直就是巾帼不让须眉的一代楷模。

陆清颜一边享受着众人的美誉，一边又谦虚地表明自己不愿贪功，所做的一切皆是为了朝廷的利益，将忠与义表现得滴水不漏。

陆清颜越是谦卑恭谨，众人对她便越是赞不绝口。

吃了陆清颜好几次闷亏的轩辕灵儿按捺不住心中的腻歪，起身说道："你们这些人还有没有最基本的常识，居然将我黑阙皇朝的国运寄托在一颗珠子上面。虽然混元珠被外界誉为镇国之宝，可真正守护国土安危的，是驻守在边境的那些将士。外敌侵扰时，是他们不顾自身安危上阵杀敌，没有他们在前方奋不顾身地作战，单凭太庙里的一颗珠子，能起到什么镇国之用？"

轩辕灵儿这番话，瞬间在人群中炸开了锅。

陈美瑜因为之前的事情早已对轩辕灵儿心怀成见，此时见她不将镇国之宝放在眼中，就仿佛揪到了她的小辫子，迫不及待地数落道："郡主这番话若是被皇上和诸位大臣听去，说不定会治你一个不敬国宝之罪。混元珠存在的意义有多重大，在座各位人人皆知。虽然守卫疆土的将士们功不可没，但如果没有混元珠的镇守，谁敢保证我黑阙会像现在这般繁荣昌盛？"

其余众人纷纷点头，都认为黑阙能有今天的成就，绝对难以抹杀混元珠的功劳。

轩辕灵儿被这些人的言论气笑了，忍不住反驳："按照你们的说法，无论哪个弱小可欺的国家，只要得到混元珠，就可以咸鱼翻身、一飞冲天，成为无人可以匹敌的霸主大国喽？"

陈美瑜乘机说道："正因为朝廷有这样的忧虑，陆姑娘才会接此重任，为守住混元珠而铸造万机锁。陆姑娘一心一意为朝廷效力的行为，难道不值得我们学习和效仿吗？"

陆清颜露出一个谦虚的笑容："陈小姐过誉了。"

轩辕灵儿翻了个白眼："可真是笑死人了，区区一把万机锁便将某些人抬到至高无上的位置上，你们将皇后当日的功劳置于何处？当初北漠攻打我黑阙时，是皇后娘娘召集动物大军逼退敌人。如果不是皇后亲赴沙场浴血奋战，你们这些养在深闺中的千金小姐哪能过上现在这样锦衣玉食的日子？放着真正的恩人不去感激，反倒将英雄的光环加到不相干的人身上。用'忘恩负义'四个字来形容你们，都不为过。"

洛千凰有心想要劝阻几句，却听陈美瑜呛声道："皇后为朝廷所做出的功劳自是无人敢比，但是郡主，你也不能为了捧高皇后，而辱没陆姑娘对朝廷的一番心意。"

轩辕灵儿向来是争强好胜的性格，没理也要讲出三分，更何况她从不认为国土的完整，需要依靠一颗小小的珠子。

她一一扫视众人，据理力争地说道："你们可真是天真，居然将国家的命脉依托在一颗珠子上面。如果真有战事发生，一颗珠子能护佑朝廷相安无事吗？"

陈美瑜嗤笑一声："郡主，你句句针对混元珠，其实真正让你介怀的，是借住在你们贺府的陆姑娘吧。咱们都听说了，陆姑娘住在贺府期间被人下毒谋害，种种证据表明，杀人凶手就是郡主你本人。真没看出来，郡主竟如此心狠手辣，连太后的外甥女都敢毒杀。你这样的行径，对得起自幼对你呵护有加的太后娘娘吗？"

陈美瑜一时没控制住内心深处对轩辕灵儿的记恨，忘形之下，竟说出这样一番言论。

就算在场的很多人早已听说了发生在贺府的毒杀事件，也不敢当众宣扬出来。

有些事，大家私下里传传就好，一旦搬上台面，就会影响到很多人的利益。

陈美瑜因为之前与柳家退婚一事闹得颜面扫地，她将这份屈辱算在轩辕灵儿的头上，总想寻个机会报复回来，所以才口没遮拦地将不久前听到的八卦当众说出来。

洛千凰闻言瞬间变脸，她一改温顺贤良的形象，厉声斥道："陈美瑜，你可知污蔑郡主，该当何罪？"

陈美瑜第一次看到好性子的皇后娘娘大发雷霆，脑子有些发蒙，醒过神时才知道害怕。她"扑通"一声跪倒在地，忙不迭地赔罪："臣女一时口快，还请娘娘息怒。"

洛千凰冷冷看着跪地求饶的陈美瑜："一时口快，就可以随意给别人扣上莫须有的罪名？郡主行得直、走得正，凭什么要被不明真相之人妄加指责？当着我的面都敢胡言乱语，背后指不定嚼了郡主多少是非。陈美瑜，后宫是讲规矩的地方，可你数次随心所欲、违反宫规，再不制止，别人倒以为是我这个做皇后的无能。来人，陈美瑜捏造是非、有辱皇威，掌嘴二十，以儆效尤。"

一直以来，洛千凰很少会利用皇后的身份压制这些豪门女眷。

她始终坚信一个原则，我敬重你的同时，你也会用同样的态度来尊重我。

而事实上，有些人会不停地去试探别人容忍的底线，察觉到别人好欺负了，便会得寸进尺、为所欲为，根本不将她这个皇后放在眼中。

既然陈美瑜这样不识好歹，洛千凰不介意在众人面前杀杀她的锐气。

另一方面，她也想借这个机会提醒众人，在没有确凿证据的情况下，休要给灵儿扣上莫须有的罪名。

宫人们得了皇后的命令，动作迅速地扭住陈美瑜的双肩，行刑的太监拿着专门掌嘴的木板，对着陈美瑜的嘴巴左右开弓。

二十下很快打完，再看陈美瑜的嘴，已经红肿不堪，鲜血直流。

陈美瑜被拖下去时，景阳宫一片死气沉沉。

洛千凰今日的举动，震惊了在场的所有人。

谁都没想到，像软柿子一样好捏的皇后，居然也有发威动怒的一天。

尤其是轩辕灵儿，她一边为小千替自己出头心生感激，一边又为自己目前的处境感到无奈。难道真的是她做人太过失败，才导致这些名门闺秀一个个迫不及待地想要将她拉踩下去？

众人各怀心事时，始终未作声的陆清颜趁人不备，冷笑了一声。

今天这场戏，唱得可真是精彩。

她心中非常清楚，那二十记嘴巴表面看着是在责罚陈美瑜的口没遮拦。

实际上，洛千凰想借这次立威给她提个醒，让她不要兴风作浪，搞小动作。

皇后娘娘的这招借刀杀人，表演得非常成功，她陆清颜必不负所望，将这笔账深埋于心。

第一百〇五章

遭算计噩运临头

千凰令
（九）
步步成谋

QIAN HUANG LING JIU
BUBU CHENG MOU

164

在玉阮的陪同下，轩辕灵儿拿着御赐的令牌来到皇家太庙。

太庙内供奉着皇家先祖，每年正月初一，皇上都会率领文武众臣来到太庙祭祀，求祖宗保佑国泰民安、风调雨顺。年年如此，从未中断。

又逢初一，虽不是正月，作为轩辕家族的嫡传血脉，轩辕灵儿提着祭祀用的供品和鲜花，来到太庙给祖宗磕头。

她暗暗祈求轩辕家的老祖宗保佑她腹中的胎儿顺利出生、平安长大。

自从法华寺遭刺客突袭，偌大的寺院便被官府暂时查封，朝廷有令在先，幕后指使者被揪出来之前，解封之日将遥遥无期。

经此一事，很多信奉佛祖的香客为了烧香许愿，只能在初一、十五去比较偏远的寺院上香祈福。

因路途遥远，还要途经几条山路，无形中给虔诚的香客们增加了不少麻烦和负担。

身为郡主的轩辕灵儿并没有这方面的担心，只要是皇家成员，皆有资格出入皇家太庙。

何况轩辕灵儿手中还有御赐的令牌，这块令牌是她皇伯父在位时，亲自赐给她的皇家通行令。

在不触犯朝廷利益的情况下，轩辕灵儿可以拿着这块令牌走遍皇宫的每一个角落。

因此，当她拿着令牌来到太庙时，负责守护太庙的差役非但没有阻拦，反而毕恭毕敬地将郡主殿下给请了进去。

给列祖列宗磕完头，轩辕灵儿在玉阮的搀扶下慢慢起身。

玉阮过于小心的样子，令轩辕灵儿忍俊不禁："只是怀孕而已，又没有变成残废，你这处处谨慎的样子，倒让我觉得紧张起来。"

玉阮不认同地回道："怀孕的前三个月是危险期，郡主自己就是大夫，岂会不懂这个道理。依奴婢之见，您应该等大人回来之后再来太庙给祖宗上香，有大人在旁边照顾，奴婢也能放心一些。"

轩辕灵儿亦步亦趋地向庙外走去，边走边解释："前日我无意中听府里的嬷嬷说，民间有一个习俗，怀上身孕的女子，必须在第一时间将这个喜讯告知已故的先人，只有这样，腹中的胎儿才会在祖宗的保佑下茁壮成长，直到健康降生。"

玉阮微微蹙眉："奴婢怎么从未听说过这个习俗？郡主，您是听哪个嬷嬷说的这话？"

轩辕灵儿思忖片刻，说道："好像是负责后厨的刘嬷嬷，她是贺府的老家仆，在府中当差十几年，阅历和见闻自是比我们这些年轻人多出许多。那日我听她在后院与几个婢女闲聊，无意中说到怀孕生子这个话题，便留心多听了一耳朵，才知道民间的这个习俗。"

玉阮恍然大悟："原来是后厨的那个刘嬷嬷，早知如此，该多向她打听一些注意事项才对。"

轩辕灵儿连忙制止："连城回来之前，我不想对外宣扬怀孕的消息。如今只有你与皇后二人知道我怀了身孕，玉阮，你谨记，回府之后你不准到处乱说。如果人人都知道我怀了身孕，传到连城耳朵里，我便不能给他制造惊喜了。"

玉阮忍笑点头："好好好，郡主说什么便是什么，奴婢全听郡主安排。"

主仆二人说说笑笑地离开太庙，在玉阮的搀扶下，轩辕灵儿坐进了回府的车轿，由玉阮负责赶车，车子启程没多久，忽然毫无预兆地停了下来。

过大的惯性，害得轩辕灵儿差点摔倒，好不容易坐稳了身子，她懊恼地拉开车门，刚要开口斥责玉阮，就见一个身穿贺府侍卫服装的男子满脸是血地摔倒在马车前。

玉阮显然是被吓呆了，惊慌无措地坐在车夫的位置上不知所措。

见郡主推门而出，这才从震惊中缓过神："郡……郡主，这个侍卫突然之间跑过来，奴婢还来不及反应，他就摔倒在车前，看上去应该伤得不轻。"

轩辕灵儿顾不得责怪玉阮，提着裙摆匆忙下车，去打量车前受伤的侍卫。

大量的血迹掩盖住侍卫原本的样貌，但侍卫身上穿的这身衣裳，对轩辕灵儿来说并不陌生。

三天前，连城带人去外省办差，随他一起出行的侍卫，穿的便是这套衣服。

贺府侍卫的服装也分三六九等，深受主子信任的侍卫，与普通侍卫的穿着打扮并不相同。

从衣裳的款式来判断，这个侍卫在连城身边应该颇有地位。

轩辕灵儿来不及细想，忙不迭地抽出腰间的丝帕去擦拭侍卫脸上黏稠的血迹。

她边擦边问："告诉我，你是贺几？"

连城身边的侍卫都按数字排列，排名前九的侍卫，都是他身边的心腹。

因为受伤的缘故，侍卫的气息有些微弱，他并没有回答自己是贺几这个问题，而是哑着声音说道："大人出事了，此次出城，随行的侍卫全部被杀，他受伤严重，目前在城西的破庙中寸步难行。他……他让属下给郡主报信，让郡主速速去城西救他。"

撑着最后一口力气说完，侍卫轰然倒地，已不省人事。

轩辕灵儿被这突如其来的消息吓到了，得知连城身受重伤的那一刻，她脑海中乱作一团，已经失去了正常的思维。

对她来说，连城是世间唯一不可取代的存在，她不敢想象如果连城有个三长两短，自己该如何去面对未来的人生。

玉阮略带哽咽的声音自耳边传来："大人受伤了，这……这可如何是好？"

轩辕灵儿此时也是六神无主，她和玉阮所身处的这条街巷人烟稀少，想拜托路人报官求救都找不到人影。

想到连城在城西破庙等待救助，轩辕灵儿再也按捺不住心中的担忧，对玉阮吩咐："快，立刻驾车去城西救人。"

玉阮哭着问："郡主，出了这么大的事情，不用进宫去禀报皇上吗？"

轩辕灵儿急着吼道："这都什么时候了，再耽误下去，你家大人就没命了。快别愣着，你立刻随我去城西破庙。"

玉阮不敢违抗郡主的命令，忙不迭地驱赶马匹，驶向城西。

前行的途中，轩辕灵儿满脑子想象的都是连城重伤不治的悲惨画面。

如果事情真的如侍卫所说，连城在途中遭遇了不测，她绝对无法接受连城年纪轻轻便离开自己的这个可怕局面。

思及此，她对赶车的玉阮吩咐："再快一点，别耽误救人的最佳时间。"

车外传来玉阮的回应，原本就在疾速行驶中的马车，仿佛比之前更快了几分。

出了城，人烟渐渐变得稀少，官道两旁长满了郁郁葱葱的杂草，天边偶尔飞过几只乌鸦，给空旷的郊外增添了一丝诡异的气氛。

坐落在西郊的那座破庙已经空置了十几年，庙里的和尚早已离开，庙中供奉的佛像因长年无人打理而蒙上了一层厚厚的灰尘。

几年前，轩辕灵儿外出采药时，曾在破庙内歇过脚，因此对那里的情况并不陌生。

她在心中默默祈祷，连城一定不可以有事。

如果可以，她愿意用自己的寿命来保佑连城安然无忧。

就在轩辕灵儿急得不知所措时，只听外面传来玉阮的尖叫，下一刻，疾行中的马车就像失控一般横冲直撞。

不知发生何事的轩辕灵儿打开车门正要一探究竟，惊讶地发现玉阮胸口中了一箭，鲜血染红了她的衣襟，她歪倒在车夫的位置，手中的马缰早已脱落。

未等轩辕灵儿去探查玉阮是生是死，同样中箭的马儿也在狂奔一段时间之后摔倒在地。

它这一摔，身后的马车也跟着轰然倒地。

车里的轩辕灵儿根本来不及做出反应，便被甩出车外，滚落倒地。

突如其来的变故让轩辕灵儿陷入恐慌，她下意识地捂住小腹，想尽一切办法不让自己的肚子受伤。

饶是如此，从马车上摔落的瞬间，剧烈无比的疼痛还是给她带来了毁灭性的打击。

此时，她脑海中闪过一个可怕的念头。

六神无主的她仅仅因为侍卫的一句话便冲动地带着玉阮出了城门，这一切，会不会是心怀不轨之人专门为她所设的一场局？

连城幼时与皇兄一同学习武术，身边还有那么多高手随行保护，按常理来判断，他应该有极为强大的自保能力，怎么可能会落得全军覆灭的下场。

还有那个看不清样貌的侍卫，怎么会那么巧地在街头拦住她的马车？

如果连城真的出了意外，留着活口的侍卫应该在第一时间将此事汇报到御前，而不是让她一个女流之辈独自来城西救人。

当轩辕灵儿被甩下马车的一瞬间，很多理不清的头绪，逐渐变得清晰起来。

她猜想，连城可能根本就没有受伤，在背后搞鬼之人的真正目的是想要将她置于死地。

玉阮中箭，说明这附近应该有人埋伏。

轩辕灵儿不敢再想下去，费了九牛二虎的力气从地上爬起来，踉踉跄跄走向玉阮，小心翼翼地探向她的鼻息，绝望地发现，前一刻还在太庙跟她有说有笑的玉阮，已经气绝身亡，停止了呼吸。

欲哭无泪的轩辕灵儿意识到自己难逃此劫，她不知道附近究竟有没有埋伏，放眼四周没有人烟，除了玉阮和马儿的尸体，周围几乎没有活物。

被甩出马车时，她脚腕扭伤，疼得冷汗直流。

撑着最后一口气力，她不顾一切地走向破庙。

不管连城是否受伤，她定要去那破庙之内一探究竟。

当轩辕灵儿拖着几乎失去知觉的右腿赶到破庙时，果然如她所料，除了满满的灰尘之外，破庙内空无一人。

她被骗了！

呵！没想到她轩辕灵儿，有朝一日也会落得如此悲惨的下场。

她不想死，至少不想在这种不明不白的情况下被人害死。

就在她求救无门时，猛然想起不久前小千送给她的那只哨子。

她颤颤巍巍取出挂在颈间的牛角口哨，使尽全力吹出了一记震天的哨声。

龙御宫内，身穿家居装的洛千凰坐在庭院的石椅内，拿着小剪刀帮教主修剪屁股周围过长的毛发。

今日阳光格外灿烂，教主被阳光晒得懒洋洋的，闭着双眼仿佛进入梦乡。

月眉坐在不远处，手里绣着一块丝帕，穿针引线的同时，她习惯性地跟自家主子聊着家常。

"陈二小姐在景阳宫受刑一事传得沸沸扬扬，经此一事，娘娘算是在人前立了一次威。从今以后，哪个不长眼的敢在娘娘面前得寸进尺，就仔细想想陈二小姐的下场，是不是她们能够承受得起的！"

月眉对自家主子总算威风一次的做法深感欣慰。

主子在民间长大，接受的思想和教育让她习惯于对所有的人都以礼相待。

哪怕主子现在的身份已经贵为皇后，仍旧认不清自己的立场，对别人处处忍让，只要面子上过得去，绝不会利用她国母的身份欺压旁人。

陈美瑜大概摸清了皇后就是一个好捏的软柿子，一次又一次去触碰皇后对她容忍的底线。

最后终于惹怒皇后，受到惩罚，让人觉得畅快无比。

洛千凰并不觉得自己在景阳宫责罚了陈美瑜有什么值得炫耀的，她低声咕哝："长此以往，早晚有一天，我会变成自己最讨厌的那个样子。"

月眉对此很不认同："娘娘怎么可以这样评价自己？您只是做了皇后该做的事情，连皇上对此都毫无异议，您又何必妄自菲薄？"

洛千凰叹了口气："月眉，你不明白。"

月眉说道："奴婢明白。娘娘想让自己活得纯粹一些，可您现在所身处的位置，注定没办法像普通人活得那样肆意。那日在景阳宫，您其实并不想用那种极端的方式为自己立威。可陈二小姐德行有亏，继续容忍下去，只会助长小人气焰，让他们蔑视皇权，不懂尊卑。"

听月眉说得头头是道，洛千凰不禁失笑："月眉，没看出来，你的心思竟这样通透。"

月眉露出一个腼腆的笑容："奴婢当年在将军府侍奉王妃，自然要学一些察言观色的本事。"

月眉口中所说的王妃，便是洛千凰的母亲墨红鸾。

墨红鸾非常了解女儿的软糯性格，因此在洛千凰出嫁之前，特意为她挑了几个性情爽利的婢女，就是担心有朝一日，女儿被人欺负到头上时，这些婢女可以站出来为女儿出头撑腰。

想到自己已经离京数日的父母，洛千凰失神地说："也不知爹娘现在到了何处，出城这么久，也不见有人送封平安信过来。"

月眉笑着劝道："从京城到封地，最快也要半个月，是娘娘思亲心切，才会觉得时间过得如此之慢。至于平安信，娘娘且再稍等几日，等王爷王妃到了封地，必会派人快马加鞭将信件送至京城给娘娘报平安的。"

洛千凰略感失落地点了点头："但愿如此吧。"

嘴里这么说，心底却空荡荡的没个着落。

不知是不是她多想，总觉得心中难安，好像有什么不好的事情即将发生。

就在洛千凰心神恍惚地陷入思绪中时，头顶传来一道刺耳的鸟鸣声。

抬头一看，一只身形硕大的花鹦鹉从高处飞下，准确无误地落在洛千凰肩膀上。

随着鹦鹉的出现，一股刺鼻的血腥味也迎面扑来。

鹦鹉忽然开口说话，咬字虽然不是很清楚，却还是将它的意思表达了出来："城西破庙，灵儿遇难，求小千前去解围。"

醒过神时，洛千凰才发现鹦鹉的脚上绑着一只带血的布条。

听到"灵儿遇难"这几个字，洛千凰便意识到可能有大事发生。

她忙不迭地解下鹦鹉腿上的血布条，展开一看，上面用鲜血写着一行字：小千，有人拿连城的安危诱我来城西破庙，玉阮已死，我受伤难行，快来救我。

匆匆看完布条上的字迹，洛千凰立刻对月眉下令："派人去禀告皇上，就说郡主出事了。"

说完，她又对教主吩咐："立刻跟我出宫救人。"

洛千凰可以怀疑人类，却绝对不会怀疑动物。

这只鹦鹉之所以会找到这里，十之八九是不久前她送给灵儿的那只哨子起到了作用。

再多的事情她不敢细想，不管背后藏了多少阴谋，这一刻，洛千凰只希望灵儿能够相安无事，包括她肚子里那尚未出生的孩子。

闭眸休息的教主感知到主人的不安，虎躯一震，示意洛千凰骑到背上。

洛千凰不敢浪费半点时间，跳上虎背，在月眉不知所措的叫喊声中离开了皇宫。

同一时间的议政殿内，发生了一件震惊朝野的大事。

镇国之宝混元珠于太庙之内离奇失踪，前来汇报此事的差役在陈述事件经过时，语气笃定地说道："按照规定，负责看守太庙的侍卫，每隔一个时辰，便会进太庙的正殿之内查看混元珠是否有被窃取的迹象。多年来一向如此，从未出过任何纰漏。可就在今晨卯时三刻，轮到卑职进太庙查看时，发现摆放混元珠的供台之上，已经空无一物。"

听完差役讲述的大致经过，议政殿的文武官员，包括主位上的轩辕尔桀全部露出震惊的神色。

性格比较冲动的冯白起按捺不住心中的焦虑，急切地说道："混元珠突然失踪，会不会是那些野心勃勃的国家已经在暗中采取行动了？陆姑娘当日有言在先，不少国家对咱们黑阙的镇国之宝心生觊觎。没想到他们动作如此之快，情报刚被朝廷获知，便不声不响地将混元珠从太庙窃走。皇上，此事涉及国家安危，朝廷必须彻查到底。"

就在冯白起义愤填膺地斥骂周边国家不讲道义时，负责汇报情况的那个差役忽然又说："冯将军切莫冲动，混元珠虽然消失于太庙的供台之上，卑职的下属在距太庙不远处的茅房如厕时，意外地在茅坑旁边发现了混元珠。"

此言一出，连沉稳内敛的轩辕尔桀都变了脸色。

他不敢置信地问："你是说，混元珠被人丢进了茅坑？"

这可比混元珠被其他国家窃走还要让人无法忍受。

要知道，混元珠被视为镇国之宝，其意义和存在价值是神圣不可侵犯的。

它可以成为圣物被人争抢，像垃圾一样被丢进茅厕弃如敝屣，真是莫大的羞辱！轩辕尔桀厉声质问："何人如此大胆，敢对皇家圣物如此不敬？"

差役伏跪在地上瑟瑟发抖，颤着声说："卑职，卑职不敢妄言。"

轩辕尔桀瞪向差役："你给朕实话实说，如有隐瞒，朕绝不姑息。"

在皇上的龙威之下，差役吞吞吐吐地说道："今天清晨，灵儿郡主带着婢女，以给皇家列祖列宗祭祀为由，拿着太上皇当日御赐的令牌，曾在卯时一刻，出现在太庙正殿。"

灵儿郡主的名讳被提出来时，站在诸位大臣中默不作声的贺连城脸色一变。

出城去寻玄铁的贺连城不辱使命，经过整整三日的奔波，终于带着玄铁于今日寅时一刻抵达京城。

进京之后，他并没有在第一时间回到贺府。

其一，寅时一刻天尚未亮，这个时间回府，恐怕会影响灵儿休息。

其二，早朝时间即刻到来，他想着先进宫交差，下朝之后再回府去见家人。

从差役口中得知混元珠无故失踪时，他内心深处也是颇为震撼，不敢相信被严密保护的混元珠，竟遭人窃取，无故失踪。

还未等他从这起荒唐事件中回过神，便从那差役口中得知，灵儿曾带着婢女去过太庙。

好端端的，灵儿去太庙那种地方做什么？

他与灵儿相识多年，对灵儿的脾气颇有了解，不管是求神拜佛还是给先人祭祀，灵儿向来是不屑一顾的。

突然性情大变跑去太庙，目的为何他不敢细想，只天真地希望是那个差役看错了人，一切都是一场乌龙。

就在贺连城百般纠结时，轩辕尔桀代替贺连城问出了心中的不解："现下并非正月初一，郡主以什么名义去太庙祭祀？"

"这……"

差役似乎被这个问题给难住了，犹豫了片刻，小心翼翼地回道："郡主来到太庙时，直接将太上皇赐予的令牌递到卑职面前，卑职看到令牌后不敢过多询问，只能放郡主进入太庙。"

冯白起连忙问道："郡主进太庙之前，混元珠是否还在？"

差役不敢隐瞒，简单地回了一个字："在！"

冯白起就像抓到了轩辕灵儿的小辫子，迅速得出结论："也就是说，混元珠是被郡主拿走的？"

差役不敢承认这个结果，跪伏于地默不作声。

议政殿内，至高无上的皇上是郡主的兄长，前途不可限量的贺大人是郡主的夫君，无论是皇上还是贺大人，都不是他一个小小的差役得罪得起的。

本着多说多错、不说不错的原则，差役只拣自己知道的说，不知道的，他一概不会承认。

贺连城见不得别人这样诋毁灵儿，忍不住开口辩驳："没拿到确凿的证据之前，还请冯将军切勿妄言。"

冯白起冷哼一声："贺大人作为郡主的夫君，处处偏帮郡主出头我能理解。如果被郡主窃取的是寻常珠宝，以郡主在黑阙的身份和地位，众人睁一只眼、闭一只眼的绝对不会过多计较。可混元珠对我黑阙来说意义非凡，郡主任性妄为地将混元珠作为争风吃醋的筹码来耍玩，一旦影响我黑阙国运，贺大人担得起这个后果吗？"

贺连城不为所动地说道："还是那句话，冯将军将偷窃的罪名冠到郡主头上，必须拿得出有力的证据。"

冯白起据理力争："今日并非正月初一，郡主无缘无故去太庙做什么？"

贺连城极力为轩辕灵儿寻找借口："现在虽不是正月，却也是初一。郡主身为皇家的嫡传血脉，在初一、十五这样的日子去太庙为祖宗祭祀并无过错。"

冯白起冷笑："既然郡主有这样的孝心，往日里怎么不见她带着供品去太庙祭祀？还有，她没去太庙之前，混元珠好好地被安放在太庙之内。郡主前脚刚走，混元珠便离奇失踪，失踪也就罢了，偏偏还在不久之后被人从茅厕内找到。这种事情，天底下大概只有不将皇权放在眼中的灵儿郡主才做得出来吧？"

贺连城还要为轩辕灵儿辩驳几句，就听吏部尚书陈明举说道："贺大人护妻心切，我等同僚都能理解。但贺大人必须清楚一件事，每月月尾，朝臣女眷都会接受皇后的邀请去景阳宫赴宴。今次宴席，除了以往那些女眷之外，陆清颜陆姑娘也在其列。贺大人初回京城可能还没听说，赴宴期间，灵儿郡主与众女眷曾因为混元珠发生过激烈的争执。陆姑娘为守护混元珠下决心制作万机锁，此举赢得众人赞誉。灵儿郡主大概对陆姑娘心怀成见，不但当着众人的面排挤陆姑娘，还口无遮拦地诋毁混元珠的意义与价值。如若贺大人不相信老臣所言，可以让在场的诸位同僚出面做证。这件事，就连皇上也曾听说一二。"

陈明举虽然对女儿当日毁了柳家婚约一事深表不满，却也容不得女儿在人前受下那样的委屈。

因此，当冯白起处处针对轩辕灵儿时，陈明举很愿意助其一臂之力，将无法无天的轩辕灵儿从神坛上拉下。

轩辕尔桀并未应声，他从小与轩辕灵儿一同长大，对妹妹的脾气秉性颇为了解。

混元珠忽然失窃，又在茅厕这种脏污之地被找到，这种幼稚又可笑的事情，的确符合轩辕灵儿的做事风格。

潜意识里，他不愿接受这个事实。

可理智却告诉他，轩辕灵儿这样胆大妄为的行径，已经到了不收拾不行的地步。

真没想到，从小宠到大的妹妹，有朝一日竟变得这般无法无天。

轩辕尔桀气怒交加，恨不能立刻便将他那个不懂事的妹妹就地正法。

为了争风吃醋，连朝廷的利益都全然不顾，再继续纵容下去，他不敢想象轩辕灵儿还会做出怎样惊人的举动。

贺连城容不得旁人这样指摘灵儿，只能求助般地看向轩辕尔桀："皇上也认为混元珠失窃一事是灵儿所为？"

众臣面前，轩辕尔桀并不打算偏袒灵儿，他如实说道："灵儿与众臣女眷的确在景阳宫因为混元珠一事发生过争执。朕以为，这只是姑娘家之间的小打小闹，没想到隔日便发生这种糟心的事情。连城，混元珠对朝廷来说具有怎样的意义，不必朕与你细说，你心中也该非常清楚。如今出了这样的事情，就算朕顾念血脉亲情饶过灵儿，也要问问在场的大臣能不能接受这个结果。轩辕灵儿藐视皇权、侮辱镇国之宝，细究下来，她犯的可是杀头的重罪……"

贺连城不愿接受这个事实，他按捺住心中的焦躁，急切地说道："不管此事是不是灵儿所为，臣请求皇上，将这个差事交给臣亲自去办。"

冯白起冷笑："贺大人该不会趁机徇私，想要大事化小、小事化了吧？"

贺连城回得铿锵有力："假如灵儿行窃之事罪证确凿，我自会以灵儿夫君的身份给朝廷及诸位大臣一个满意的交代。"

冯白起略有不甘地说道："但愿贺大人言而有信，说到做到。"

贺连城没有理会冯白起，转而看向那个陈述事件的差役："你可知郡主离开太庙之后去了何处？"

差役不敢有半点隐瞒，如实回道："卑职不知。"

就在这时，一个小太监踉踉跄跄从殿外跑了进来，进殿后便跪地说道："皇后娘娘派奴才过来给皇上报信，娘娘说灵儿郡主去了城西破庙，求皇上派人前去支援。"

轩辕尔桀眉头微皱："发生了何事？郡主为何会去城西破庙？"

小太监年纪不大，从样貌来看只有十五六岁。

他是临时被人派来传话的，让他传话之人只说灵儿郡主目前人在城西郊外，让他赶紧过来知会皇上。

他不敢在天子面前胡言乱语，只能模模糊糊地回道："奴才也不知道究竟发生了何事，皇后娘娘说郡主去了城西，似是发生了什么意外，求皇上立刻派人过去。"

冯白起酸言酸语地说道："郡主自知惹下滔天大祸，该不会是想要趁机逃跑吧。"

贺连城顾不得细问，转身对轩辕尔桀说道："臣这就带人赶往城西，亲自将郡主带回京城给皇上审问。"

说完，他带着一股说不出来的怨气与憋闷，率领麾下侍卫，匆匆离开了皇宫。

赶往城西的途中，贺连城不止一次质问自己，在这段婚姻中，他究竟哪里做得不尽如人意，为何灵儿三番五次惹下是非，被外人抓住把柄揪着不放……

离京寻找玄铁之前，他不止一次向她表明，此生绝不负她，只求她安生本分，不要总仗着郡主的身份去外面惹是生非。

连镇国之宝都可以拿来戏耍，甚至还将那么神圣的东西丢进茅厕，就算皇上和朝臣不说，他也知道，这种缺德又无知的事情，只有他那个被宠坏了的妻子才干得出来。

如今惹下这样的事端，他几乎可以想象，就算皇上顾念兄妹之情，犯此大错的灵儿也注定逃不过律法的严惩。

他一边忧心灵儿的安危，一边又懊恼灵儿为何这般不懂事，凡事就不能忍一忍，别像小时候那样无法无天吗？

带着这种怨气，贺连城快马加鞭，飞也似的赶往城外。

与此同时，遭人暗算的轩辕灵儿正躲在城西破庙附近等待救援。

因为脚踝在被甩出马车那一瞬间摔得剧痛无比，等待的过程中，她一边防备敌人偷袭，一边用随身携带的救急药材给自己疗伤。

由于事发突然，脉象有些不稳，情绪的大起大落导致她心绪不宁、惊恐不安。

她隐隐意识到腹中的胎儿有些危险，在这段时间内，轩辕灵儿又惧又怕，她将所有的希望全部寄托到那只给小千报信的鹦鹉身上。

小千赶来城西之前，她不但要保证充足的体力，还必须确保腹中的胎儿安然无恙。

她在心中给自己打气，拼命告诉自己，轩辕灵儿，你是当之无愧的天之骄女，有皇族血脉为你护法，这场劫难，你一定可以安然无恙地躲过去。

带着这种不屈的信念，她暗暗祈求老天爷，只要能保她渡过此劫，她愿意为此付出任何代价。

就在轩辕灵儿耐着性子等待小千赶来搭救自己时，忽听一阵凌乱的马蹄声由远及近。

如此空旷的郊外，突然出现马蹄声，这让身心俱疲的轩辕灵儿倍感担忧。

当策马之人慢慢接近，她黯淡的双眼忽然生出激动的光芒。

"连城……"

轩辕灵儿几乎不敢相信自己的眼睛，虽然赶到破庙的时候便已经确定连城并没有生命之忧，亲眼看到英姿飒爽的贺连城像天神一样赶过来营救自己，她还是被深深地感动到了。

小千果然不负她所望，在这么短的时间内便将她落难的消息通知给连城。

轩辕灵儿按捺不住心中的雀跃，强忍着脚踝处传来的剧烈疼痛，挣扎着起身，像个受尽委屈的孩子一般朝贺连城的方向奔过去。

带着侍卫赶到破庙的贺连城，在看到轩辕灵儿身影的那一刻，原本存有的侥幸心理落了空。

灵儿无缘无故出现在城西，难道真的如冯白起所言，自知惹下大祸之后准备逃跑？

灵儿，你果然做了让我失望的事情吗？

贺连城又是悲愤又是伤心，他根本不敢想象，一旦混元珠失窃的事情真的是她亲手所为，将会在朝臣的威胁下面临怎样的惩罚。

灵儿啊灵儿，为了一时之快，你怎么能如此糊涂？

与轩辕灵儿的距离越近，贺连城对她的不满和失望便越来越重。

他从不后悔此生娶灵儿为妻，唯一叹息的就是没能尽到丈夫的责任，在大婚之后好好管教自己的娇妻。

皇上不止一次忠告过他，婚后一定要给灵儿立规矩，千万不要将她宠坏了。

他每次都是左耳进、右耳出，觉得妻子是用来宠的，而不是用来管的。

事实证明，过度的娇宠，非但没有让灵儿在为人妻后慢慢成长，反而越发习蛮放纵，连国家律法都可以置若罔闻。

看着轩辕灵儿不顾一切地扑向自己时，贺连城一改往日的温文儒雅，冷着脸对两旁侍卫下令："把她绑起来！"

跑至一半的轩辕灵儿听到这冰冷的命令，脸色瞬间变得极其难看。

几名侍卫纷纷下马，大步流星地朝轩辕灵儿这边走过来，拿出绳索，做出一副要将她五花大绑的动作。

轩辕灵儿瞪向众人："你们这是什么意思？"

贺连城并未下马，居高临下地看着让他痛心疾首的轩辕灵儿："既然犯了错，就该做好接受惩罚的准备。"

轩辕灵儿听得一头雾水，忍不住反问："我何错之有？"

贺连城冷笑一声："灵儿，你永远都是这样，哪怕给别人造成再大的伤害，也会表现出一副无辜的样子，从来不认为自己有错。"

轩辕灵儿越听越糊涂："所以我究竟犯了什么错？"

贺连城失望地看着她："你做了什么，自己心中非常清楚，难道还要我当着这么多人的面重复一次？"

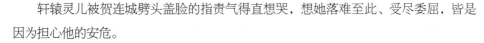

轩辕灵儿被贺连城劈头盖脸的指责气得直想哭，想她落难至此、受尽委屈，皆是因为担心他的安危。

可贺连城却无视她的满身狼狈，像个煞神一样要将她五花大绑，他究竟是来救她的？还是过来抓她的？

就在轩辕灵儿失神之际，侍卫已经带着绳索越逼越近。

轩辕灵儿岂能容忍他人冒犯自己，尖声吼道："我倒要看看，今天谁敢动本郡主一下。"

侍卫们慑于她尊贵的身份不敢贸然上前，拎着绳索僵在原地不知所措。

贺连城翻身下马，一把从侍卫手中夺过绳索，气势汹汹地走向轩辕灵儿，不顾她的叫喊与反抗，粗鲁地扭过她的手臂，欲用绳索将她捆牢。

贺连城冷酷狠辣的行为彻底激怒了轩辕灵儿，她奋力挣扎反抗，几乎使出了吃奶的力气。

贺连城被她胡乱挥舞的手臂打了一下，发出"啪"的一声脆响。

轩辕灵儿不肯配合的举动让贺连城更加恼怒，冲动之下，他再无半点怜惜之情，踹了轩辕灵儿的小腿一记，不客气地将她扭跪在地。

这一脚虽然不是很用力，脚踝处受伤严重的轩辕灵儿在毫无防备的情况下挨了这一脚，重心不稳地向地面摔倒。

这一下，她摔得结结实实，没有半分保留。

因为手臂被扭，小腿吃痛，冷汗瞬间顺着额头流了下来。

小腹处传来一阵难耐的剧痛，轩辕灵儿不受控制地打了一个大大的冷战，随之而来的，是一股温热的液体自腹下涌出。

那一刻，身为医者的她清楚地意识到，她拼命想要保住的孩子，恐怕已经没有了。

贺连城并没有注意到轩辕灵儿的不对劲，当她摔倒的时候，他顺势从背后捆住她的双手。

这时，洛千凰在教主的带领下飞奔而至，当她看到灵儿被贺连城像囚犯一样捆住手腕时，失声尖叫："连城住手，灵儿怀了你的孩子……"

随着洛千凰的这声提醒，贺连城才后知后觉地看到轩辕灵儿的裙底处不知何时竟被殷红的鲜血所浸染。

他只觉得头部嗡的一声轰鸣，心神俱震，忙不迭地解开绳索。

　　忽然流产的轩辕灵儿再也无法像刚刚那般支撑身体，轰然倒下的那一瞬，她绝望地看向贺连城，气若游丝地反问："你曾说过，无论发生任何事情都会信我，为何这次，你食言了？"

　　未等贺连城解释出口，疲惫不堪的轩辕灵儿已经毫无预兆地昏死过去。

　　贺连城后知后觉地唤道："灵儿……灵儿……"

　　洛千凰神色焦急地跑过来，看着不省人事的轩辕灵儿，颤声问道："连城，你是不是疯了，为什么要用这种手段对付灵儿？"

　　贺连城此时急得六神无主，语无伦次地解释："混元珠离奇失窃，所有的矛头和罪证全部指向灵儿。我……我受命抓捕灵儿归案，没想到……"

　　洛千凰厉声吼道："灵儿是被人陷害的！"

　　说着，将紧紧握在手中的那块血布条丢向贺连城："自己看看吧，灵儿身中贼人圈套，为了你的安危被人骗到城西破庙。她心心念念为你着想，你却用这种残酷的手段毁了灵儿。连城，你巧捷万端、足智多谋，难道从未看出，从陆清颜来到京城直到现在，闹出多少变数和事端？我虽然不懂朝廷政务，却也看出，所有的一切，都是心怀不轨之人暗中策划的一场局。此人机关算尽，步步为营，目的就是将身处局中的我们引向灭亡！"

　　无视贺连城满脸的自责与痛苦，洛千凰厉声对两旁呆怔中的侍卫下令："还不速速送郡主回府。"

　　在一番兵荒马乱的折腾之下，昏死过去的轩辕灵儿被送回贺府。

　　回程途中，众人发现玉阮和马匹的尸体，贺连城才意识到自己可能真的中了歹人所设的连环圈套。

　　顾不得思虑太多，他此刻最大的心愿便是灵儿可以渡过此劫。

　　他到底是有多糊涂，才会在冲动之下对自己最心爱的妻子做出这等丧心病狂的事情。

　　想到灵儿为了他，不顾自身安危被骗去城西，贺连城的心难受得都要滴出血来。

　　回府之后，洛千凰立刻对轩辕灵儿展开救治。

　　从脉象来看，灵儿的身体情况非常糟糕。

　　被抬到床上时，昏过去的轩辕灵儿已经悠悠转醒。

　　见洛千凰红着双眼坐在床边查她的脉象，轩辕灵儿哑着声音说："小千，我，我感觉到，孩子没了……"

洛千凰忍住悲伤，冲她做了一个噤声的手势，轻声安慰："从你目前的脉象来判断，孩子还在。"

轩辕灵儿黯淡的眼中忽然闪过一抹光芒，她使尽全身的力气哀求道："救他！"

洛千凰并未应声，沉默片刻，她帮轩辕灵儿盖上薄被，柔声说道："你先休息一会儿，我有事情出去一下。"

轩辕灵儿一把拉住她的手腕，绝望地冲她摇摇头："小千，别走。求你救救我的孩子……"

洛千凰知道时间不等人，狠心将轩辕灵儿的手收回了被子里，她沉声说："灵儿，我去去就回。"

匆匆忙忙来到屋外，贺连城正手足无措地在门外踱步。

见洛千凰走了出来，他忙不迭地迎过去，急切地问道："怎么样？"

洛千凰小心翼翼地将房门掩好，表情凝重地对贺连城说道："灵儿腹中的骨肉目前还在。"

见贺连城眼中划过一抹惊喜，她接着又说："虽然这是一个值得庆祝的好消息，但是，若保住这个孩子，以灵儿的伤势和体质来看，就算熬到孩子出生，恐怕也会一尸两命。"

贺连城脸色大变："怎么会这样？"

洛千凰难过地说："灵儿被摔出马车时伤及内脏，如果未怀身孕倒还好调养，坏就坏在，她怀有身孕，治疗时势必要与药物接触。正所谓是药三分毒，服药将会导致的后果，就算我不说，你也该清楚。"

贺连城没想到离京三日，回来后竟会面临这样的灾难。

虽然他很期待自己与灵儿共同孕育出来的那个小生命降临人世，但想到这个孩子可能会给灵儿的身体带来的危害，他艰难地说道："把孩子打掉吧。"

洛千凰一眨不眨地看着他，郑重提醒："连城，有一件事你必须做好心理准备，一旦这个孩子被打掉，以灵儿受伤的严重程度来判断，她这辈子，可能再也没机会为你孕育子嗣。"

贺连城握紧双拳，仿佛已经猜到这个结果。

他强行压下心底的悲伤，态度不变地说道："无论怎样，这个孩子，我都不会要！"

千凰令
（九）
步步成谋
QIAN HUANG LING JIU
BUBU CHENG MOU

180

　　屋内忽然传来轩辕灵儿的一声哭泣，她声嘶力竭地喊道："贺连城，我这辈子都不会原谅你！"

———本季完———